Klarant Verlag

AF238585

Elke Nansen ist das Pseudonym einer Autorin, die den Norden und Ostfriesland liebt. Die Nordsee, die unendliche friesische Weite, das platte Land mit seinen ganz speziellen Charakteren – diese Region hat ihren eigenen rauen Charme, hier kann Elke Nansen ihrer Fantasie freien Lauf lassen. Und so schreiben sich die spannendsten Geschichten manchmal wie von selbst … Besonders angetan haben es der Autorin die ostfriesischen Inseln, die sie alle schon besucht hat. Als leidenschaftliche Taucherin liebt Elke Nansen die See und das Wasser. 8 Jahre hat sie im niedersächsischen Städtchen Verden an der Aller gelebt.

Elke Nansen

Tödliches Pilsum

Ostfrieslandkrimi

Klarant Verlag

Prolog

Sonntag, 30. August 1998

Die Wochenendschicht in der Uniklinik Hamburg-Eppendorf war wie immer ein Kampf, den man nicht gewinnen konnte. Keiner der diensthabenden Ärzte und Krankenpfleger bekam nur eine Minute Schlaf. Besonders, wenn wie an diesem Sonntagabend die Rolling Stones vor etwa siebzigtausend Zuschauern auf der Trabrennbahn spielten. Die vielen betrunkenen, verletzten, dehydrierten und ohnmächtig gewordenen Fans wurden auf alle Krankenhäuser der Stadt verteilt. Es war ein ständiges Kommen und Gehen von Krankenwagen. Sogar die Polizei musste in den Notaufnahmen randalierende Betrunkene zur Ruhe bringen. Es war ein heikler Eiertanz in einer Nacht wie dieser, den wirklich Kranken gerecht zu werden. Alle Notärzte taten ihr Bestes, die Prioritäten richtig einzuschätzen.

Er gehörte zu dem fünfköpfigen Team, das die Intensiv-Patienten aufnahm, und wartete bereits mit ihnen an der Rampe. Die Ambulanz hatte ein zweijähriges Mädchen in kritischem Zustand an Bord und würde jede Sekunde eintreffen. Das Blaulicht der Ambulanz erhellte die Tiefgaragenzufahrt, und kaum zu Stillstand gekommen, ging die Heckklappe auf. Sofort schoben der Sanitäter und der Notarzt die Trage auf die Rampe.

„Zweijähriges Mädchen mit Atemstillstand, kein Puls, wurde sofort von dem Teenager reanimiert", berichtete der Notarzt, während sie gemeinsam mit dem Krankenhausteam durch die Flure hetzten. Das schlanke blonde Mädchen, von dem der Arzt gesprochen hatte, rannte verzweifelt hinter der Rolltrage her. „Wir wissen nicht, wie lange die Sauerstoffversorgung und die Herztätigkeit aussetzten. Als sie das Kind fand, war sie bereits klinisch tot, doch die Kleine reagierte auf die Rea innerhalb von dreißig Sekunden. Als wir eintrafen, atmete sie wieder, kam jedoch nicht zu Bewusstsein. Puls ist bei fünfundfünfzig, Blutdruck achtzig zu fünfundsechzig und Atemfrequenz bei fünfzehn", beendete er die Übergabe an den Krankenhausarzt.

„Danke, wir übernehmen jetzt", sagte dieser und dann schob man das Kleinkind durch die Tür der Intensivaufnahme. Der blonde

Teenager wollte hinterher, aber der Ambulanzarzt hielt sie am Arm fest.

„Da kannst du jetzt nicht rein", meinte er sanft. „Du hast deine Sache sehr gut gemacht, komm, ich bring dich ins Wartezimmer." Dann legte er behutsam den Arm um ihre zarten Schultern. Sie drückte sich an ihn und Tränen liefen über ihre Wangen. „Sind die Eltern schon unterwegs?", fragte er und in dem Moment stürmte ein festlich gekleidetes Paar in den Krankenhausflur. Die beiden sahen aus, als kämen sie direkt aus der Oper, wobei die Hochsteckfrisur der Frau mittlerweile reichlich derangiert war.

„Wo ist sie?", schrie die Frau den Notarzt an. Mit seiner roten Rettungsdienstbekleidung fiel er unter dem geschäftigen, weiß und grün gekleideten Krankenhauspersonal sofort ins Auge. Das blonde Mädchen ließ sich in die Arme der Frau fallen und sie drückte den Teenager fest an sich.

„Sie hat plötzlich nicht mehr geatmet", schluchzte die Jugendliche.

„Sie hat sie reanimiert, und Ihre Tochter wird gerade stabilisiert", erklärte der Notarzt dem Ehemann, der wie paralysiert neben seiner Frau stand. „Dieses Mädchen hat dem Kind das Leben gerettet. Ein Arzt wird zu Ihnen kommen und dann dürfen Sie die Kleine sehen", meinte der Arzt und verabschiedete sich. Die Nacht war für ihn noch lange nicht zu Ende.

Die Frau in dem bodenlangen blauen Seidenkleid legte ihre Hände um das Gesicht des Mädchens. „Du bist ganz wunderbar, ich bin so dankbar", sagte sie und wischte die Tränen von ihrem Gesicht.

***

Nachdem der Arzt gegangen war, blickte der Pfleger berührt auf das kleine bewusstlose Mädchen. Angeschlossen an der Herz-Lungen-Maschine, mit einer Beatmungsmaske auf dem Gesicht, sah sie aus, als ob sie zufrieden schlafen würde. Das kleine Gesicht hatte wieder ein bisschen Farbe und die dunklen Locken kräuselten sich um den Kopf. Sie wirkte ruhig, irgendwie glücklich. Dennoch hatte er den Arzt gehört, der besorgt darüber gesprochen hatte, dass das Kind nicht aufgewacht war. Wenn die Reanimation erst drei Minuten nach dem Herzstillstand stattfand, war es kritisch. Jede Minute später bedeutete bereits ein Todesurteil. Eines dieser grausamen Urteile für die Angehörigen, denn das Kind war nicht ganz verloren, sondern nur hirntot. Der fehlende Sauerstoff ließ verschiedene Gehirnregionen sofort absterben. Unwiederbringlich wurde dann aus einem glücklichen kleinen Mädchen nur noch Fleisch. Ein Körper, der vor sich hin vegetierte, bis man die Maschinen abstellte. Die lange Ohnmacht und dass die Ärzte sie nicht wach bekamen, waren Anzeichen dafür, dass ein irreparabler Schaden bereits vorhanden war. Der junge Pfleger beugte sich runter und strich über das seidenweiche Haar der kleinen Schönheit. „Das ist kein Leben, mein Mädchen, so willst du nicht leben!", flüsterte er leise.

Das Paar saß mit dem Teenager in seiner Mitte im Warteraum. Sie hielten sich bei den Händen, als der behandelnde Arzt endlich hereinkam. „Kommen Sie, Sie können Ihr Kind jetzt sehen", wandte er sich an das Paar. Alle drei sprangen sofort auf und folgten dem Doktor durch die sich automatisch öffnende Schwingtür.

„Wird meine Tochter wieder gesund?", fragte der Vater mit zittriger Stimme. Mittlerweile hing die Smokingfliege geöffnet von seinem Hemd herunter. „Wie konnte so etwas nur passieren?"

„Wir wissen es noch nicht. Wenn sie in den nächsten Stunden aufwacht, dann sieht es gut aus", versuchte der Arzt es vorsichtig auszudrücken. „Es kommt manchmal bei Kleinkindern zu Atemstillständen, genau wie bei Neugeborenen. Nur wesentlich seltener. Das hat nicht immer eine bestimmte Ursache." Sie eilten über den grauen Linoleumboden. Es roch nach Desinfektionsmittel und nach etwas unangenehm anderem, das man nur in Krankenhäusern wahrnehmen konnte. Als sie fast an dem Zimmer angekommen waren, heulte plötzlich der Alarm auf. Sofort sprintete der Arzt los und ihm folgten Schwestern mit einem Rea-Wagen.

Die völlig schockierten Angehörigen sahen von der Tür zu, wie der Arzt die Maske vom Gesicht ihres Kindes riss. Er setzte einen Beatmungsbeutel an und pumpte. Dann begann er eine manuelle Herzmassage, bis der Rea-Wagen hochgefahren war. Schnell schob er den kleinen Kittel hoch, rieb das Gleitmittel gegen die Pads und legte sie auf der Brust des Mädchens an. „Zurück, drei, zwei, eins", sagte der Arzt konzentriert und dann bäumte sich der kleine Körper unter dem Elektroschock auf.

„Keine Reaktion", berichtete die Schwester beunruhigt und starrte auf die Monitore.

„Noch mal! Und geben Sie 0,1 Milligramm Adrenalin nach dem zweiten Schock", wies der Doktor an. Dann löste er den Defibrillator erneut aus und die Adrenalinlösung wurde gespritzt. „Dreißig Milligramm Amiodaron vorbereiten." Die Anwendung von Amiodaron bei Kindern war nur im allerletzten Notfall vorgesehen. Daher entschied der Arzt auch, eine niedrigere Dosis zu benutzen als die fünf Milligramm pro Kilogramm, die üblicherweise angewendet wurden.

„Keine Reaktion", wiederholte die Schwester, während der Arzt manuell wiederbelebte, bis der Defi geladen war und wieder ausgelöst werden konnte.

„Komm schon, komm schon", murmelte der Doktor dem bewusstlosen Kind zu und nickte kurz zur Schwester, die jetzt das Amiodaron in die Braunüle drückte. „Defi", ordnete der Arzt wieder an und setzte den letzten Schock. Wieder gab es keine Reaktion. Die Monitore zeigten eine Nulllinie, dann schüttelte der Arzt den Kopf und gab den Defibrillator an einen der Assistenzärzte weiter.

Das Team war so beschäftigt gewesen, das Leben des Kleinkinds zu retten, dass niemand die Angehörigen in der geöffneten Tür bemerkt hatte. Die Mutter hatte beide Hände auf ihren Mund gepresst. Die Augen des blonden Teenagers waren so weit aufgerissen, dass man den Eindruck bekam, sie würden ihr gleich aus dem schmalen Gesicht fallen. Sofort ging der junge Pfleger, der im Hintergrund die Wiederbelebung beobachtet hatte, zu ihnen.

„Glauben Sie mir, es ist besser so!", flüsterte er den Eltern leise zu. In dem Moment schrie das junge Mädchen auf wie ein Tier. Ihre Augen verdrehten sich und sie sank ohnmächtig auf den Flurboden. Der Pfleger kniete sich neben sie, hob die Beine an, dann drehte er sich zu dem Arzt. „Doktor, schnell", sagte er, doch der Arzt war bereits bei ihm und prüfte die Vitalwerte.

Kapitel 1

Montag, 25. Juni 2018

Kriminalhauptkommissar Faber zog sein Tempo an. Er war spät dran heute Morgen und hatte mindestens noch drei Kilometer vor sich. Über den Wiesen des Deiches waberte ein leichter Nebel vom Morgentau. Schafe grasten hier und er sah den rot-gelben Leuchtturm von Pilsum, hinter dem die Sonne aufging. Jedes Mal, wenn er sich bei seiner morgendlichen Joggingrunde die idyllische Umgebung ansah, war es schwer zu verstehen, dass es in Ostfriesland mehr als nur Erholung gab. Alles wirkte so ruhig, doch das kriminelle Potenzial war auf dem platten Land genauso vorhanden wie in den Großstädten. Er war jetzt seit etwa einem Jahr Chef des Kriminal- und Ermittlungsdienstes in Emden und hatte bereits an drei schweren Mordfällen gearbeitet. Auch wenn es momentan auf dem Revier ruhig war, fühlte er, dass bald wieder etwas passieren würde.

Als er endlich den Leuchtturm erreicht hatte, klatschte er ihn mit der Hand wie üblich ab und rannte dann die Treppe herunter. Er beschleunigte, weil es bereits viertel nach sieben war und er noch duschen musste. Sein Atem entwich mit kleinen Wölkchen, als er an der Vogelbeobachtungsstation, die zum Naturschutzgebiet der Leyhörn gehörte, vorbeijoggte. Von dort waren es nur noch eineinhalb Kilometer bis Klein Hauen.

„Du willst allen Ernstes drei Wochen Urlaub am Stück machen?", fragte Kommissarin Rike Waatstedt ihren Chef. Frisch geduscht saß Richard Faber jetzt neben seiner Kollegin und sah sie von der Seite an. Beide fuhren in ihrem zivilen dunklen Dienstwagen zur Arbeit und er ließ sich von ihr kutschieren.

„Ja und?", entgegnete er und trank einen Schluck aus dem Kaffeebecher. Wie fast jeden Morgen hatte er für sie beide einen starken doppelten Espresso mit Sahne gemacht und in die Thermobecher, die mittlerweile Coffee-to-go-Becher hießen, gefüllt. „Ich war gerade mal fünf Tage über Weihnachten nicht im Dienst. Das war alles an Urlaub, den ich genommen habe, seit ich vor einem Jahr hierhergekommen bin."

Faber war letztes Jahr von Frankfurt am Main in das beschauliche Städtchen Emden in Ostfriesland versetzt worden. Ausgerechnet in

Klein Hauen, unweit von Greetsiel, hatte er die renovierungsbedürftige Alte Schule gekauft. Mittlerweile hatte er ein Schmuckstück aus dem Häuschen gemacht. Was er damals beim Kauf nicht wusste: Seine direkten Nachbarn waren Knut Waatstedt, Rikes liebenswerter alter Großvater, und sie selbst. Anfangs fand er das nicht ideal. Er hatte jedoch in dem einen Jahr die beiden Ostfriesen sehr zu schätzen gelernt. Knut benahm sich wie ein Vater ihm gegenüber, und Rike, sie stellte mittlerweile eine große Herausforderung für Faber dar. Denn er musste sich kontrollieren wie eine Landmine, wenn die beiden alleine waren. Seine Gefühle für Rike waren über eine gewisse Verknalltheit weit hinaus. Er war verliebt und seine Selbstbeherrschung bekam langsam Risse. Nicht, dass Rike etwas dagegen gehabt hätte, in der letzten Zeit bemerkte er, wie sie immer öfter sehr charmant mit ihm flirtete. Einerseits war das Rikes schelmische Art, ihn zu ärgern, auf der anderen Seite vermutete er, dass auch Rike ihm tiefe Gefühle entgegenbrachte. Aber Faber hatte sich in Frankfurt dermaßen die Finger an der Liebe verbrannt, oder an dem, was er für Liebe hielt, dass er nicht bereit war, schon wieder eine Beziehung einzugehen. Vor allem nicht unüberlegt und dann noch mit seiner Kollegin vom Revier.

„Wo willst du eigentlich hin?", riss Rike ihn aus den Gedanken. „Hast du dich endlich entschieden? Die letzten Wochen lagen mehr Prospekte bei dir im Wohnzimmer rum als in einem Reisebüro."

„Hab ich", meinte Faber und grinste sie an. „Ich fliege nach Florenz, nehme mir einen Mietwagen und mache eine kulinarische Tour durch die Toskana. Die letzte Woche verbringe ich auf Elba. Ich lege mich an den Strand und tauche ein bisschen."

„Du büst töffelig", erwiderte sie im tiefsten ostfriesischen Platt, an das sich Faber mittlerweile gewöhnt hatte. „Da haben wir die schönsten friesischen Inseln vor der Haustür, und du fliegst nach Italien."

„Weit weg vom Revier in Emden und weit weg von Knut und Rike Waatstedt", schwärmte er scherzhaft. Rike sah ihn an und kräuselte die Stirn.

„Ich gebe dir vier Tage, dann vergehst du vor Sehnsucht!"

„Nach dir?", fragte er übertrieben seriös und zog die Augenbrauen hoch.

„Nein, nach Opa", ließ sie ihn abblitzen. „Komm lieber mit mir und Opa nach Langeoog. Hannes, Opas Freund, hat dort ein Ferienhaus.

Das ist groß genug für uns alle drei und ist billiger. Außerdem kannst du dort reiten, wolltest du damit nicht wieder anfangen?"

„Das Ideal meines Traumurlaubs", entgegnete Richard ironisch und schmunzelte. „Wahrscheinlich darf ich mir dann mit Knut ein Schlafzimmer teilen, drei Wochen seinem Schnarchen zuhören und zur Belohnung auf einem Ponyhof mit ein paar Kindern im Kreis reiten."

Rike lachte laut auf und öffnete mit der Fernbedienung das Rollgitter des Revierparkplatzes. „Ich weiß gar nicht, was dagegen spricht. So könntest du dich mit Knut beim Kochen abwechseln, während ich am Strand liege", legte sie noch einen drauf. Rike hatte zwar viele Talente, doch wenn es ums Kochen ging, war sie völlig überfordert.

Faber wollte gerade zu einer deftigen Antwort ansetzen, als sein Handy klingelte. Es war Kommissar Tamme Hehler, der erst vor Kurzem auf ihr Revier in den KED gewechselt hatte. Tamme war ursprünglich ein EDV-Experte im Präsidium Oldenburg gewesen und hatte ihnen maßgeblich beim letzten Fall geholfen. Faber war von den Fähigkeiten des Mannes so beeindruckt, dass er Tammes Versetzung erwirken konnte.

„Weißt du was, warum nehmen wir eigentlich nicht noch Philipp Schorlau, unseren Leichenfledderer, und Tamme mit, dann könnten wir abends auf Langeoog zusammen Monopoly spielen", sagte Faber schnell, und dann nahm er das Gespräch an, bevor Rike wieder einmal das letzte Wort haben konnte.

„Richard, wo seid ihr?", fragte der Wikinger. Den Spitznamen Wikinger hatten Faber und Rike ihm heimlich gegeben, weil er über einen Meter neunzig groß und bestimmt einhundertzehn Kilo schwer war. Außerdem hatte er rötliches längeres Haar, das zu einem Zopf gebunden war, und einen Rauschebart. Wenn er sich leise unterhielt, schallte sein Bariton normalerweise durchs ganze Revier.

„Gerade beim Büro angekommen", erwiderte Faber. „Was ist los?"

„Fahrt man lieber gleich wieder los. Ich bin am Ems-Jade-Kanal hinter Marienwehr in der Nähe des Flughafens, dort Am Uphuser Grashaus. Wir haben hier ein Auto aus dem Kanal gefischt, das musst du dir ansehen."

„Ein Auto?", fragte Faber etwas sarkastisch. „Wenigstens eine Leiche im Kofferraum, wenn du uns schon dahaben willst?"

11

„Nö, aber kommt trotzdem! Ist eine interessante Sache. Ich kläre euch auf, wenn ihr da seid. Die Koordinaten schicke ich dir aufs Handy." Dann legte Tamme einfach auf.

Rike nahm die Autobahn und umkreiste Emden nördlich, um auf die Uphuser Straße zu kommen. Von dort ging es in den Riepster Weg, der nicht mehr als eine kleine Landstraße war. Beim Landwirtschaftsbetrieb Ubbo Wessels nahm sie die Brücke über den Ems-Jade-Kanal. Sie folgten der Straße Am Uphuser Grashaus auf der linken Seite des Kanals für ein paar Kilometer, bis sie den Streifenwagen und auch einen gelben Kranwagen entdeckten. Tamme stand unübersehbar neben dem Kranfahrer und unterhielt sich mit ihm. Hinter dem Kranwagen parkte der Transit der Polizeitaucher, die geholfen hatten, das Auto zu bergen. Mittlerweile war der Wagen gehoben und stand auf der Straße. Immer noch liefen kleine Ströme brackiges Kanalwasser aus dem Fahrzeug.

„Das ist ein Mercedes E-Klasse Coupé", meinte Faber, nachdem sie zu Tamme gegangen waren, und betrachtete sich den Wagen genauer. Definitiv war es weder ein Schrottauto noch schien es ein Unfall gewesen zu sein. Die Felgen waren verrostet und der schwarze Lack stumpf und mit Schlamm überzogen. Doch bis auf eine kleine Delle an der hinteren Stoßstange sah der Wagen eigentlich noch gut aus. Der Kofferraum und auch alle Türen standen offen, da Tamme gleich geprüft hatte, ob sich ein menschlicher Körper darin befand.

„Ja", bestätigte Tamme und zog sich die Latexhandschuhe ab. „Es ist ein teurer Firmenwagen. Ich habe die Nummernschilder geprüft, er gehörte zum Fuhrpark der Firma Biochemica in Hamburg." Faber sah sich die Schilder an, der Wagen hatte ein Hamburger Kennzeichen und die TÜV-Plakette war seit vier Jahren abgelaufen.

„Also hat er hier mindestens vier Jahre im Wasser gelegen", bemerkte Faber.

„Er lag hier fünf Jahre und etwa zwei Monate", präzisierte Tamme und grinste wissend. Faber runzelte die Stirn und hob auffordernd seinen Kopf. „Der Grund, warum ich euch gerufen habe, ist: Es handelt sich um das Fahrzeug eines vermissten Mannes. Ein gewisser Robert Gerber. Der Mann verschwand am neunundzwanzigsten April 2013 auf seinem Weg zur Arbeit nach Hamburg. Es war ein Entführungsfall, doch Robert Gerber tauchte nie wieder auf."

„Und der Wagen lag die ganze Zeit hier im Ems-Jade-Kanal?", fragte Rike ungläubig, denn erstens war der Kanal befahren und zweitens nicht besonders tief. Eigentlich hätte man das Fahrzeug eher finden müssen. Jedoch sah sie dann, dass genau an dieser Stelle der Kanal fast doppelte Breite hatte.

„Ein kleines Frachtschiff fand ihn, weil der Kapitän einen Fahrfehler machte und zu steil in die Kurve ging", erklärte Tamme und streckte seinen Arm in Richtung der Stelle aus. „Wenn das nicht passiert wäre, dann hätte das Vehikel noch sehr lange hier rumgedümpelt. Bis wir mal wieder einen Dürresommer bekommen hätten und der Wasserspiegel drastisch gesunken wäre."

„Also wurde er hier versenkt, mit der Absicht, nie gefunden zu werden", murmelte Faber, blickte auf den glitzernden Kanal und schirmte die Augen mit einer Hand vor der Sonne ab. In dem Moment hörten sie Motorengeräusche. Der Transit der Spurensicherung aus Oldenburg und dahinter das rote Sport-Cabriolet von Philipp Schorlau, dem Chef-Forensiker, schlängelten sich die kleine Landstraße entlang.

„Ich habe Schorlau angerufen", sagte Tamme. „Da es mit den Spuren nicht so eilig ist, durften sie den Hubschrauber nicht nehmen. Es gibt neue Richtlinien zur Kosteneinsparung in Oldenburg. Außerdem muss Schorlau den Wagen hier in Emden untersuchen, und das wird ein paar Tage dauern."

Unwillkürlich verzog Faber den Mund, denn er wusste sofort, wo Philipp übernachten wollte. Auch wenn Philipp Schorlau ein guter Freund von Richard Faber war, so konnte er doch nach ein paar Tagen des Zusammenlebens ein Quälgeist werden. „Okay", sagte Faber, „dann rufe ich mal unseren neuen Chef an und die Kollegen in Hamburg. Ich nehme an, die haben damals in dem Entführungsfall ermittelt, oder?"

„Genau die", bestätigte Tamme. „Ich habe bereits kurz mit dem zuständigen Kriminal- und Ermittlungsdienst-Leiter in Hamburg gesprochen und angekündigt, dass du dich meldest. Ach, bevor ich es vergesse, dein Vorgänger, ein KHK Hendrik Fenrich, war auch kurz in den Fall involviert, weil die Familie Gerber hier an der Küste lebte."

„Henny?", meinte Rike erstaunt. „Und warum weiß ich dann nichts davon?", fragte sie sich laut, denn sie hatte in der Zeit mit ihrem alten

Chef zusammengearbeitet. Das war, lange bevor Faber nach Ostfriesland kam.

***

Hauptkommissar Fabers ehemaliger Vorgesetzter Friedrichs war einer der unangenehmsten Menschen, die das KED-Team Emden jemals kennengelernt hatte. Nach enormen Fehlentscheidungen bei ihrem letzten Fall wurde er vorzeitig in Ruhestand versetzt. EKHK Sinus Miedler hatte erst vor ein paar Tagen übernommen. Bisher war er noch nicht dazu gekommen, das Revier Emden zu besuchen. In Oldenburg gab es dringende Dinge, die bei dem für Wochen unbesetzten Posten angefallen waren. Doch Richard hatte fast eine Stunde am Telefon mit Herrn Miedler gesprochen. Der Mann, der lange in Osnabrück verschiedene Abteilungen durchlaufen hatte, machte einen kompetenten und vor allem sehr netten Eindruck. Faber war mehr als erleichtert gewesen, denn unter Friedrichs' Führung waren ihm fast graue Haare gewachsen. Friedrichs hatte ihn schikaniert, behindert und alles nur zu seinem Vorteil gedreht. Er war ein Chef gewesen, den man sich in den schlimmsten Albträumen nicht gewünscht hätte.

„Guten Morgen EKHK Miedler, Faber hier", meldete sich Richard und war mit dem Handy am Ohr etwas von der Bergungsstelle weggegangen, um der Geräuschkulisse zu entgehen.

„Moin Faber, was gibt es?", erwiderte sein neuer Chef salopp. „Alles klar bei Ihnen?"

„Ja, so weit alles klar. Aber wir haben hier einen Fall, den ich erst kurz mit Ihnen besprechen möchte, bevor ich mich an die Hamburger Kollegen wende." Dann fasste Faber die spärlichen Fakten zusammen.

„Mhm", machte Miedler. „Wenn ich Sie richtig verstehe, würden Sie den Vermisstenfall mit Ihrem Team gerne wiederbeleben, richtig?", fragte er und Faber bestätigte. „Wissen Sie was, Herr Faber, lassen Sie mich mal mit den Kollegen des KED in Hamburg reden. Ich überzeuge die schon, dass wir in Emden kompetent sind und vielleicht auch mehr Zeit haben, um uns um einen alten Fall zu kümmern. Ich wollte morgen sowieso nach Emden kommen, damit wir uns alle persönlich kennenlernen. Dann besprechen wir das weitere Vorgehen. Ist Ihnen zwei Uhr am Nachmittag recht?", fragte er und Richard bestätigte. Faber schlug vor, am Abend mit dem ganzen Team essen zu gehen, und Miedler war erfreut über den Vorschlag. Jedoch kam sein Chef gleich wieder aufs Thema zurück. „Von mir haben Sie grünes Licht. Wenn die Kollegen in Hamburg einverstanden sind, dann lasse ich Ihnen die gesamte Akte heute noch elektronisch zuschicken. Bis morgen dann."

„Danke, Chef", brachte Faber noch raus, bevor Miedler auflegte. Was ist dieser Mann eine Erholung nach Friedrichs, dachte Faber wieder. Sein alter Chef hätte so etwas grundsätzlich abgelehnt, denn ein kalter Fall war immer schwer zu lösen und brachte dadurch meist keine Lorbeeren ein. Bei ihm wäre der Vermisstenfall in Hamburg geblieben. Jetzt hoffte Faber nur, dass auch die Kollegen in Hamburg die Angelegenheit Robert Gerber loswerden wollten.

„Moin, moin Richard", meinte Schorlau gut gelaunt, nachdem er Rike ausführlich begrüßt hatte. „Tja, die Untersuchung wird dauern, wir müssen den Wagen auseinandernehmen und …", plapperte er drauflos, doch Faber unterbrach ihn bereits.

„Und du willst so lange bei mir wohnen, weil in Oldenburg die Sparmaßnahmen ausgebrochen sind und du mit Kosteneinsparungen in deiner Abteilung glänzen willst", führte er Schorlaus Satz fort.

„Na, dann ist ja alles klar!", erwiderte Philipp fröhlich und zwinkerte Rike zu, die sich über die beiden amüsierte. Die beiden Freunde ließen keine Gelegenheit aus, sich verbal zu beharken.

„Dein Bettzeug überziehst du dir heute Abend aber alleine, und da ich kein Hotel bin, wechseln wir uns bei der Frühstückzubereitung dieses Mal ab. Ach, und wenn du Wurst oder so was essen willst, dann maule nicht rum. Ich habe einen Vegetarier-Haushalt, kauf das Zeug gefälligst, bevor du nach Klein Hauen kommst", stellte Faber klar, doch Schorlau zog sich bereits die Latexhandschuhe über und hörte gar nicht mehr hin. Faber schüttelte den Kopf und wandte sich an Rike. „Dann fahren wir aufs Revier, die Forensik kommt hier alleine klar."

Erstaunlicherweise drückte Rike Faber die Autoschlüssel freiwillig in die Hand und tippte auf ihrem Handy rum, um es sich dann ans Ohr zu halten. „Hallo Hendrik, hier ist Rike", sagte sie ins Telefon. „Ja, mir geht's gut, dem ganzen Revier, denn wir sind endlich Friedrichs losgeworden." Sie hörte ein paar Sekunden zu und lachte dann. „Hör mal, könnten Faber und ich jetzt einfach mal bei dir vorbeikommen? Es geht um einen Fall, Robert Gerber, an dem du

15

vor fünf Jahren dran warst." Wieder schwieg sie einen Moment, dann meinte sie: „Alls klaar, wi koomt straks, dank ok!"

„Wir sprechen mit Fendrich?", fragte Faber und fuhr los. Er hatte seinen Vorgänger kennengelernt, als er das erste Mal aufs Revier in Emden kam.

„Ja, vielleicht kann er uns schon einmal einen Überblick über den Vermisstenfall geben, bevor wir die Akten bekommen. Kannst du dich erinnern, wo er wohnt? Wir waren vor fast einem Jahr bei ihm zu Hause. Gleich, nachdem du bei uns angefangen hast."

„Pektum, aber die Straße habe ich vergessen. Lotse mich einfach hin."

***

Faber griff sich seine Sonnenbrille vom Spiegel und drehte die Klimaanlage hoch. Dieser Sommer war heiß in Ostfriesland. Schon im Mai hatte es viele warme Tage gegeben, doch jetzt Ende Juni schien die Sonne täglich. Das Thermometer war jeden Tag über fünfundzwanzig Grad gestiegen, manchmal sogar bis dreißig Grad wie heute. Im leuchtenden Sonnenschein sah der Ems-Jade-Kanal aus wie Quecksilber, da sich die Sonnenstrahlen funkelnd darauf reflektierten. Noch waren die Felder und Wiesen um sie herum grün und saftig trotz der Hitze, doch das Land brauchte Regen.

Rike dirigierte ihn auf den kleinen Landstraßen am Uphuser Meer vorbei in Richtung des südöstlichen Vororts von Emden. An manchen Stellen musste Faber den Audi fast in die Felder fahren, um einen Traktor vorbeizulassen. Die Wege waren so schmal, dass noch nicht einmal zwei PKWs nebeneinander gepasst hätten. Er hatte mittlerweile jegliche Orientierung verloren und war erstaunt, als die endlos erscheinenden Felder plötzlich in Pektum endeten. Nur Sekunden später parkten sie vor Fendrichs Haus.

Der ehemalige Erste Kriminalhauptkommissar drückte Rike zur Begrüßung herzlich und schüttelte Faber die Hand. „Das ist eine wirklich nette Überraschung", meinte der Pensionär. Hendrik Fendrich war im letzten Jahr erheblich gealtert, sein Haar war weißer geworden und ein paar Falten waren auch dazugekommen. Doch es waren Lachfalten, er schien entspannt zu sein und seinen Ruhestand zu genießen. Vor allem hatte er eine beneidenswerte Farbe, als würde er den ganzen Tag nur in der Sonne sein. „Kommt mit auf die

16

Terrasse, ich habe schon eingedeckt. Meine Frau hat ihr berühmtes Bauernbrot gebacken, ich habe roten Matjes und dazu Butter vom Landhof."

„Wir wollten Ihnen keine Umstände bereiten", erwiderte Faber höflich. „Das wäre nicht nötig gewesen."

„Schnickschnack, es ist halb zwölf, und so, wie ich den KED kenne, hattet ihr bestimmt noch keine Zeit für ein Mittagessen", verwarf er Fabers Bedenken. Als Richard die angerichtete Platte mit den Matjes sah und ihm der Geruch des noch warmen Brotes in die Nase stieg, knurrte ihm der Magen.

„Henny, die sind göttlich und schmelzen auf der Zunge", lobte Rike den Matjes mit vollem Mund. Auch Faber genoss erst einmal die Köstlichkeiten, während Hendrik von seinem Ruhestand erzählte und von seiner großen Liebe zum Segeln.

„Aber ich schnacke hier rum, dabei seid ihr wegen des Falls Gerber da", beendete er seinen Bericht und schüttete frischen Kaffee ein. Sie hatten den selbst eingelegten Matjes bis auf das letzte Stück vertilgt.

„Ja", erwiderte Rike. „Es kann sein, dass wir den Fall wieder aufnehmen. Aber bevor wir die Akten bekommen, dachte ich, es wäre gut, du gibst uns einen Überblick." Dann sah sie ihren alten Chef eindringlich an. „Sag mal, warum erinnere ich mich eigentlich nicht an den Fall, wenn du daran gearbeitet hast?"

„Weil du genau in der Zeit nicht da warst. Du hast dir drei Wochen freigenommen, weil dein Grootvader nach seiner Bandscheiben-OP in Reha war. Soweit ich mich erinnere, wart ihr damals auf Norderney", beantworte Hendrik die Frage, als wäre es gestern gewesen.

„Sie haben ein gutes Gedächtnis", bemerkte Faber. „Wie war das also mit dem Fall?"

Hendrik lehnte sich in seinem Gartenstuhl zurück. Eine milde Brise wehte über die von einer blau-weiß gestreiften Markise überdachte Terrasse. „Die Kollegen in Hamburg wandten sich erst an mich, nachdem sie zehn Tage nach Erhalt des Erpresserbriefs nichts mehr von den Entführern hörten. Mehr als Amtshilfe haben wir kaum geleistet. Als sich dann die Ehefrau ein paar Wochen später deutschlandweit im Fernsehen an die Entführer wandte, war der KED Emden wieder ganz aus der Sache raus."

„Moment, es gab also wirklich eine Erpressung?", vergewisserte sich Faber, auch wenn Tamme das bereits angedeutet hatte.

„Ja, aber ich beginne lieber von vorne", bestätigte Fendrich. „Lassen Sie mich einmal nachdenken, woran ich mich noch erinnere. Denn Unterlagen finden Sie auf unserem Revier darüber nicht, das ging dann alles wieder nach Hamburg", erklärte Fendrich.

„Fang doch erst einmal mit dem Opfer an, diesem Robert Gerber", schlug Rike vor und schüttete sich noch einen Kaffee aus der Thermoskanne ein.

„Robert Gerber ist ein Chemiker. Ihr jungen Leute würdet ihn so etwas wie einen Hotshot auf seinem Gebiet nennen", berichtete Hendrik. „Ein Experte unter den Biochemikern und pro Jahr mehr wert als eine Viertelmillion Euro. Ein ordentliches Gehalt, wenn ihr mich fragt. Er hatte beruflich eine zweimonatige Auszeit genommen und wollte an dem Montagmorgen im April wieder in Hamburg zur Arbeit erscheinen, als er verschwand. Der Mann ist verheiratet mit Bettina Gerber, sie haben zwei Kinder. Das dritte Kind, ein Mädchen, war ein paar Monate vor seinem Verschwinden verstorben."

„Herr Fendrich", unterbrach ihn Faber und runzelte die Stirn. „Sie reden die ganze Zeit im Präsens, so als ob der Mann noch lebt! Ist das Absicht?"

Fendrich zuckte die Schultern und strich sich über die weißen Bartstoppeln. „Nun, es gab damals Vermutungen, dass er nur verschwand, um seine Familie zu verlassen. Doch die Einzelheiten weiß ich nicht mehr genau, die müsst ihr aus den Akten entnehmen."

„Verstehe", erwiderte Faber. „Sprechen Sie bitte weiter."

„Seine Firma erhielt einen Erpresserbrief einige Tage nach seinem Verschwinden. Man wollte sich melden wegen der Lösegeldforderung, doch das geschah niemals. Die Hamburger Kollegen vermuteten, dass Gerber den Brief selbst abschickte. Eigentlich ist das schon alles. Wir haben für die Hamburger Zeugen gesucht und die Nachbarn befragt, doch es brachte nichts."

„Die Lösegeldforderung ging an seine Firma, diese Biochemica?", erkundigte sich Rike und fügte an: „Eigenartig, oder? Normalerweise kontaktieren Entführer die Familie."

„Wie ich sagte, er war einer der führenden Köpfe und ich glaube, in ein sehr wichtiges Projekt der Firma involviert. Dieser Erste Hauptkommissar in Hamburg war nicht gerade ein angenehmer Zeitgenosse. Er meinte reichlich sarkastisch, dass Gerber seine

18

eigene Firma schröpfen wollte, es sich dann jedoch anders überlegt hat."

„Oder die Entführer hatten Insider-Kenntnisse, wussten eine ganze Menge über Robert Gerber und Biochemica", grübelte Faber laut und ließ seinen Blick über den hübschen Garten schweifen. Dann blickte er Fendrich an und sagte: „Danke für die Zusammenfassung und vor allem für das Essen, es war köstlich. Wir machen uns mal besser auf und fahren zurück zum Revier. Vielleicht hat unser neuer Boss die Akten bereits angewiesen."

„Gerne geschehen, ich schicke euch ein paar Matjes aufs Revier, sobald mein Freund wieder ein Fässchen angesetzt hat", versprach Fendrich und brachte die beiden zur Tür. „Eine Frage hätte ich an euch beide: Wie seid ihr eigentlich Friedrichs losgeworden?"

Rike verzog den Mund. „Der letzte Fall hat ihn den Kopf gekostet, wurde in Vorruhestand versetzt."

„Genauer geht's nicht?"

„Nicht wirklich, nur so viel: Er hat Menschenleben gefährdet, Suspendierungen ausgesprochen und den Kopf in den Sand gesteckt, aus Angst vor politischen Verwicklungen mit dem Verfassungsschutz", klärte Faber ihn auf, ohne ein Blatt vor den Mund zu nehmen. „Doch das bleibt unter uns!"

Fendrich grinste. „Klar doch! Freut mich, dass ausgerechnet die Politik Friedrichs den Hals gekostet hat. Wo er die doch so liebte."

Als sie eine halbe Stunde später wieder im zweiten Stock des Emder Reviers ankamen, saß Tamme bereits an seinem Schreibtisch. Auch die Polizeimeister Friedhelm Steiner und Torben Husman waren im Büro. Ihre beiden Polizeimeisteranwärter waren diese Woche jedoch mit ihren Prüfungen beschäftigt. Sie sollten nach ihrem vierten Semester und den schriftlichen und mündlichen Prüfungen zum Kriminalmeister ernannt werden. Faber wollte beide hier in Emden beim KED behalten und Frauke Petersen und Johannes Leitmann hatten dem mit Freude zugestimmt.

„Faber", rief Tamme und sie gingen direkt zu ihm. „EKHK Miedler hat angerufen, die Hamburger treten den Fall gerne an uns ab und die Akte wurde bereits elektronisch an dich verschickt. Der Mercedes befindet sich unten in einer unserer Garagen und unser Leichenfledderer macht daraus gerade eine Art Labor", fasste Tamme die Situation zusammen und lachte. „Schorlau bringt den zuständigen Kollegen für den Fuhrpark gerade auf die Palme!"

„Besser den als mich", gab Faber trocken zurück. „Was hofft Schorlau denn, nach fast fünf Jahren im Wasser zu finden?", fragte er skeptisch.

„Na, da unterschätze mal unseren Doktor nicht. Er meinte, wenn Blut und Sekrete tief genug in die Polster unter das Leder gedrungen sind, dann findet er auch was!"

„Na, von mir aus!" Richard sah seine beiden Polizeimeister an. Sie hatten die Unterhaltung verfolgt und Faber meinte: „Torben, Friedhelm, wie sieht es bei Ihnen aus? Ich würde gerne bei dem neuen Fall von Anfang an ein Team haben, das sich ganz darauf konzentriert. Wie steht es mit Ihren aktuellen Fällen?"

„Keen Probleem, Chef", meldete sich Friedhelm zu Wort. Faber hatte immer noch Schwierigkeiten, sich an den Schnäuzer zu gewöhnen, den sich PM Steiner in den letzten Wochen hatte stehen lassen. „Wir haben die Einbruchserie gerade zu Ende gebracht. Bericht steht und kann zu den Akten. Wir müssen nur noch eine Aussage vor Gericht machen, bis zur Verhandlung dauert das jedoch noch ein paar Wochen."

„Und der Fall dieses Serienvergewaltigers läuft weiter", fügte Torben Husman an. „Wir haben alle Spuren bearbeitet und sitzen leider auf dem Trockenen. Die Bereitschaft hat das Phantombild und hält die Augen auf. Ich denke, wir beide können sofort bei der neuen Ermittlung mit einsteigen!"

„Gut, dann schicke ich euch allen eine Kopie der Akte und wir machen erst einmal Hausaufgaben. Kann Frau Petersen eine Papierversion ausdrucken und unser neues Board vorbereiten", ordnete Faber eher an, als dass er fragte.

„Die beiden haben doch Prüfungen, vor Donnerstag sind die nicht wieder hier", warf Friedhelm ein. „Lass man, Chef, ich mach das schon, wollte das Ding eh ausprobieren." Faber hatte das alte kleine Whiteboard, mit dem sie bisher gearbeitet hatten, rausgeschmissen. Jetzt zierte eine professionelle breite Glaswand das Großraumbüro. Man konnte diese viel einfacher beschriften und auch alle Dokumente und Fotos klebten automatisch daran, ohne ständig auf den Boden zu segeln.

„Okay, gut! Tamme, hat die Presse von der Bergung des Wagens Wind bekommen?", fuhr er im Text fort.

„Ja, aber wir konnten sie fernhalten, es gibt keine Fotos. Sie kennen den Fahrzeugtyp nicht und dementsprechend wird nur ein Artikel über ein versenktes Auto erscheinen. Wir haben also Zeit, bevor wir mit der Familie sprechen", schaltete der Wikinger sofort und Faber nickte anerkennend.

„Rike, komm mit in mein Büro, wir gehen die Akte zusammen durch und erstellen einen Plan, was dann kurzfristig zu erledigen ist. Macht ihr drei das bitte auch im Team", wies Faber seine Leute an. „In zwei Stunden treffen wir uns zur Besprechung. Sagt einer von euch auch Philipp Schorlau Bescheid. Bevor er den Wagen weiter untersucht, soll er sich die forensischen Berichte der Entführung ansehen. Ich möchte ihn bei der Besprechung dabeihaben." Dann stürmte Faber voran in Richtung seines Büros.

Rike sah ihm nach und runzelte die Stirn. „Mann, der ist heute aber in Fahrt!", murmelte sie und folgte ihm.

„Ist wohl froh, wieder richtig Action zu haben", fügte Tamme an, dann schüttelte er den Kopf. „Na, solange bei dem Fall nicht wieder mit Handgranaten rumgespielt wird", brummte er und dachte daran, wie Schorlau und ihm beim letzten Fall das Trommelfell geplatzt war.

***

Die Kamera war auf Bettina Gerber gezoomt. Rechts von ihr saß der Polizeipressesprecher von Hamburg und auf ihrer linken Seite ein Beamter vom KED. Frau Gerber war zierlich mit einer sehr hellen Hautfarbe, ihre blauen Augen glänzten, obwohl sie dunkle Ringe darunter hatte. Das hellrötliche Haar fiel ihr in langen Locken über die Schultern. Faber musste an den Film *Elisabeth* und die begnadete Schauspielerin Cate Blanchett denken, als er sie betrachtete. Rike und er sahen sich gerade den Fernsehaufruf an, der zwei Wochen nach Robert Gerbers Verschwinden im Mai 2013 deutschlandweit gesendet worden war. Trotz der Trauer in den Augen der Ehefrau und ihrer fast zerbrechlichen Statur war Bettina Gerber eine Schönheit. Von der Frau ging eine ganz gewisse Aura aus, der Faber und wohl auch jeder andere Mann sich nicht entziehen konnte.

„Mein Mann Robert ist vor zwei Wochen am Montag, den neunundzwanzigsten April, verschwunden", begann Bettina Gerber mit zitternder Stimme. „Unsere Kinder, Mark, er ist erst zwölf, und Lorena, fünf Jahre alt, brauchen ihren Vater. Bitte, schicken Sie uns Robert, meinen geliebten Mann und liebevollen Vater, zurück. Wir werden alles tun, was Sie wollen! Robert ist ein guter Mensch und Sie können mit ihm reden", sagte Bettina in der Aufzeichnung.

Rike stoppte das Video kurz und meinte: „Sie ist gut gecoacht worden, sie wiederholt Roberts Vornamen die ganze Zeit und spricht sehr persönlich über ihren Mann."

„Sie vermenschlicht ihn, damit es den Erpressern nicht so leichtfällt, ihn zu töten", bestätigte Faber. „Doch nach vierzehn Tagen ohne einen weiteren Kontakt der Erpresser liegt es nahe, dass der Mann bereits tot war. Wenn er nicht aus eigenen Stücken verschwand", fügte er an und drückte die Enter-Taste seines Laptops, damit sie sich das Video weiter ansehen konnten.

„Wir haben erst vor ein paar Monaten unsere kleine Tochter Sophia verloren. Das war ein sehr harter Schlag für uns alle, denn unser Mädchen war erst drei Jahre alt." Sie senkte den Kopf. Mittlerweile liefen Bettina Tränen über das Gesicht und selbst Faber und Rike mussten schlucken, so herzzerreißend war der Aufruf der Ehefrau. „Bitte nehmen Sie uns nicht auch noch Robert. Er ist unser Ein und Alles." Dann sah Bettina direkt in die Kamera. „Wer immer Robert festhält, ich weiß, Sie sind kein schlechter Mensch, Sie wollen Robert nicht wehtun. Bitte kontaktieren Sie uns, mich oder Biochemica, wir tun alles, was Sie verlangen. Bitte!" Kaum hatte sie das letzte Wort herausgebracht, brach sie schluchzend zusammen. Der Ermittler legte ihr den Arm um die Hüfte und brachte sie aus dem Presseraum.

Sofort hörte man, wie die Presseleute den Polizeipressesprecher mit Fragen bombardierten. Er hob souverän die Hand und sagte: „Wir können jetzt keine weiteren Fragen beantworten. Sollten Sie jedoch Informationen zu Robert Gerber oder seinem Fahrzeug haben, dann kontaktieren Sie uns." Ein Bild des Vermissten und das Foto des Mercedes wurden eingeblendet, darunter die Hotline-Nummer, die für den Entführungsfall eingerichtet worden war.

Rike putzte sich die Nase prophylaktisch, um von ihren wässrigen Augen abzulenken. Und auch Faber musste tief durchatmen. „Schlimme Sache", meinte er mit belegter Stimme. „Erst verliert Bettina Gerber ihre dreijährige Tochter und dann verschwindet der Mann und sie steht mit zwei weiteren Kindern alleine da."

„Die beiden waren ein schönes Paar", murmelte Rike, denn auch Robert Gerber war mit seinem vollen dunklen Haar und den markanten Gesichtszügen ein sehr attraktiver Mann. „Woran ist die kleine Sophia gestorben? Haben wir etwas darüber in den Akten?"

Faber scrollte durch die elektronische Datei, bis er die Information fand. „Ja, Sophia Gerber starb kurz vor Weihnachten an einer Immunschwäche. Unerklärliche Infektion mit hohem Fieber, die zu einem multiplen Organversagen führte. Hier steht, das Mädchen hatte schon immer ein schwaches Immunsystem." Dann meinte er plötzlich: „Meine Güte!", und rieb sich über die Augen. „Die Beerdigung war am vierundzwanzigsten Dezember 2012, wie furchtbar!"

„Bevor wir jetzt weiter ins Detail gehen, lass uns über die nächsten Schritte reden", warf Rike ein. Sie wollte sich nicht zu sehr auf die traurige Geschichte einlassen, die ihr und anscheinend auch Faber naheging. Es würde schwer genug werden, die Familie kennenzulernen.

„Ich glaube, am besten fahren wir beide zu Bettina Gerber und sprechen mit ihr. Ich möchte, dass wir das sehr sensibel angehen. So lernen wir auch die Kinder kennen. Immerhin war Mark, ihr Sohn, damals schon zwölf Jahre alt. Vielleicht erinnert er sich an etwas", schlug Richard vor. „Doch jetzt lass uns mit dem Team reden, sonst besprechen wir alles doppelt, und danach entscheiden wir über die Aufgabenverteilung."

Friedhelm hatte einen guten Job gemacht und die sechs Beamten versammelten sich vor dem großen Glasboard. „Gut, ich fasse kurz zusammen und dann tragt ihr bei, was euch aufgefallen ist und wo wir ansetzen können", übernahm Faber das Wort. „Nach einem zweimonatigen Urlaub, den er mit der Familie einfach zu Hause verbrachte, verschwand Robert Gerber, sechsunddreißig Jahre alt, am neunundzwanzigsten April 2013 auf dem Weg nach Hamburg", referierte er und tippte auf das Foto des Mannes, das oben in der Mitte des Boards hing. „Der zweifache Vater und Ehemann von Bettina Gerber wurde danach von keinem Zeugen mehr gesehen. Genau zwei Tage später erhielt sein Arbeitgeber, Biochemica, einen Erpresserbrief. Schorlau, hast du die Forensik dazu", forderte Faber den Pathologen auf.

Schorlau stand auf und zeigte auf die Kopie am Board. Er trug immer noch seinen weißen Arbeitsanzug, der mittlerweile erhebliche Schlammflecken aufwies. So lustlos, wie er sein Gesicht verzog, passte es ihm gar nicht, an der Besprechung teilzunehmen.

„Eigentlich habe ich im Moment Besseres zu tun, aber Meister Faber besteht ja auf meiner Anwesenheit", maulte er erst einmal, dann riss er sich zusammen und sagte: „Es ist ein mit einem Computer geschriebener Brief. Schriftart: Times Roman, Schriftgröße: zwölf. Er wurde mit einem Tintenstrahldrucker ausgeworfen. Der Kollege in Hamburg hat sich damals nicht die Mühe gemacht, doch wenn es darauf ankommt, könnte ich die Marke des Druckers ermitteln."

„Stellen wir das erst einmal zurück, bis es relevant werden könnte", kommentierte Faber das Gesagte.

„Das Papier ist ein Standard-Kopierpapier, wie es überall in Deutschland vertrieben wird", fuhr Schorlau mit seinem Bericht fort. „Keine Fingerabdrücke, auch keine DNA wurden gefunden und der Poststempel war aus Emden. Genauer gesagt", meinte er dann und zeigte aus dem Bürofenster des zweiten Stocks, „von der Postfiliale hier im Bahnhof!" Alle blickten auf, denn die Information war auch Faber und Rike beim Durchsehen der Akte nicht aufgefallen. Vor allem hatte Fendrich nichts davon gesagt. Jetzt verstand Faber die Situation besser. „Der Entführer hat den Brief also genau vor unserer Nase aufgegeben. Wenn einer von euch damals belegte Brötchen beim Bäcker im Bahnhof gekauft hat, dann ist er dem Entführer vielleicht sogar über die Füße gelaufen", fügte Schorlau zynisch fort.

„Reiß dich zusammen, Philipp", bremste Faber ihn aus. „Damit wissen wir jetzt auch, dass die Emder Amtshilfe für die Hamburger Kollegen nicht nur damit zu tun hatte, dass die Gerbers hier gleich um die Ecke in Oldersum, Moormerland, lebten. Sondern, es hat eher etwas damit zu tun, dass der Brief hier aufgegeben wurde." Dann setzte Richard seinen eigenen Bericht fort. „Der Erpresserbrief enthielt eine Lösegeldforderung von zwei Millionen Euro, eine Menge Geld", bemerkte Richard. „Aber nach diesem Brief kam nie wieder ein Lebenszeichen der Entführer. Und das, obwohl sie angegeben hatten, sich wieder zu melden, um die Geldübergabe zu arrangieren."

„Bettina Gerber gab sofort eine Vermisstenmeldung auf, als an dem Montagmorgen die Firma bei ihr anrief und nach Robert Gerber fragte. Auch Biochemica involvierte die Polizei sofort, nachdem der Erpresserbrief gefunden wurde", steuerte Rike bei.

„Biochemica", nahm Tamme den Faden auf. „Wir müssen mit Gerbers Chef und Kollegen reden und ich würde mir gerne die Videoaufnahmen des Empfangsbereiches der Firma noch einmal ansehen. Auch wenn das Material von der Hamburger Polizei ausgewertet wurde."

„Gut, dann fährst du morgen nach Hamburg und nimmst dir Biochemica vor", ordnete Faber an. „In den Akten stand, dass Robert Gerber zwei Monate vor seinem Verschwinden einen Fonds auflöste und zweihunderttausend Euro in bar abhob. Es wurde vermutet, dass er das tat, um seine zwei Monate unbezahlten Urlaub zu überbrücken. Doch dafür ist es viel zu viel Geld! Wo ist der Rest davon? Hier steht, es wurde nie gefunden!"

„Dann übernehmen Torben und ich das, denn das Geld wurde hier in Emden abgehoben. Wir sprechen mit der Bank, denn so ein Betrag muss avisiert worden sein. Selbst vor fünf Jahren hatte keine Bank mehr so viel Geld in der Filiale", meldete sich Friedhelm freiwillig.

„In Ordnung", erklärte sich Faber einverstanden. „Rike und ich fahren gleich morgen zu Bettina Gerber und sprechen mit ihr. Ich rufe sie nachher an und bitte sie und die Kinder, zu Haus zu bleiben. Wir fragen sie auch wegen des Geldes."

„Kann ich dann endlich zu dem Fahrzeug zurück?", moserte Schorlau schon wieder.

„Und du bist dir wirklich sicher, nach so vielen Jahren noch etwas zu finden?", gab Faber seine Bedenken jetzt auch Schorlau gegenüber preis und sah ihn ernst an.

„Wenn du mich endlich arbeiten lässt, dann ja. Vielleicht! Ich geh jetzt mal", erwiderte Schorlau und verschwand aus dem Büro.

„Okay, dann beschäftigt euch erst einmal mit den Details eurer Aufgaben und dann legen wir morgen offiziell los. Dennoch möchte ich den Fall unter zwei Perspektiven angehen", sagte Faber und griff sich den weißen Marker. „Erstens: eine Entführung", erklärte er und schrieb das auf die linke Seite der Glaswand. „Und zweitens: Robert Gerber ist untergetaucht und hat seine Familie verlassen!" Kurz danach stand auf der rechten Seite: untergetaucht.

„Bevor du es vergisst", merkte Rike an. „Morgen Nachmittag um zwei Uhr kommt EKHK Miedler aufs Revier, um alle kennenzulernen. Tamme, du solltest am Nachmittag aus Hamburg zurück sein." Richard hatte ihr auf dem Rückweg davon erzählt und war jetzt froh, dass seine Partnerin daran gedacht hatte, es zu erwähnen.

„Kein Problem, ich fahre heute Abend noch in die alte Heimat, nach Oldenburg, und übernachte dort. Dann spare ich mir Fahrzeit und bin spätestens gegen vier Uhr wieder da. Passt das? Dann rufe ich bei Biochemica an."

Faber nickte. „Mach das. Und wenn es fünf Uhr wird, ist das auch nicht schlimm. Ich plane, mit euch allen und unserem neuen Chef am Abend essen zu gehen. Ach, hat jemand eine Idee, in welches Restaurant wir gehen könnten?"

Kaum hatte er das ausgesprochen, ging eine wilde Diskussion los. Essen war in Ostfriesland ein wichtiges Thema und sein Team stritt sich lauthals darüber, wo man in Emden am besten speisen konnte. Faber blieb nichts anderes übrig, als sich kopfschüttelnd in sein Büro zu verdrücken, um etwas Effektiveres mit seiner Zeit anzustellen.

Kapitel 2

Richard hatte sich bereit erklärt, am Abend zu kochen, und außer Schorlau auch Rike und Knut zum Essen eingeladen. Sie waren regelrecht über seine leckeren Rigatoni Quattro Formaggi und den großen Salat hergefallen. Im Gegensatz zu Rike, die, von ihrem Opa verwöhnt, nie Kochen gelernt hatte, war Richard so etwas wie ein leidenschaftlicher Hobbykoch.

Nach dem Essen saßen sie mit einer guten Flasche Barolo auf Fabers Terrasse. Trotz der Uhrzeit zeigte das Thermometer immer noch zwanzig Grad an, weil es heute Abend untypischerweise völlig windstill war. Den ganzen Abend hatte Faber relativ ruhig vor sich her gegrübelt und spielte jetzt mit seinem Weinglas in der Hand rum. Er blickte versonnen auf die kleinen strahlenden Solarlichter, die er in den Bäumen aufgehängt hatte.

„Mien Jung", sagte Knut, schob sich seine Kapitänsmütze in den Nacken und stand auf. „Dat hett lecker smeckt, dank ok!", meinte er im tiefsten Platt, wechselte aber wegen Faber dann ins Hochdeutsche. „Halb elf, es wird Zeit für mich. Gute Nacht zusammen", verabschiedete Opa sich, gab seiner Enkelin einen Schmatz auf die Stirn und ging durch den Rosenbogen rüber in seinen Garten. Die Küchentür der Waatstedts stand immer offen, Faber vermutete, auch in der Nacht. Die beiden, Knut und Rike, hatten es sich zur Angewohnheit gemacht, durch den Garten zu kommen, wenn sie zu ihm wollten. Daher schloss Faber seine Terrassentür auch nicht mehr ab, wenn er zu Hause war.

„Mir steckt das Rumschrauben an dem Mercedes auch in den Knochen", schloss sich Schorlau an und drückte sein Kreuz durch. „So gerne ich mit dir, liebe Rike, noch zusammensitzen möchte, verlangt mein Luxuskörper Schlaf." Dabei grinste er Rike an wie ein verliebter Dackel, und Faber verzog automatisch den Mund. Er hatte den Eindruck, dass Philipps Flirterei nicht mehr nur scherzhaft war, und spürte einen eifersüchtigen Stich in der Magengrube.

„Dann sag deinem Astralkörper, er soll heute Nacht nicht so laut schnarchen, das letzte Mal habe ich dich durch zwei geschlossene Türen gehört", verpasste Faber ihm eine Breitseite.

„Ich schnarche nicht, ich schnurre", gab Schorlau schlagfertig zurück und Rike lachte aus vollem Hals.

„Schnurr ab und schlaf gut. Frühstück um sieben Uhr dreißig", lenkte Faber ein, denn auch er musste über Philipps Spruch grinsen. Kaum dass Schorlau verschwunden war, fragte er Rike: „Soll ich noch eine Flasche öffnen?" Er wollte die Zeit mit Rike allein noch etwas genießen.

„Warum nicht! Ein zweites Glas kann ich noch vertragen", erwiderte sie und lächelte ihn an. Er entkorkte den Wein und schenkte nach. „Du bist so still heute Abend, was ist los mit dir?"

„Ich weiß nicht genau, vielleicht geht mir nur der neue Fall durch den Kopf", murmelte Faber in sein Glas, roch daran und trank einen Schluck. Dann sah er sie an. In dem gedämpften Licht der kleinen Lampen sah Rike wunderschön aus. Die kirschroten Haare standen ihr wild zu Berge und das Sommertop, das sie über ihrer Bluejeans trug, war etwas zu kurz, sodass ein Teil ihres Bauches zu sehen war. „Du siehst gerade aus wie Tinkerbell", sagte Faber plötzlich.

„Du meinst, wie die Elfe aus Peter Pan?", fragte sie und kicherte.

„Ja, hast du den Film gesehen, in dem Julia Roberts Tinkerbell spielt?", fragte er und Rike schüttelte den Kopf. „So siehst du aus mit deinen Haaren, einfach entzückend!"

„Faber, flirtest du mit mir?", stichelte Rike ein bisschen, weil sie wusste, dass er normalerweise brummig wurde, wenn sie so etwas aussprach.

Heute jedoch lächelte er nur. „Ein bisschen!" Er konnte sehen, dass Rike plötzlich rot im Gesicht wurde, und riss sich wieder zusammen. „Was hältst du von dem Fall?", wechselte er schnell das Thema.

„Mir tut die Familie unglaublich leid, besonders Bettina Gerber. Stell dir mal vor, du findest deinen Seelenverwandten, den einzigen Menschen, mit dem du immer zusammen sein möchtest. Du heiratest, bekommst drei Kinder und dann bricht plötzlich das Unglück über dich ein", sagte sie leise. „Ein kleines Kind, überhaupt ein Kind zu verlieren, ist furchtbar."

„Ja", meinte Faber bedrückt. „Das muss schrecklich sein. Wenn man eine gute Ehe hat, dann wird der Partner bei solch einem Verlust noch wichtiger. Und dann plötzlich, von heute auf morgen, ist auch noch der Ehemann verschwunden."

„Dann glaubst du nicht daran, dass Robert Gerber aus freien Stücken untergetaucht ist?", fragte Rike direkt.

„Noch weiß ich nicht genug über den Mann, aber irgendwie kann ich es mir nicht vorstellen. Nach dem Tod seiner Tochter wird er seine beiden anderen Kinder nicht auch noch verlassen. Ganz zu schweigen von dieser Frau. Bettina Gerber ist nicht nur unglaublich attraktiv, das Video zeigt auch, wie sehr sie ihn liebt."

„Ja, dem stimme ich zu", meinte Rike. Dennoch hatte sie ein unangenehmes Gefühl, weil Richard die Frau anziehend fand. „Richard, war Bea die Frau, mit der du den Rest deines Lebens verbringen wolltest?", fragte Rike plötzlich und Faber musste schlucken. Allein die Erwähnung seiner Ex-Freundin bereitete ihm Probleme.

„Ach, Rike", seufzte er. „Vielleicht dachte ich das einmal. Bis sie mir das Kind eines anderen unterschieben wollte. Bis sie mich aus meinem eigenen Haus geschmissen hat, nur weil ich meine Karriere wegen des Kuckuck-Babys aufgeben wollte", sagte er sarkastisch. „Ich habe mich von ihrer Schönheit blenden lassen und war einfach nur ein Idiot!"

„Aber du glaubst doch noch daran, dass es die Eine für dich gibt, oder?"

„Können wir das Thema wechseln?", murmelte er resigniert. Faber befürchtete, dass sie sonst auf ihre eigene Beziehung zu sprechen kamen und was vor zwei Monaten zwischen ihnen geschehen war. Rike war damals emotional angeschlagen gewesen und hatte sich auf der Maifeier in Greetsiel betrunken. Als Richard sie nach Hause gebracht hatte, hatte sie ihn geküsst und war bereit gewesen, weiter zu gehen, doch er hatte einen Riegel davorgeschoben. Manchmal fragte er sich, ob er in dem Moment nicht einen Fehler gemacht hatte und es lieber hätte geschehen lassen sollen.

„Du bist mal wieder der Prototyp eines Mannes. Nie wollt ihr über Gefühle reden", erwiderte Rike enttäuscht.

„Jedenfalls nicht über unsere eigenen Gefühle. Wenn es um andere geht, bin ich Mister Sensibel", versuchte er, das Gespräch aufzulockern.

„Und ich, was glaubst du, treffe ich einmal den Richtigen?"

„Bestimmt! Du hast genug Auswahl. Die Kerle sind hinter dir her", meinte er lächelnd. „Aber tu mir einen Gefallen, nicht Philipp Schorlau, auch wenn er um dich rumschleicht wie ein räudiger Kater!"

„Jetzt wird es Zeit, ins Bett zu gehen, wir driften gerade ins Unaussprechliche ab", sagte Rike resolut und trank ihren Wein aus.

Sie stand auf, legte Faber eine Hand auf die Schulter und drückte ihm einen Kuss auf die Wange. „Schlaf gut, Mister Sensibel!"

***

Oldersum war ein kleiner Teil der Gemeinde Moormerland und lag südwestlich von Emden. Etwa tausendsechshundert Menschen bewohnten Oldersum und es wurde von der Ems, dem Ems-Seitenkanal und dem Rorichumer Tief mit Wasser umschlossen. Ein kleines hübsches Örtchen, das heutzutage über die erforderliche Infrastruktur verfügte. Es gab einen Arzt, einen Zahnarzt, eine Apotheke, zwei Verbrauchermärkte, einen Kindergarten und eine Grundschule. Sogar eine Pizzeria und zwei Kneipen mit Restaurants hatten sich dort angesiedelt.

Rike und Faber waren am nächsten Morgen gleich um acht Uhr nach Emden auf die A31 gefahren und hatten diese bei Riepe wieder verlassen. Während Schorlau sich in der Garage des Emder Polizeikommissariats vergnügte, fuhren sie auf der Auricher Landstraße in Richtung Oldersum. Dort in der Gräfin-Theda-Straße wohnte die Familie Gerber noch immer. Faber hatte sie telefonisch für viertel vor neun angekündigt und gefragt, ob die beiden Kinder an diesem Dienstagmorgen vielleicht etwas später zur Schule gehen könnten. Sie wollten Mark und Lorena gerne kennenlernen und mit ihnen sprechen. Frau Gerber hatte ihm versichert, das wäre kein Problem, da es sich um die letzten zwei Tage vor den Sommerferien handelte. In der Schule würde an den Tagen nicht mehr viel gearbeitet und sie wollte die beiden entschuldigen.

„Ich hatte völlig vergessen, dich zu fragen, wie Bettina Gerber am Telefon wirkte. Du hast doch gestern kurz mit ihr gesprochen, oder?", wandte sich Rike an Richard, der den Audi gerade vor dem alten Landhaus parkte.

„Fragil, sie wollte unbedingt wissen, warum wir kommen. Ich habe ihr nichts gesagt, weil ich ihre Reaktion sehen möchte", sagte Faber. „Ich hatte den Eindruck, die Frau ist immer noch in Trauer, sie sprach angestrengt und mit dünner Stimme."

Rike seufzte. „Das wird nicht gerade ein einfaches Gespräch", bemerkte sie. „Na komm, bringen wir es hinter uns."

Das typische zweistöckige Landhaus aus roten Klinkern war von außen original erhalten worden. Jedoch ließen der sehr gepflegte

Garten und die exotischen Pflanzen schon vermuten, dass es von innen grundsaniert worden war. Sie gingen die Auffahrt hoch. Rechts neben dem Haus hatten die Eltern einen kleinen Spielplatz errichtet. Dort schwang eine Kinderschaukel in der leichten Brise, die heute Morgen aufgekommen war. Ausgebleichte bunte Förmchen und Plastikschaufeln lagen im Sandkasten verstreut, aber alles sah aus, als ob es seit Jahren nicht mehr benutzt worden war.

„Guten Tag, Sie kommen von der Polizei, nicht wahr?", fragte der hochgewachsene Teenager, der ihnen die Tür aufmachte. Mark sah seinem Vater ähnlich, das gleiche dunkle Haar und jetzt schon zeichneten sich die hohen Wangenknochen ab. Was Rike besonders auffiel, war der Ernst, der auf dem Gesicht und vor allem in seinen Augen lag.

„Sie sind Mark Gerber?", fragte Faber, obwohl die Ähnlichkeit frappierend war.

„Ja, meine Mutter ist im Wohnzimmer, kommen Sie mit", erwiderte er souverän und ging vor. Für einen siebzehnjährigen Jungen war er erstaunlich tadellos gekleidet. Er trug keine halb offenen Turnschuhe und Jeans, die eher in den Kniekehlen baumelten, wie man das bei Jungen seiner Generation normalerweise sah. Die dunkle Jeans war weder zerrissen noch stonewashed und sein T-Shirt mit V-Ausschnitt war blütenweiß. Mark war gut gebaut und jetzt schon einen Kopf größer als Rike.

Es war kühl und reichlich dunkel in dem ausladenden Flur und auch dort hatte man viele der originalen Holzbalken und Fliesen erhalten. Als die beiden in das Wohnzimmer traten, wurden sie von der großen Glasfront regelrecht geblendet. Der Raum war weiß und voller Sonne, was nach dem schummrigen Flur wie eine Befreiung wirkte. Doch der Eindruck hielt bei Rike und Faber nur für Sekunden an. Die fröhliche sommerliche Atmosphäre wurde durch Bettina Gerbers Anblick wie von einer Gewitterwolke überschattet. Die attraktive Frau in dem Video mit den langen hellrötlichen Haaren und den faszinierenden Augen war nur noch ein Schatten ihrer selbst. Faber war erst einmal sprachlos, als er die abgemagerte Frau in dem Rollstuhl sitzen sah. Ihr Kopf war kahl und auch waren ihre schön geschwungenen Augenbrauen verschwunden.

Er räusperte sich und ging auf sie zu. „Frau Gerber, mein Name ist Richard Faber, Kriminalhauptkommissar aus Emden. Das ist", stellte er auch Rike vor, „meine Kollegin, Kommissarin Waatstedt. Wir hatten gestern miteinander telefoniert." Sie reichte ihm ihre Hand. Faber hatte eher das Gefühl, ein kleines zerbrechliches Vögelchen in den Handflächen zu spüren, als einer sechsunddreißigjährigen Frau die Hand zu schütteln. Darum drückte er kaum zu.

„Haben Sie Neuigkeiten von meinem Mann?", fragte sie sofort. Auch ihre Stimme war leise und klang angestrengt. Als Faber nur nickte, sah sie ihren Sohn an und meinte: „Liebling, kannst du uns einen Moment alleine lassen und zu Lorena gehen? Die Polizisten werden dann später mit euch sprechen."

„Haben Sie Papa gefunden?", fragte der Teenager kühl und starrte Rike auffordernd an.

„Nein, Mark. Lassen Sie uns kurz mit Ihrer Mutter reden. Wir sprechen dann etwas später", erwiderte sie sanft. Die Enttäuschung war Marks Gesicht sofort anzusehen, jedoch verließ er das Wohnzimmer, ohne weiter nachzufragen.

„Dürfen wir?", bat Faber, und als Bettina einladend die Hand ausstreckte, setzten sie sich ihr gegenüber auf die Couch. Die Sonne blendete Richard, weil Bettina Gerber mit dem Rücken zum Fenster in ihrem Rollstuhl saß. Faber schoss der morbide Gedanke durch den Kopf, dass sie aussah wie ein gequälter Engel mit einem Heiligenschein um ihren Kopf. Darum stand er wieder auf und lehnte sich an den Kamin, damit er nicht ständig blinzeln musste.

„Frau Gerber, wir haben das Auto Ihres Mannes gefunden", begann Rike, weil Faber den Mund nicht aufmachte und die Frau nur anstarrte. „Es lag in der Nähe von Wrantepott im Ems-Jade-Kanal versenkt."

„Oh mein Gott, aber Robert war nicht darin. Bitte nicht!", krächzte sie und begann zu husten. „Geben Sie mir bitte ein Glas Wasser", wandte sie sich an den Hauptkommissar. Er schenkte sofort etwas aus der Karaffe auf dem Tisch in ein Glas und reichte es ihr. „Verzeihen Sie mir, das passiert, wenn ich mich aufrege."

„Sie sind krank? Chemotherapie?", fand Faber endlich Worte.

„Ja, Leukämie, es sieht nicht gut aus", antwortete sie tapfer. „Darum ist es so wichtig, dass Sie meinen Mann finden. Meine Kinder brauchen ihn, wenn es mit mir zu Ende geht."

„Das tut mir sehr leid", erwiderte Richard mitfühlend. „Sie glauben, dass Ihr Mann noch lebt?"

„Das muss ich, denn was soll sonst aus meinen Kindern werden! Ich denke nicht, dass sich meine Mutter zweier Teenager annimmt."

„Frau Gerber", mischte sich Rike ein, denn sie hatte den Eindruck, dass Faber irgendwie neben sich stand. „Ich verspreche Ihnen, wir werden die Ermittlungen wieder aufnehmen. Aber könnten Sie uns erzählen, wie es damals war, kurz vor dem Verschwinden Ihres Mannes? Wie war er so? Sie haben doch viel Zeit mit ihm verbracht, weil er zwei Monate zu Hause war." Bettina Gerber sah sie an, hustete wieder und trank einen weiteren Schluck Wasser, bevor sie Faber das Glas mit einem kleinen Lächeln reichte.

„Robert ist schon immer ein sehr stiller und ruhiger Mann gewesen. Er liebt uns von ganzem Herzen. Nach dem Tod unserer kleinen Tochter zog er sich noch mehr zurück. Er konnte es kaum verkraften und er brauchte eine Auszeit, darum war er zwei Monate hier bei uns", fing sie an zu erzählen und blickte dabei die ganze Zeit auf Faber.

„Waren Sie damals schon krank?", fragte er.

„Nein, ich bekam etwa acht Monate nach seinem Verschwinden die Diagnose. Es ist bereits meine zweite Chemo, die ich mache."

„Es ist Ihnen also nichts aufgefallen, etwas Ungewöhnliches, als er bei Ihnen war?", blieb Rike weiter beim Thema. Natürlich, die Frau tat ihr ebenfalls leid, doch sie brauchten Informationen. Dass dieses Gespräch nicht einfach werden würde, war beiden schon vorher klar gewesen.

Bettina schüttelte den Kopf. „Nein, außer dass er extrem still war und noch mehr vor sich hin grübelte. Sonst war er ganz normal."

„Frau Gerber", setzte Faber wieder an und trat einen Schritt näher zu ihr. „Ihr Ehemann hat vor dem Urlaub einen Fonds aufgelöst. Es war eine sehr hohe Summe."

„Ach je, das Geld", seufzte sie. „Ich wusste davon nichts, bis die Polizei es mir erzählt hat. Ich weiß auch nicht, was damit passiert ist. Hier haben wir jedenfalls nichts gefunden. Tut mir leid, Kriminalhauptkommissar Faber, da kann ich Ihnen leider nicht weiterhelfen."

„Also wissen Sie nicht, ob er Geheimnisse hatte, über die er nicht mit Ihnen sprechen wollte?", versuchte es Faber vorsichtig. Er wusste selbst nicht so genau, worauf seine Frage abzielte.

„Wir hatten keine Geheimnisse, wir liebten uns", sagte Bettina sofort und strich automatisch über den Ehering an ihrer rechten Hand. Es war ein dicker Goldring, der an ihren schmalen Fingern klobig aussah. „Aber Sie müssen verstehen, die vier Monate, bevor meine Tochter starb, war ich ununterbrochen im Krankenhaus und kümmerte mich um mein Kind. Mark war die meiste Zeit bei mir und Lorena in der Zeit bei der Familie einer Freundin. Robert musste arbeiten, aber natürlich kam er jeden Tag ins Krankenhaus. Sophia lag in der Uniklinik und wir übernachteten in der Wohnung, die er in Hamburg hatte." Sie holte tief Luft, weil ihr das Reden schwerfiel.

„Wenn es für Sie zu anstrengend wird, können wir wiederkommen", warf Faber sofort ein.

„Es geht noch eine Weile, ich danke Ihnen", erwiderte sie und fuhr fort: „So sahen wir uns kaum und abends waren wir beide einfach zu müde, um zu reden. Robert wollte auch nicht über Sophia reden, er wollte einfach nicht wahrhaben, dass sie im Sterben lag. Was ich damit meine: Falls Robert Geheimnisse hatte, wusste ich nichts davon, denn ich war körperlich, emotional und gedanklich nur bei meiner kleinen Fia."

„Haben Sie die Wohnung in Hamburg behalten?", fragte Rike konzentriert.

„Ja, weil ich wegen meiner Krankheit immer mal wieder nach Hamburg muss", erzählte Bettina. „Auch hoffe ich immer noch, dass er zurückkommt, dann braucht er seine Sachen! Aber verzeihen Sie, ich bin unmöglich, darf ich Ihnen eigentlich etwas anbieten?"

Faber hob die Hand. „Machen Sie sich keine Umstände. Wir bräuchten die Adresse der Wohnung und den Schlüssel, wir müssten uns dort umsehen."

„Natürlich, Mark gibt Ihnen alles. Die Polizei hat die Wohnung damals bereits durchsucht und nichts gefunden", warf sie ein.

„Es geht eher darum, dass wir ein Gefühl für Ihren Mann bekommen, darum würden wir sie uns gerne ansehen", erklärte Rike. In dem Moment bekam Frau Gerber wieder einen Hustenanfall, der ihren ausgemergelten Körper schüttelte. Faber reichte ihr erneut das Wasserglas und sie trank in kleinen Schlucken.

„Wir lassen Sie jetzt wieder in Ruhe. Wenn es für Sie in Ordnung ist, sprechen wir mit Mark und Lorena", schlug Faber vor und Rike erhob sich. Beide wollten Bettina Gerber nicht überanstrengen.

„Ja, danke, ich muss mich ausruhen. Die Kinder sind im ersten Stock in ihren Zimmern, gehen Sie ruhig hinauf", erklärte sie sich sofort einverstanden.

***

Faber war zu Mark ins Zimmer gegangen und Rike klopfte leise an die Tür der zehnjährigen Lorena. Es war kein Problem, die richtigen Zimmer zu finden, denn an beiden Türen waren liebevoll Holzbuchstaben mit ihren Namen angebracht.

Das Mädchen saß auf seinem Bett in ein Buch vertieft und wippte mit seinen Füßen. „Hallo", sagte Rike und die Kleine sah auf. Sie war ihrer Mutter ähnlicher, hatte das gleiche schmale Gesicht mit der blassen Haut. Ein Kranz blonder Locken fiel von ihrem Kopf bis auf die Schultern. „Ich bin Rike und arbeite bei der Polizei. Könnten wir beide uns kurz unterhalten?", meinte sie und trat in den Raum.

„Okay", murmelte das Mädchen und blickte Rike, die sich umsah, mit großen Augen an. Das Kinderzimmer war in grüner Farbe gestrichen und hatte einen lustigen Fries mit Tieren. Auf dem Regal standen Unmengen von Büchern, Bilderbücher, Märchenbücher und schon ganze Serien von Enid Blyton. Neben Buntstiften zierten zwei große Glasbehälter den Schreibtisch. Einer war randvoll mit kleinen Tierfiguren und das zweite Glas gefüllt mit Lutschern und Bonbons.

„Du liest wohl gerne", meinte Rike und schlenderte zu dem Schreibtisch rüber.

„Ja, dann ist es nicht so langweilig", gab Lorena zurück. Rike griff in eines der Gläser, holte ein Plastiktier heraus und betrachtete es.

„Die sind aber süß, sind das Radiergummis?"

„Ja, ich sammle die, bekomme ich immer, wenn wir beim Arzt sind", erwiderte Lorena plötzlich interessiert, sprang vom Bett und kam zu Rike. „Gefällt dir das Zebra?"

„Sehr", bestätigte Rike und musste daran denken, wie schwer es für die damals fünfjährige Lorena gewesen sein musste. Immer wenn sie ihre Mutter und die kranke Schwester zum Arzt begleitet hatte, hatte sie eines der Tiere bekommen. Und betrachtete man sich Lorenas Sammlung, waren es viele Arztbesuche gewesen.

„Dann schenke ich es dir, ich habe noch fünf Stück davon, eine ganze Herde", erklärte die Kleine und zeigte auf das Regal über ihrem Bett. Dort standen weitere Radiergummis, Zebras, Löwen, Pandabären und eine ganze Gruppe kleiner Schweine.

„Danke, Lorena, das stelle ich mir auf meinen Schreibtisch", erwiderte Rike und lächelte das Mädchen an. „Kann ich mit dir über deinen Papa sprechen?"

Lorena nickte und setzte sich wieder aufs Bett. Das kurze Glänzen in ihren Augen war verschwunden und sie wirkte plötzlich verschlossen. „Was wollen Sie denn wissen?", flüsterte sie so leise, dass Rike es kaum verstand.

Sie setzte sich neben Lorena und spielte mit dem Zebra in ihren Fingern. „Nenn mich einfach Rike! Wie war das mit deinem Papa? Wie war er denn so, bevor er nicht mehr nach Hause kam?"

Lorena kaute auf ihrer Unterlippe herum und murmelte: „Er war traurig wegen Fia. Mama und er haben sich gestritten."

„Weißt du warum?", versuchte Rike mehr aus dem Kind herauszubekommen.

„Wegen Fia."

„Weil deine Mama damals nicht bei euch zu Hause war und immer nur im Krankenhaus?", fragte Rike. Lorena nickte, sagte jedoch nichts mehr. „Hör mal, Lorena, manchmal streiten Erwachsene über dummes Zeug, und weißt du auch, warum?" Das Mädchen sah sie an und schüttelte den Kopf. „Weil sie traurig sind, und deine Eltern waren sehr traurig, als deine Schwester starb. Und wenn man so traurig ist, dass man nicht mehr weinen kann, dann wird man manchmal wütend und sagt Dinge, die nicht so gemeint sind. Ich bin mir ganz sicher, dass dein Papa und deine Mama sich sehr lieb hatten. Denke immer daran!"

„Aber warum kommt Papa dann nicht wieder zu uns zurück?", meinte die Kleine verzweifelt.

Rike nahm Lorena in den Arm. „Ich denke, wenn er das könnte, würde er das sofort tun. Aber ich weiß, egal, wo er ist, dass er dich auch furchtbar lieb hat!"

Als Faber und Rike eine halbe Stunde später in den Audi stiegen, atmeten beide erst einmal tief durch. „Wenn wir ständig solche Fälle hätten, dann würde ich meinen Job aufgeben", murmelte Rike. Richard blickte sie an und nickte zustimmend. Er fummelte mit dem Navi rum, und als das Ziel eingegeben war, ließ er den Wagen an und folgte der Route. „Du willst noch einmal zu der Stelle, wo der Wagen versenkt wurde?", fragte Rike überrascht.

„Ja, wir machen dort einen Spaziergang, ich muss mich erst einmal ablenken, bevor wir zum Revier zurückfahren. Außerdem quält mich seit gestern die Frage, warum der Wagen ausgerechnet dort versenkt wurde."

Innerhalb von achtzehn Minuten hatten sie die besagte Biegung des Ems-Jade-Kanals erreicht. Von der Bergung war nichts mehr zu sehen, außer ein paar Schlammflecken, die mittlerweile auf der Landstraße eingetrocknet waren. Rike und Faber stiegen aus und gingen ans Ufer des Ems-Jade-Kanals. Die Taucher hatten vor und nach der Bergung des Fahrzeugs den flachen Kanal lange abgetaucht, doch außer dem Wagen nichts gefunden. „Warum hier, Rike?"

„Weil der Kanal hier breiter ist als an den anderen Stellen", schoss sie vorschnell raus.

„Wie wäre es, wenn du erst einmal nachdenkst, bevor du redest?", quittierte er ihre Antwort.

„Sei nicht so ein Ekel!", fuhr sie ihn an. „Bloß weil dir das Schicksal dieser Familie an die Nieren geht, musst du das nicht an mir auslassen."

Faber sah sie prüfend an, dann zuckte er die Schultern. „Also gut, du scheinst ebenfalls emotional verwirrt zu sein, sonst hättest du kapiert, was ich meine. Warum der Ems-Jade-Kanal? Warum hat man das Auto nicht nach Holland gefahren und dort versteckt, dort versenkt? Warum nicht in ein anderes Bundesland und dann ab mit der Kiste in eine Talsperre, wo sie auf zwanzig Meter sinkt und nie wieder auftaucht. Warum hier?"

„Ach, das meinst du! Eigentlich gibt es nur eine Antwort auf die Frage. Wer immer das war, hatte es eilig", schaltete sie endlich.

„Ah, da sind ja wieder die grauen Zellen, die ich bei dir so schätze", sagte Faber und fügte an: „Neben allem anderen, was ich an dir schätze." Er grinste und Rike boxte ihm auf den Oberarm. „Nehmen wir einmal an, es waren die Entführer, dann müssen sie Robert Gerber gleich nach dem Verlassen von Oldersum erwischt haben. Vielleicht sind sie ihm von hinten aufgefahren, deshalb auch die Delle an der Stoßstange. Sie stoppen an einem Feldweg, er wird überrumpelt in einen anderen Wagen gezerrt und dann wird das Auto gleich hier entsorgt", spekulierte er.

„Montagmorgens? Da ist die Auricher Landstraße Richtung A31 voll, selbst auf dem Land haben wir hier eine morgendliche Rushhour", hielt sie dagegen. „Außerdem können wir davon ausgehen, dass sie dann mit zwei Wagen hierhergefahren sind. Wahrscheinlich war der Entführungswagen ein Transit. Und du glaubst wirklich, niemandem wäre das aufgefallen, besonders nach dem Aufruf im Fernsehen? Die haben Gerbers Foto und seinen

Wagen gezeigt!" Rike verzog den Mund. „Von wegen emotional berührt und die grauen Zellen arbeiten nicht. Wie nennst du das denn, was du so vom Stapel lässt!"

Faber stöhnte auf. „Stimmt", gab er unwillig zu. „Wurde das Fahrzeug nachts hier entsorgt? Dann wäre die Gefahr weniger groß gewesen, entdeckt zu werden."

„Hätte ich Robert entführt, wäre ein Auffahrunfall gut gewesen. Ich locke den Mann in den Transit, um mit ihm die Versicherungsdinge zu besprechen, betäube ihn und fahre los", grübelte Rike immer noch laut über das vorher Gesagte.

„So wird ein Schuh daraus, Rike. Hätte ich auch getan, aber ich hätte den Mercedes einfach auf dem Feldweg stehen lassen. Bevor der gemeldet wird, bin ich mit meinem Opfer über alle Berge", führte Faber seine Theorie weiter. „Darum erneut die Frage: Was macht der Wagen hier im Kanal?" Einen Moment gingen sie still am Ufer entlang. „Vielleicht wollte Robert Gerber aus freien Stücken verschwinden und jemand wartet hier in der Nähe in einem anderen Auto auf ihn. Er fährt den Mercedes in den Kanal, geht ein Stück zu Fuß und steigt in den Wagen einer anderen Person."

„Du meint doch nicht etwa, er ist mit einer Geliebten durchgebrannt?", fragte Rike empört. Aber dann schien ihr ein Gedanke gekommen zu sein. Sie tippte auf ihrem Handy eine Kurzwahl. „Hallo Friedhelm, hast du die Akte Gerber griffbereit?", sagte sie in den Hörer. „Super, schau mal nach, wann Gerber am Tag seines Verschwindens das Haus in Oldersum verlassen hat." Sie wartete eine Weile, dann nickte sie und bedankte sich. „Er hat das Haus gemäß der Aussage seiner Ehefrau um fünf Uhr verlassen, weil er zu einem Meeting um acht Uhr bei Biochemica in Hamburg sein wollte."

„Verdori", fluchte Faber auf Platt und Rike musste unwillkürlich grinsen. „Damit fällt alles ineinander. Die Sonne geht Ende April erst gegen sechs Uhr auf und Rushhour haben wir um kurz nach fünf auch nicht. Damit ist alles wieder offen!" Er sah Rike an, schob seine Hände in die Hosentaschen und nickte. „Ich nehme alles zurück, deine grauen Zellen sind wunderbar intakt!"

„Sag ich doch!" Rike hakte sich bei Faber ein und beide gingen wieder zum Wagen. „Zurück aufs Revier, und erzähl mir endlich, was Mark gesagt hat."

„Nicht viel, er hat nichts Besonderes gesehen und gehört", berichtete Faber, während er den Wagen Richtung Emden zurücksteuerte. „Für einen siebzehnjährigen Jungen ist er verdammt erwachsen. Ich befürchte, er schmeißt dort den Haushalt, kümmert sich um seine Schwester und die kranke Mutter. Ich habe ihn die ganze Zeit gesiezt und die Unterhaltung war die zwischen zwei Erwachsenen."

„Hofft er auch, dass sein Vater zurückkommt?"

„Nein, er hat mir gestanden, dass seine Frage, ob wir seinen Papa gefunden hätten, auf die Leiche seines Vaters bezogen war. Er glaubt nicht, dass Robert noch lebt", erwiderte Faber.

Rike atmete tief durch. „Meine Güte, mit siebzehn Jahren sollte man eigentlich nur glücklich und unvernünftig sein. Der Junge hat es nicht leicht, auch seine kleine Schwester nicht."

„Stimmt, aber der Junge ist eigenartig. Hat Lorena etwas Interessantes gesagt?"

„Nein, nicht wirklich. Sie meinte nur, dass ihre Eltern wegen Sophia gestritten hätten. Du weißt schon, wenn Trauer in Wut übergeht, machen sich die Erwachsenen dann gegenseitig Vorwürfe und glauben, ihre Kinder bekommen das nicht mit." Rike schwieg und blickte über die Felder, als Faber über den Ems-Jade-Kanal fuhr. Dann kramte sie in der Tasche ihrer schwarzen Jeanshose, zog das kleine Zebra raus und hielt es ihm hin. „Hat sie mir geschenkt!"

Faber nahm ihr das Tier ab, betrachtete es und gab es ihr zurück. „Ein Radiergummi?"

„Sie hat davon eine ganze Sammlung, von den Kinderärzten", erklärte Rike. „Ist ein neuer Trend, eine Freundin von mir bekommt die auch immer für ihre Kinder von den Ärzten. Wohl besser, als irgendwelche zuckerfreien Bonbons zu verteilen. Kannst du dir vorstellen, wie es für Lorena war, ihre Schwester zu den Ärzten zu begleiten? Sie muss bei jedem Arztbesuch dabei gewesen sein, so viele hat sie davon", bemerkte sie und hielt das Zebra hoch.

„Ich weiß nicht, ob so etwas vernünftig ist. Lorena war doch auch erst fünf Jahre, als ihre Schwester schwer krank gewesen war. Hättest du das Mädchen mit zu den Ärzten geschleppt?", fragte er nachdenklich.

„Ich weiß es nicht, Richard. Ich weiß überhaupt nicht, was ich tun würde, wenn ich ein krankes Kind hätte", erwiderte Rike. „Ich kann mich erinnern, wie Knut sich verhielt, wenn es mir als kleines

Mädchen nicht gut ging. Er war dann immer viel kränker als ich, verstehst du, was ich meine?"

„Ja, so ist das, wenn man jemanden sehr liebt. Ich kann mir vorstellen, bei einem Kind potenziert sich das noch einmal", murmelte er. Er erinnerte sich an die tiefen Gefühle, die er dem ungeborenen Baby entgegengebracht hatte. Dem Baby, das er für sein Kind gehalten hatte.

***

Tamme war sehr früh in Oldenburg losgefahren und saß bereits gegen halb neun in Doktor Fauners Büro. Biochemica hatte seinen Sitz in Hamburg-Nord, zwischen Alsterdorf und Barmbek-Nord. Die ersten zehn Stockwerke des Laborgebäudes waren weiß verkleidet, die letzten fünf Etagen hingegen fensterlos und mit dunklen Luftfiltern umgeben. Dort ganz oben waren die Labore, ausgestattet mit einer aufwendigen Filtertechnologie, um die Luft zu reinigen, bevor sie das Gebäude verlassen durfte. Das ovale Gebäude wirkte auf den ersten Blick wie einem Science-Fiction-Roman entsprungen.

„Darf ich fragen, warum Sie die Ermittlungen in der Entführung von Doktor Robert Gerber wieder aufnehmen?", fragte Gerbers ehemaliger Chef, als Tamme kurz umrissen hatte, worum es ging.

„Wir haben neue Hinweise, leider kann ich Ihnen nicht mehr darüber sagen", antwortete Tamme professionell. Das Team auf dem Revier würde später noch seine Freude haben, denn untypisch für den Wikinger war er heute mal nicht in Jeans und Holzfällerhemd unterwegs. Er trug einen dunklen Anzug, zwar ohne Krawatte, aber mit weißem Hemd. „Könnten Sie mir erst einmal erzählen, was für ein Mensch Robert Gerber war?"

Fauner lehnte sich in seinem weißen Bürosessel zurück. „Robert war brillant auf seinem Gebiet. Solch einen genialen Biochemiker haben wir bisher nicht wieder gefunden. Er war besessen von seiner Arbeit und machte Entdeckungen, die unserer Firma Millionen einbrachten."

„Was meinen Sie mit besessen?", hinterfragte Tamme sofort.

„Nun, wenn er an etwas dran war, dann ließ er keine Ruhe, quälte sich, seine Mitarbeiter und arbeitete bis zum Umfallen. Er musste Dingen auf den Grund gehen, das machte ihn so gut. War wohl sein ganz spezieller Charakterzug!"

„Dann waren seine Mitarbeiter bestimmt nicht glücklich mit ihm, oder?"

Doktor Fauner schüttelte den Kopf. „Nein, so stimmt das nicht. Er riss seine Kollegen bei Projekten mit. Eigentlich gab es keine Probleme mit seinen Mitarbeitern, das hat mich die Polizei damals auch gefragt. Vielleicht waren drei Personen sauer, weil wir sie nicht einstellen konnten", erklärte Fauner. „Doch eher auf Biochemica oder auf mich." Tamme runzelte die Stirn und Fauner nahm das als Aufforderung weiterzuerzählen. „Robert arbeitete für uns bereits seit einem Jahr an Genome Editing. Grob umschrieben ist das ein Verfahren, um defektes Genmaterial wieder zu reparieren. Als er Ende Februar 2013 dann in die Endphase gehen wollte, haben wir drei Experten einen sehr lukrativen Vertrag angeboten. Sie sollten anfangen mit der Testphase und diese für zwei Jahre begleiten. Aber dann kam Robert plötzlich mit seinem Wunsch, Urlaub zu machen, zwei Monate wollte er weg sein."

„Hat er das erklärt?"

„Er meinte, der Tod seiner Tochter bereite ihm Probleme, doch ich hielt das für einen Vorwand", erwiderte Fauner sofort und Tamme zog die Augenbrauen zusammen. „Verstehen Sie mich nicht falsch, natürlich war der Verlust seines Kindes unbeschreiblich für Robert. Aber als die Kleine im Sterben lag, hat er sich auch nie freigenommen. Klar ging er jeden Tag für ein paar Stunden ins Krankenhaus, kam trotzdem dann zur Arbeit zurück. Sehen Sie, ich denke, die Arbeit war das Einzige, das ihn von seiner Trauer ablenken konnte. Selbst nach der Beerdigung, zwischen den Jahren, war er hier."

„Daher verstanden Sie nicht, dass er jetzt plötzlich Zeit für sich und die Familie brauchte? Sophia war zu dem Zeitpunkt bereits fast drei Monate tot", sagte Tamme. In dem Moment ging die Tür auf und ein Mitarbeiter brachte Kaffee für Fauner und seinen Besucher. „Danke", wandte der Kommissar sich an den jungen Mann im Anzug und wartete, bis er wieder verschwunden war. „Sie haben ihm den Urlaub letztendlich gewährt, oder?"

„Eigentlich nicht, daraufhin hat er sich für unbezahlten Urlaub entschieden. Wäre Robert nicht so ein Genie gewesen und das Projekt so wichtig, dann hätte ich ihn entlassen müssen. So aber einigten wir uns. Und die Testphase musste für fast ein halbes Jahr verschoben werden, bis die technischen Ressourcen wieder neu geplant waren", erklärte der Mann und seufzte. „Daher zog ich die Verträge für die drei Mitarbeiter zurück. Gott sei Dank war noch nichts unterschrieben. Wir kamen gut aus der Sache raus, trotzdem glaube ich, einer von den dreien hatte bereits seine alte Anstellung gekündigt. Wie auch immer, jeder von denen war ziemlich sauer auf mich."

„Wussten die Mitarbeiter, warum das passierte?"

„Nun, ja, ich habe wohl erwähnt, dass Doktor Gerber die Verschiebung veranlasst hatte", gab Fauner zu.

„Mich wundert, dass die Kollegen der Polizei Hamburg dem nicht nachgegangen sind, ich fand nichts im Bericht darüber."

Fauner wurde etwas rot im Gesicht und rutschte unruhig auf seinem Stuhl herum. „Ich glaube, ich habe das damals in der Hektik der Erpressung und Entführung gar nicht erwähnt. Aber ich muss auch sagen, dieser Kommissar hat nicht so explizit danach gefragt wie Sie."

„Das ist doch nicht Ihr Ernst!", polterte Tamme und atmete tief durch, um sich zu beherrschen. „Dann brauche ich die Namen der drei Leute und die Adressen", erwiderte Tamme dennoch schärfer als gewollt. Er war sauer auf diesen Fauner und vor allem auf den Kollegen in Hamburg, der sich die Sache nicht angesehen hatte.

„Wollen Sie auch die Discs haben?", fragte Fauner übertrieben hilfsbereit. Immerhin scheint er ein schlechtes Gewissen zu haben, dachte Tamme. „Wir haben damals der Polizei auch die Aufzeichnungen unseres Empfangsbereichs gegeben."

„Von welchem Zeitraum?", fragte Tamme und trank seinen mittlerweile lauwarmen Kaffee, der trotzdem erstaunlicherweise sehr gut schmeckte.

„Erster Januar bis zum zweiundzwanzigsten Februar 2013. Danach war Robert dann im Urlaub und kam nie wieder bei Biochemica rein."

„Und davor, zum Beispiel November und Dezember 2012?", hakte Tamme sofort nach und ahnte schon, dass die Hamburger Kollegen auch in dem Fall gepatzt hatten.

„Wurde nie angefordert." Doktor Fauner breitete entschuldigend die Arme aus.

„Haben Sie die noch? Die müsste ich sehen!"

„Da haben Sie Glück, Kommissar Hehler, wir müssen unsere Aufzeichnungen zehn Jahre aufbewahren", sagte Fauner schnell.

„Da wir in unserem Labor mit gefährlichen Substanzen und auch mit Bakterien arbeiten. Sie können es sich denken, für den Fall, in dem Material verschwinden sollte."

„Na, dann lassen Sie mir die Aufnahmen von Juni 2012 bis Ende Februar 2013 raussuchen und dann möchte ich gerne noch mit den damaligen direkten Mitarbeitern von Herrn Doktor Gerber sprechen", wies Tamme ihn nicht gerade höflich an.

Mit einem USB-Stick, auf dem für 267 Tage, sage und schreibe 6408 Stunden, Überwachungsaufzeichnungen gespeichert waren, und den Namen der drei nicht eingestellten Mitarbeiter fuhr Tamme zum Polizeipräsidium. Das Präsidium Winterhude am Bruno-Georges-Platz war gleich um die Ecke, nur fünf Minuten entfernt. Der interessante Bau des großen Reviers war angeordnet wie ein Zahnrad. Das runde Hauptgebäude mit Innenhof, von dem zehn sternförmige Ausläufer abgingen, war dort im Jahre 2000 für stattliche zweihundertachtzig Millionen Euro fertiggestellt worden. Tamme parkte und umrundete erst einmal das große Bauwerk, um etwas runterzukommen. Er hasste solche Schlampereien bei Ermittlungen und befürchtete, den zuständigen Beamten gehörig zusammenzustauchen, wenn er sich nicht vorher beruhigte.

Der verantwortliche Kriminalhauptkommissar war etwa in Fabers Alter, damit etwas älter als Tamme, und empfing ihn sehr freundlich. „Ich sage es Ihnen gleich, ich war vor fünf Jahren nicht der leitende Ermittler, das war ein Kollege, der krankheitsbedingt mittlerweile verstorben ist. Dennoch habe ich an dem Fall gearbeitet, wenn man es so nennen kann."

„Na, da sind wir ja gleich auf den Punkt gekommen, KHK Diksen", konnte sich Tamme nicht verkneifen und sein Gegenüber runzelte die Stirn. „Man war bei den Ermittlungen nicht gerade detailbesessen, ich komme gerade von Doktor Fauner bei Biochemica", fuhr Tamme fort. „Nur zwei Monate Aufzeichnungen wurden sich angesehen und Zeugen, die eventuell sogar ein Motiv hatten, nie befragt."

Diksen nickte und zuckte die Schultern. „Dass überhaupt die zwei Monate der Aufzeichnungen gesichtet wurden, hatte ich durchgesetzt und mir das Material mühsam in Nachtschichten vorgenommen. Hören Sie, KK Hehler, ich will ehrlich sein, der Zeitpunkt, an dem Doktor Robert Gerber verschwand, war einfach beschissen. Wir hatten in der Zeit drei Mordfälle, waren notorisch unterbesetzt und mein ehemaliger Boss, Gott hab ihn selig, war ein Tyrann."

„Solche Vorgesetzten kenne ich auch, bin gerade einen von der Sorte losgeworden", meinte Tamme schon wesentlich besänftigter. „KHK Diksen, sagen Sie mir doch einfach ehrlich, wo wir bei dem Fall noch einmal richtig nachhaken müssen. Dann sparen Sie unserem Team viel Zeit."

„Ehrlich, Kollege, am besten bei allem. Denn wir haben nur das Nötigste gemacht, weil unser Teamleiter andere Prioritäten setzte. Zwar kam der Fall offiziell erst acht Monate nach dem Verschwinden des Mannes zur Ruhe, doch eigentlich haben wir bereits einen Monat nach dem Fernsehaufruf nicht mehr richtig daran gearbeitet", legte der Kriminalhauptkommissar offen. „Aber bitte, das bleibt unter uns."

„Natürlich", erwiderte Tamme, dennoch brannte ihm eine letzte Frage auf der Seele. „Was, glauben Sie, ist damals passiert?"

„Für mich war es eine Entführung, die schieflief", machte Diksen klar. „Der Mann kam entweder direkt bei der Entführung um oder starb, kurz nachdem der Erpresserbrief abgeschickt wurde. Ich an Ihrer Stelle würde nach Laien suchen, denn wären das Profis gewesen, hätten die versucht, trotzdem an das Geld zu kommen. Egal ob Gerber tot war oder nicht."

„Und die Theorie, dass Gerber freiwillig untergetaucht ist? Immerhin hat er zweihunderttausend Euro abgehoben, die verschwunden sind", hakte Tamme nach.

„Wie weit kommt man mit solch einem Betrag, wenn man ein neues Leben anfangen will? Die Frage hatte ich auch meinem alten Chef gestellt, der im Übrigen ein Anhänger dieser Theorie war. Er glaubte, Gerber hatte sich aus dem Staub gemacht." Diksen hob die Hände zum Zeichen, dass er sich nicht sicher war.

„Stimmt, doch wenn Robert Gerber irgendwelche Offshore-Konten hatte, was bei seinem Gehalt im Rahmen der Möglichkeiten liegt, dann könnte er in Südamerika ein gutes Leben haben", gab Tamme zu bedenken.

„Völlig richtig, aber hätte ihn dann nicht irgendein Mensch gesehen, am Flughafen oder auf einem Schiff? Wir haben nach dem Fernsehaufruf seiner Frau nur Anrufe bekommen, die ins Nichts führten. Wobei, das weiß ich nicht sicher, denn ich durfte nicht allen Meldungen nachgehen, wurde von meinem Vorgesetzten abgezogen." Dann sah Diksen Tamme nachdenklich an. „Vielleicht sehen Sie sich die Anrufe noch einmal an, eventuell war doch eine der Personen, die sich bei der Hotline gemeldet haben, seriös."

Kapitel 3

„Schau mal einer an", sagte er laut zu sich selbst und blickte gebannt auf den Bildschirm seines Fernsehers. Es war warm in seiner kleinen Eigentumswohnung und seine Füße geschwollen. Die Frühschicht in der Palliativabteilung der Klinik forderte ihren Tribut. Man rannte von einem zum anderen Patienten, wusch sie, saugte den Schleim ab und setzte neue Katheter. Das alles mit einem Team, welches völlig unterbesetzt war. All die Patienten lagen bereits im Sterben, da war nichts mehr zu machen und das frustrierte ihn bis in die Knochen.

Seinen Job in der Intensivmedizin und in der Abteilung Pädiatrie durfte er nach den Anschuldigungen nicht mehr ausüben. Man hatte ihm nahegelegt zu gehen. Mit dem relativ schlechten Zeugnis hatte er im Marienkrankenhaus nur im Totentrakt, wie sie es intern nannten, arbeiten dürfen. Aber es hätte schlimmer kommen können, die Uniklinik hätte eine Ermittlung einleiten können und dann wäre er seine Zulassung losgeworden. Damals hatte er es nicht als Katastrophe empfunden, denn der Geldsegen war erst einmal eine Ablenkung. Die Eigentumswohnung und eine kleine Kreuzfahrt hatten ihn entschädigt. Jedoch war das lange her. Jetzt sah er Tag für Tag Menschen sterben, kümmerte sich um bereits totes Fleisch. Denn fast alle lagen im Koma oder waren so mit Morphium vollgepumpt, dass sie nicht bei Bewusstsein waren.

Die Frau, die in die Kamera sprach, saß in einem Rollstuhl, neben ihr ein Teenager und ein kleineres Mädchen. Beide hatten den Kopf gesenkt und blickten nicht auf, kein einziges Mal. „Endlich gibt es wieder einen neuen Hinweis auf meinen Mann", sagte sie. „Man hat seinen Wagen im Ems-Jade-Kanal gefunden. Ich glaube immer noch fest daran, dass mein Mann lebt. Das muss ich, denn der Krebs zerstört mich und meine Kinder brauchen ihren Vater. Robert, wenn du das siehst, bitte komm zurück zu uns. Wer weiß, wie lange ich noch lebe", seufzte sie unter Tränen.

„Jetzt hat es dich erwischt, du Schlampe", zischte er voller Genugtuung. „Sieht nach Chemo aus, gut!" Er dachte daran, wie sie damals ausgesehen hatte, mit ihrem rötlichen, seidigen Haar. Wie sie, Mutter Theresa gleich, durch die Pädiatrie gewirbelt war. Geliebt von den Schwestern und den Ärzten, weil sie sich hingebungsvoll um ihre kranke Tochter gekümmert hatte. Kein Handgriff war ihr zu viel gewesen. Er verzog das Gesicht, wenn er daran dachte.

„Schlampe!", fluchte er erneut und spürte den Zorn, der wieder in ihm hochkochte. Wenn du schon den Löffel abgibst, dachte er, sollte ich davon profitieren. Börn legte seinen Kopf gegen die Rückenlehne der Couch und schloss die Augen. Was einmal funktioniert hat, sollte ein zweites Mal ebenfalls klappen, auch wenn es Robert Gerber nicht mehr gibt, ging es ihm durch den Kopf.

***

„Was hat sich diese Frau denn dabei gedacht?", polterte Faber, nachdem er sich das Interview im Fernsehen angesehen hatte. Friedhelm war in sein Büro gestürmt und hatte ihn ins Großraumbüro geholt, wo die Nachrichten liefen. Ursprünglich war das kurze Interview mit Bettina Gerber nur für die Nachrichten des Mittagsmagazins aufgenommen worden. Mittlerweile jedoch hatte sich das Interesse an dem alten Vermisstenfall wieder so hochgeschaukelt, dass alle Sender einen kurzen Ausschnitt in ihren aktuellen Nachrichten brachten. Außerdem war das alte Pressematerial der Entführung wieder hervorgeholt worden und Robert und Bettina Gerber waren von heute auf morgen erneut bundesweit allgemeines Gesprächsthema. „Verdammt, das hilft uns ganz und gar nicht", schimpfte Faber weiter. „Wie ist die Presse daran gekommen?", fragte Faber in den Raum.

„Nicht über uns. Ich habe den Bergungsdienst angerufen, die Kranfahrer wissen, dass sie eine Verschwiegenheitspflicht haben, wenn sie für die Polizei arbeiten,", erwiderte Rike, die an ihrem Schreibtisch saß, sofort. Auch Friedhelm und Torben, die bereits von der Sparkasse zurück waren, schüttelten den Kopf. „Komm, Faber, du weißt genau, dass keiner von uns in solch einem Fall mit der Presse redet!"

Faber schnappte sich einen der Stühle und zog ihn neben Rike. Er drückte die Wahlwiederholung einer Nummer seines Handys, stellte es auf Lautsprecher und legte es auf den Schreibtisch.

„Mark Gerber", meldete sich Bettinas Sohn nach dem dritten Klingeln.

„Hallo Mark, hier ist Hauptkommissar Faber und Kommissarin Waatstedt, könnten Sie uns bitte Ihre Mutter geben", bat Faber den Jungen immer noch reichlich aufgebracht.

„Hallo Herr Faber", hörte er nach ein paar Sekunden die dünne Stimme von Bettina Gerber.

„Frau Gerber, wir müssen wissen, wer von der Presse oder dem Fernsehen sich an Sie gewandt hat", kam er sofort zur Sache. Denn, wer immer den Medien etwas gesteckt hatte, konnte mit der damaligen Entführung zu tun gehabt haben oder war ein potenzieller Zeuge.

„Wieso?", fragte sie überrascht. „Keiner hat sich an uns gewandt, ich habe dort angerufen und dann haben sie ein Fernsehteam geschickt. Jetzt, wo Sie neue Indizien haben, dachte ich, ein Aufruf im Fernsehen wird gut sein. Robert sieht das vielleicht", meinte sie völlig naiv.

„Sie haben was?", entwich es Faber viel zu laut und aggressiv. Rike stieß ihm sofort den Ellenbogen in die Rippen und deutete ihm mit der Hand, sich zu beruhigen.

„Wie reden Sie denn mit mir?", erwiderte Frau Gerber und bekam einen Hustenanfall.

„Tut mir leid, war nicht so gemeint", lenkte Faber kleinlaut ein, als sie endlich wieder aufhörte zu keuchen. Immer noch hörte man sie am anderen Ende schwer atmen. „Hören Sie, Frau Gerber. Es hilft nicht, wenn Sie die Presse einschalten, das erschwert unsere Ermittlungen", versuchte er ihr die Sache zu erklären.

„Bitte, ich möchte mit Frau Waatstedt reden", sagte Bettina und es klang, als hätte sie angefangen zu weinen. Faber atmete frustriert aus. Rike schnappte sich sein Handy, schaltete den Lautsprecher aus und hielt sich das Telefon ans Ohr. Richard schüttelte den Kopf, doch Rike sah ihn nur böse an.

„Ja, Frau Gerber. Wenn Sie das so wollen, natürlich. Verstehe", meinte sie und Faber wippte ungeduldig mit dem Knie, weil er nicht mitbekam, was die Frau zu Rike sagte. „Sobald wir neue Hinweise haben, können Sie gerne auf unser Präsidium kommen. Ja, ich verspreche es, ich rufe Sie an. Auf Wiederhören", beendete Rike das Gespräch und reichte ihm sein Handy. „Du bist ein Dööskopp, beherrsch dich mal", raunzte sie ihn an, während Torben und Friedhelm den Besucher anstarrten, der in das Großraumbüro gekommen war. „Bettina Gerber will in Zukunft nur noch mit mir reden!"

„Jetzt mach mich nicht auch noch an", schoss Faber rüde zurück.

„Wir tun alles, um die Presse fernzuhalten, und die Frau gibt ein

Fernsehinterview", donnerte er immer noch wütend und stand so heftig auf, dass der Bürostuhl mit Schwung nach hinten rollte. „Das erschwert unsere Ermittlungen, bis zum Gehtnichtmehr!"

„Ganz der Heißsporn, von dem ich gehört habe", sagte der schmale ältere Mann, der ihn mit einem weisen Lächeln ansah.

„Aha! Und Sie sind bitte schön?", fragte Faber immer noch in Fahrt und sah den Mann an.

„Sinus Miedler", meinte dieser ruhig, ging auf Faber zu und schüttelte ihm die Hand. EKHK Miedler strahlte eine Ruhe aus, die auch sofort Faber ergriff. Er war nicht größer als ein Meter fünfundsiebzig, schlank und für sein Alter hatte er immer noch sehr dunkles Haar. In seiner schwarzen Jeans, dem Sommerhemd und einem leichten blauen Blouson machte er eher den Eindruck, ein Tourist zu sein. Alles an ihm wirkte inoffiziell, bis auf seine wachsamen Augen, die eine Mischung aus Autorität und Freundlichkeit ausstrahlten.

„EKHK Miedler", war erst einmal alles, was Faber herausbrachte. Dann wurde ihm klar, wie beschämend die Situation war, und er schluckte schwer, bevor er sagte: „Tut mir leid, dass Sie die Szene miterleben mussten. Aber dieses Interview kommt unseren Ermittlungen nicht zugute."

„Ich weiß, ich habe es auf der Fahrt im Radio gehört", erwiderte er und schüttelte dann Rike, Friedhelm und Torben die Hand. „Aber wissen Sie, Faber, wenn das Kind erst einmal in den Brunnen gefallen ist, dann hilft es nicht, einen Tanz aufzuführen. Ein bisschen Beherrschung ist eher angebracht." Miedler zwinkerte Faber zu und schmunzelte.

Rike konnte nicht an sich halten und meinte im tiefsten Platt: „Segg ik ok immerto!" Faber strafte sie mit einem Blick und Miedler lachte laut auf.

In dem Moment stürmte Tamme viel früher als erwartet in das Großraumbüro und ohne sich umzusehen, schimpfte er los: „Die Ermittlung in Hamburg war eine verdammte Schlamperei, die hatten dort auch so einen Friedrichs und der hat den Fall Gerber richtig verbockt!" In der Sekunde, in der er den Besucher wahrnahm, hielt er abrupt inne.

„Na, auf dem Kommissariat Emden ist ja richtig was los!", kommentierte Miedler Tammes Worte, reichte dem Wikinger ebenfalls die Hand und stellte sich vor. Ein leichter Anflug von Röte überzog Tammes Gesicht und er murmelte eine Entschuldigung. „Wie wäre es, wenn wir uns erst einmal zusammensetzen und Sie alle bringen mich auf den letzten Stand in Sachen Robert Gerber", schlug der Erste Kriminalhauptkommissar vor und Friedhelm schob ihm einen Stuhl hin, sodass er die Glaswand gut sehen konnte. Torben organisierte in der Zwischenzeit Kaffee für alle.

Sehr diszipliniert fassten erst Faber und dann Kommissar Hehler ihre Erkenntnisse zusammen. Friedhelm und Torben berichteten davon, dass Robert Gerber am achtundzwanzigsten Februar 2013 telefonisch und per Mail die Bank unterrichtet hatte, den Fonds aufzulösen. Nach seinem letzten Arbeitstag, Freitag den ersten März, war er nach Emden gefahren und hatte das Geld abgeholt. Die Bankangestellte konnte sich erinnern, dass er das Geld, das man ihm in großen Noten ausgehändigt hatte, in einem Aktenkoffer verstaute. Dank ihrer guten Erinnerung wusste die Bankkauffrau noch, wie niedergeschlagen Robert Gerber an diesem späten Nachmittag wirkte.

Anschließend wies Faber sein Team an, Tamme bei der Sichtung der Videoaufzeichnungen zu unterstützen. Nur Rike sollte sich um die Anrufer auf der damaligen Hotline kümmern. Die aufgezeichneten Anrufe hatte der Wikinger von EKHK Diksen aus Hamburg bekommen und mit den Überwachungsvideos nach Emden gebracht. Alle machten sich sofort an die Arbeit, während Miedler mit Faber in sein Büro ging.

„Kriminalhauptkommissar Faber", fing Miedler an und setzte sich sehr bewusst vor Richards Schreibtisch. So ganz anders als Friedrichs, der immer völlig autoritär Fabers Platz in Anspruch genommen hatte. „Ich habe mir Ihre Personalakte und auch die Unterlagen Ihres Teams genau angesehen. Was Sie angeht, habe ich die Einträge Ihres alten Chefs mit Vorsicht genossen, denn es war ziemlich ersichtlich, dass Herr Friedrichs weder Sie als Person noch Ihre Methoden schätzte." Faber nickte automatisch, wappnete sich, denn er wusste nicht, was noch kommen würde, und ließ sich in seinen Bürostuhl fallen. „Darum habe ich mit Ihrem damaligen Vorgesetzten in Frankfurt geredet. Er lobte Sie sehr, obwohl Sie dort auf dem Revier Ihren eigenen Partner zusammengeschlagen haben. Ihr ehemaliger Chef war ehrlich mit mir und erklärte die Situation."

„Ich finde nicht, dass er das Recht dazu hatte, es war eine Privatangelegenheit", warf Faber ein. Es war ihm unangenehm, dass

EKHK Miedler wohl auch erfahren hatte, dass sein ehemaliger Partner Frank Kreiger nach der Prügelei im Krankenhaus gelandet war. Und Faber befürchtete, Sinus Miedler wusste jetzt auch, dass seine Ex-Freundin Bea ein Verhältnis mit Frank gehabt hatte und er der Vater des ungeborenen Kindes gewesen war. Des Babys, das Richard für sein eigenes gehalten hatte.

„Eine Privatangelegenheit, die Sie auf dem Revier austragen mussten!", warf Miedler ein. „Verstehen Sie mich nicht falsch, ich halte Sie für einen hervorragenden Polizisten, der schon lange in unseren Reihen hätte weiter aufsteigen müssen. Aber", betonte sein Chef, „aber Sie sind ein bisschen heißblütig und interpretieren, wenn es sein muss, die Dienstvorschriften anders, als Sie es sollten."

„Ich", setzte Richard an, wurde jedoch sofort von Miedler unterbrochen.

„Ich bin noch nicht fertig, Faber. Ihre Aufklärungsrate zeigt, dass Sie damit Erfolg haben, und ich würde Sie gerne als meinen Nachfolger sehen, wenn ich in einem Jahr in Pension gehe", kam Miedler zum Punkt. Richard war überrascht, das zu hören, damit hatte er nicht gerechnet. „Um Sie jedoch zum Ersten Kriminalhauptkommissar befördern zu können und damit auch Frau Waatstedt endlich zur Kriminalhauptkommissarin zu machen, bedarf es einiger Änderungen."

„Was schwebt Ihnen vor?", fragte Faber sofort.

„Dass Sie kontrollierter agieren, besonders vor Ihrem Team. Solch ein Ausbruch wie vorhin ist kein gutes Beispiel. Sie müssen Ihrem Team gegenüber ruhiger werden, ein Vorbild sein, sonst schauen sich Ihre Leute diese Unarten ab. Außerdem, wenn Sie sich gezwungen sehen, unorthodoxe Methoden anwenden zu müssen, dann sprechen Sie die mit mir ab. Natürlich nur, wenn es die Zeit irgendwie erlaubt", redete Miedler ruhig auf ihn ein. „Keine Sorge, ich will Sie nicht kontrollieren, ich wünsche mir nur mehr Transparenz, damit ich Sie im Zweifelsfall auch schützen kann."

„Danke", erwiderte Richard. Sein neuer Chef war wirklich für eine Überraschung gut. „Ich denke, das sollte kein Problem sein."

„Gut", meinte Miedler zufrieden. „Dann nutzen wir unser gemeinsames Jahr, um Sie auf meinen Posten vorzubereiten!"

„Würde das bedeuten, ich müsste dann nach Oldenburg?"

„Nicht zwangsläufig, Sie könnten auch von hier den Job machen. Jedoch ist der eine oder andere Besuch in Oldenburg nützlich. Dort sitzen der Kriminalrat und der Polizeipräsident und proaktiver Kontakt ist immer eine nützliche Sache."

„Mit der internen Politik habe ich es nicht so", gab Faber ehrlich zu. Diese ganze Vitamin-B-Sache war ihm zuwider.

„Glauben Sie etwa, ich?", fragte Miedler grinsend und schüttelte den Kopf. „Doch je höher Sie in der Hierarchie aufsteigen, umso wichtiger werden Kontakte. Ich verlange nicht, dass Sie jemandem in den Mors krabbeln, aber seien Sie etwas kommunikativer. Sie sind noch jung, können es weit bringen. Versuchen Sie einfach mal, die Finger von Dingen zu lassen, die im strikten Gegensatz zu den Dienstvorschriften stehen!"

Wie zum Beispiel ein Verhältnis mit Rike anzufangen, dachte Faber sofort. Ein Grund mehr, sich auf keine Beziehung mit ihr einzulassen, grübelte er und schluckte schwer an dem Brocken. „Verstehe, Herr Miedler, ich versuche mein Bestes."

„Dann sind wir uns einig. Es freut mich im Übrigen, dass Sie anscheinend auf lange Sicht hier in Ostfriesland bleiben wollen, ich hatte schon befürchtet, dass Sie in einem Jahr um eine Versetzung bitten würden."

Faber lächelte und schüttelte den Kopf. „Nein, es gefällt mir hier sehr gut. Ich würde gerne bleiben und hätte eine Versetzung nur in Erwägung gezogen, um Frau Waatstedt nicht bei ihrer Beförderung im Wege zu stehen. Sie hat den Kriminalhauptkommissar verdient."

„Wunderbar, dann versuchen wir es miteinander. Wenn Sie mich ein bisschen mehr als Ihren Mentor sehen anstatt als Chef, dann klappt es vielleicht", gab Miedler zu bedenken. „Lassen Sie uns jetzt über Ihr Team sprechen!"

***

Bettina Gerber stand in ihrer Küche und rührte die Trinkschokolade in die kalte Milch. Wie immer legte sie noch ein Marshmallow hinein, das an der Oberfläche schwamm. Dann ging sie langsam die Treppe hoch in Lorenas Zimmer.

„Hallo mein Liebling", sagte sie und schloss die Tür des Kinderzimmers hinter sich. Lorena lag in ihrem Schlafanzug auf dem Bett und las in einem der Bücher. Bettina setzte sich schwerfällig auf das Bett und strich ihrer Tochter über den Kopf. „Wie geht es dir, mein Schatz, hattest du wieder Probleme mit dem Atmen?"

„Nein, geht schon, Mami", erwiderte Lorena, schlang ihre Arme um Bettina und drückte sich an sie. „Mami, kommt Papa wirklich zurück?"

„Ich hoffe es, mein Schätzchen", flüsterte Bettina erschöpft. Sie zeigte auf den Becher. „Trink deinen Kakao und dann schnell die Augen zu!"

Lorena griff die Tasse und nippte daran. In dem Moment öffnete sich die Tür und Mark steckte seinen Kopf herein. „Mama, du sollst doch nicht so viel rumlaufen. Komm, du musst dich jetzt ausruhen", ermahnte er Bettina und sie nickte dankbar.

„Gute Nacht Liebling", wandte sie sich an Lorena und warf ihr von der Tür einen Handkuss zu, dann schlurfte sie in ihr Schafzimmer. Mark ging zu seiner kleinen Schwester und deckte sie zu.

„Ich mach dir ein bisschen Zucker in den Becher, Mama nimmt immer zu wenig", sagte er und griff nach dem Becher in Lorenas Hand.

„Okay", erwiderte Lorena und kräuselte ihre Nase, um ihm zu zeigen, dass der Kakao nicht schmeckte. Mark nickte, lächelte seine kleine Schwester an und ging mit dem Getränk in sein Zimmer. Er öffnete das Fenster und schüttete den Inhalt in die Rhododendronbüsche. Dann schob er ein paar Bücher aus dem Regal zur Seite und griff nach der Flasche und der Tüte dahinter. Er füllte den Becher mit dem Schokoladendrink und legte ein Marshmallow aus der Tüte hinein.

„So, jetzt probier mal. Ist doch schon viel besser, oder?", sagte er zu Lorena und sie nahm den Becher. Sie trank einen großen Schluck und nickte.

„Viel besser!", meinte sie und quittierte das Gesagte mit einem zufriedenen Lachen. „Mark, ich hab dich lieb!"

„Ich dich auch, meine Kleine. Jetzt trink den Becher leer und dann Licht aus", flüsterte er ihr ins Ohr und drückte einen Kuss auf die weiche Kinderwange.

„Mark", hielt Lorena ihn zurück, als er schon bei der Tür war. Sie stellte den leeren Becher auf den Nachttisch. „Kommt Papa zu uns zurück?"

Mark sah sie eine Weile an, dann schüttelte er leicht den Kopf. „Ich glaube nicht, Mäuschen. Weißt du, wenn er das könnte, dann wäre er schon hier. Aber mach dir keine Sorgen, ich bin immer für dich da.

Hab dich lieb!" Er wartete, bis Lorena die Nachttischlampe ausge-
schaltet und sich ins Bett gekuschelt hatte, erst dann schloss er die
Tür.

***

Während Rike am nächsten Morgen mit Kopfhörern die Hotline-
Anrufe abhörte, saß der Rest des Teams im Großraumbüro und sah
sich die Aufzeichnungen des Empfangsbereichs bei Biochemica an.
Jeder von ihnen hatte Fotografien der Biochemica-Mitarbeiter vor
sich liegen, um eine schnelle Identifizierung vorzunehmen. Das
gesamte Team war motiviert, was auch an dem entspannten
Abendessen lag, für das EKHK Miedler gesorgt hatte. Dank
Miedlers einnehmender Art hatte sich der gestrige Abend so fröhlich
entwickelt, dass jeder im Team dem neuen obersten Boss einen
ehrlichen Vertrauensvorschuss entgegenbrachte.

„Schätze dich glücklich, einen Forensiker wie mich zu haben!",
verkündete Schorlau laut, als er aus den Garagen hoch ins
Großraumbüro kam. Sofort ging er an die Glaswand und heftete drei
Fotos daran. Dann schrieb er über ein Foto, das die Delle am Heck
des Mercedes zeigte: blaue Lackspuren! „Der Mercedes wurde von
hinten angefahren, die Leasingfirma in Hamburg sagte mir, dass die
Delle vor Gerbers Urlaub noch nicht da war. Sie könnte damit im
Zusammenhang der Entführung stehen. Ein blauer Wagen, und von
der Höhe des Zusammenstoßes war es ein Kleinwagen, ein Polo oder
etwas in der Liga."

„Darüber hatten wir auch schon nachgedacht, dass die Entführer ihn
angefahren haben könnten, um ihn zum Stoppen zu bringen",
murmelte Faber, der neben Schorlau getreten war. „Und was ist
das?"

„Das ist das Brillenetui von Robert Gerber, mit seiner Brille",
antwortete Schorlau stolz. „Das Etui muss beim Aufprall mit der
Wasseroberfläche des Ems-Jade-Kanals nach unten gerutscht sein
und hat sich dann fest unter den Fahrersitz verkeilt. Erst heute habe
ich es geschafft, die Sitze aus dem Wagen zu montieren",
schwadronierte Schorlau wie immer.

„Bleib beim Thema, Philipp!", forderte ihn Faber auf.

„Die Brille also! Wie du siehst, ist das Gestell etwas verbogen."

„Moment, du weißt doch gar nicht, ob es Gerbers Brille ist!", warf Faber skeptisch ein.

Schorlau verzog den Mund und schüttelte abwertend den Kopf. „Mein Job ist die Wissenschaft, ich bin kein Verschwörungstheoretiker so wie du!", verpasste er Faber eine Breitseite. „Erstens habe ich mich bei Gerbers Augenarzt über seine Dioptrien erkundigt und es ist genau die Stärke seiner damaligen Brillengläser. Und zweitens: Das Gestell passt mit dem Foto des Mannes überein. Aber jetzt halte dich fest, denn nun kommt mein Geniestreich!" Schorlau machte wie immer eine theatralische Pause, bis auch alle anderen interessiert aufsahen. Selbst Rike hatte sich die Kopfhörer abgezogen und verfolgte die Szene.

„Durch das Etui ist kaum Wasser ins Innere eingedrungen. Hochwertiges Material, sage ich da nur."

„Philipp, mach mich nicht wahnsinnig, spuck es aus!" Faber hatte die Arme provokativ in die Hüften gestemmt, doch dann entsann er sich Miedlers Worte, nahm die Arme hinter den Rücken und sagte: „Entschuldige, also, was hast du entdeckt?" Sein Tonfall war plötzlich höflich und geduldig.

Schorlau runzelte die Stirn und sah ihn überrascht an. „Hm, ja, also", stotterte er erst einmal, denn Fabers Reaktion hatte ihn aus dem Konzept gebracht. „Es war also kaum Wasser im Inneren, dennoch wäre es genug gewesen, alle menschlichen Flüssigkeiten wegzuschwemmen", holte er aus und wartete sichtlich auf Fabers nächsten Kommentar. Als dieser nur ruhig nickte und abwartete, fuhr er fort: „Im Gelenk der Brillenbügel habe ich Blut gefunden. Es war dort geschützt und hat überdauert. Es ist Robert Gerbers Blut!"

„Ich nehme an, das hast du geprüft? Es ist also definitiv von Robert Gerber?"

„Ja, es ist AB positiv, seine Blutgruppe. Und da diese Blutgruppe äußerst selten ist und nur bei etwa fünf Prozent der deutschen Bevölkerung vorkommt, gehe ich fest davon aus, es ist sein Blut. Der DNA-Test ist bereits unterwegs."

„Super Arbeit, Philipp", meinte Faber sofort und klopfte ihm anerkennend auf die Schulter.

„Geht's dir gut?", brummte Schorlau ihn besorgt an.

„Klar, warum fragst du?"

„Nur so", murmelte Schorlau enttäuscht. Er liebte es, sich mit Faber zu kabbeln. Am schönsten war es, wenn verbal die Fetzen flogen.

Anderseits war Schorlau schon gestern beim Abendessen mit EKHK Miedler aufgefallen, dass Faber zu allen ausgesprochen höflich und korrekt war.

Auch Rike runzelte etwas die Stirn und wunderte sich, ob Fabers kontrolliertes Verhalten etwas mit dem langen Gespräch zu tun hatte, das er mit seinem neuen Chef im Büro geführt hatte. „Dann wurde Gerber also verletzt", sagte sie und Schorlau und Faber drehten sich zu ihr um. „Jemand schlägt ihm auf den Kopf. Dabei werden die Bügel verbogen, Blut gerät in das Scharnier, und dann?", fragte sie provokant und fügte ironisch an: „Dann nimmt jemand ihm die Brille ab, klappt sie zusammen und verstaut sie sorgfältig im Etui, um es mit dem Wagen zu versenken? Passt das in ein Tatprofil eines Entführers? Das ist noch nicht einmal die Reaktion einer Affekttat!"

„Stimmt", grübelte Faber. „Wenn man Gerber bewusstlos schlug und entführte, dann hätte er die Brille später noch gebraucht."

„Ganz bestimmt, denn bei der Sehschwäche war Gerber blind wie ein Maulwurf ohne sein Nasenfahrrad", fügte Schorlau flapsig an.

„Es sei denn, er hat die Verletzung nicht überlebt und war tot", schlussfolgerte Rike.

„Aber warum wurde seine Leiche dann nicht im Kofferraum mit dem Wagen versenkt?", fragte Faber folgerichtig. „Warum nur die Brille?"

„Tja, das findet ihr wohl besser raus", forderte Schorlau sie auf. „Ich gehe wieder zu dem Wagen, habe nämlich im Kofferraum eigenartige Kratzer gefunden, die ich mir jetzt genauer ansehen werde."

„Super, Philipp, danke dir, das war wirklich gute Arbeit", wiederholte Faber und lächelte ihn an.

„Rike", wandte sich Schorlau stirnrunzelnd an sie, „beobachte Faber lieber mal ein bisschen, ich glaube, er hat was Falsches gegessen!" Und schon war der Forensiker wieder verschwunden.

„Was meint er denn damit?", fragte Faber, zuckte die Schultern und wollte schon an den Schreibtisch zurück, als Torben, der wieder angefangen hatte, die Überwachungsvideos zu checken, plötzlich in die Hand klatschte.

„Oha", sagte er, „wenn da nicht jemand Streit mit Doktor Gerber hatte." Tamme, Friedhelm, Rike und Faber gingen sofort zu ihm. Torben spulte die Aufzeichnung zurück und drückte dann erneut auf Start. Zu sehen war ein Mann im Anzug, der Robert Gerber von den

Aufzügen aus nachlief. Er griff grob nach Gerbers Arm und zwang ihn, stehen zu bleiben. Man sah einen heftigen Wortwechsel, der damit endete, dass Gerber die Hand des Mannes von seinem Arm schlug und ihn einfach stehen ließ.

„Das ist einer von den drei Mitarbeitern, die wegen Gerbers Urlaub nicht eingestellt wurden", sagte Tamme sofort. „Er heißt Malte Siegurd. Mittlerweile hat er seinen Doktortitel und ist Dozent an der Uni hier in Emden. Doktor Siegurd ist nicht mehr zurück in die freie Wirtschaft gegangen." Richard sah erstaunt auf den Wikinger, der die Informationen wie aus dem Handgelenk schüttelte. Jedoch hatte Kommissar Hehler gestern Nachmittag besonderes Augenmerk auf die drei Personen gelegt, die damals bei Biochemica anfangen wollten, und alle drei lokalisieren können. Die einzige Frau unter den drei Personen arbeitete mittlerweile in Ludwigshafen bei einem Chemiekonzern, der Neurologe war in Hamburg an einem Klinikum und Malte Siegurd nach einigen Umwegen hier in Emden gelandet. Das Problem war: Jeder von ihnen hatte ein Alibi für den Entführungszeitpunkt.

„Wir haben Semesterferien, wie können wir ihn erreichen?", fragte Faber, denn er wollte so schnell wie möglich mit dem Mann sprechen.

„Er wohnt hier in Emden, ich habe gestern mit seiner Frau gesprochen und mich für heute angemeldet, da sie in zwei Tagen in den Urlaub wollen", erwiderte der Wikinger. „Sie hat mir zwar ein Alibi gegeben, doch da der Mann hier in der Nähe wohnt, wollte ich selbst noch einmal mit ihm sprechen."

„Und jetzt haben wir allen Grund dazu. Er hatte mit Gerber einen Streit, ein Motiv und vielleicht ist sein Alibi nicht wasserdicht. Tamme, wir beide fahren zu ihm, rufe bitte an, dass wir jetzt gleich kommen", wies ihn Faber an. „Dann kann Rike sich weiter um die Hotline kümmern."

Eine Viertelstunde später saß Kommissar Hehler neben seinem Chef im Audi und sie waren auf dem Weg in den Emder Stadtteil Constantia. Der Teil von Emden war einer der neusten der Stadt, denn erst in den achtziger Jahren war das Neubaugebiet um die Fachhochschule herum entstanden. Wobei man Wert darauf gelegt hatte, den Stadtteil im Stil des alten Emden wieder zu erbauen. Er war durchzogen von Kanälen und Grachten, so wie die Emder Innenstadt vor der Zerstörung durch die Angriffe im Zweiten

Weltkrieg ausgesehen hatte. Mittlerweile lebten hier mehr als dreitausend Einwohner, davon etliche Studenten. Das Ehepaar Siegurd wohnte im Jollenweg, unweit des Studentenwohnheims im Dukegat, und bis zur Fachhochschule war es nur ein kurzer Fußweg.

Vom Revier am Bahnhofsplatz waren sie über die Larrelter Straße gefahren und standen knapp fünf Minuten später vor dem Haus. Siegurd lebte in einem der moderneren Häuser, die im Zuge der Neubesiedlung Ende der neunziger Jahre gebaut wurden. Kein sehr großes Gebäude, eingefasst von grauem Klinker mit vielen Fensterflächen und einer ausladenden Dachterrasse im ersten Stock.

Herr Siegurd öffnete ihnen die Tür und bat sie rein. Als Erstes fiel auf, dass das Haus voller Bücher war, selbst im Flur standen sie auf restaurierten alten Möbeln. Das Wohnzimmer glich einer Studentenbude. Ein wilder Stil aus Schränken und Sesseln aller Jahrhunderte. Eine große abgenutzte Büffelledercouch und eingerahmte Poster von Marx, Che Guevara und Frida Kahlo wechselten sich ab mit westafrikanischen Holzskulpturen. Trotz der vielen Zeitungen, die überall herumlagen, wirkte es irgendwie gemütlich. Und ohne Gardinen an den Fenstern waren die Räume lichtdurchflutet.

„Setzen Sie sich", bat der schlanke, asketisch wirkende Mann ihnen Platz an und räumte ein paar Fachzeitschriften von der Couch. „Sie sind Kriminalkommissare, wie kann ich Ihnen helfen? Sie waren am Telefon so geheimnisvoll."

„Herr Siegurd, wir müssen uns einmal detailliert über Doktor Robert Gerber unterhalten", ergriff Faber das Wort. Sofort stöhnte der Mann auf.

„Ich hole etwas zu trinken. Ich habe Ingwer-Minze-Wasser angesetzt. Wollen Sie auch?", fragte Malte, wartete jedoch keine Antwort ab und ging rüber zum Küchentresen. Mit einem Tablett kam er zurück und schenkte ihnen jeweils ein Glas ein. „Was wollen Sie wissen?"

„Sie machen keinen Hehl daraus, dass Robert Gerber nicht gerade zu Ihren Freunden gezählt hat", meinte Faber und nippte an seinem Glas. Das Gebräu schmeckte erstaunlich erfrischend.

„Na ja, wenn man bedenkt, dass er mir meine Karriere versaut hat, dann haben Sie wohl recht", gab Siegurd sofort zu. „Sehen Sie, hätte ich mit Gerber und dem Team das Projekt zu Ende gebracht, die Testphase erfolgreich abgeschlossen und das Verfahren auf den

Markt gebracht, dann hätte mir ein Teil des Patents gehört. So stand es im Vertrag, den ich leider nie unterschreiben konnte, weil Doktor Gerber unbedingt Urlaub brauchte!" Er breitete seine Arme aus und fügte an: „Hätte ich unterschrieben, dann würde ich nicht als Dozent meine Tage in Emden verbringen, sondern in einer schicken Villa in der Rothenbaumchaussee in Hamburg leben."

„Das muss Sie sehr wütend gemacht haben. Ging es darum bei Ihrem Streit, den Sie in der Rezeption bei Biochemica hatten?", meinte Tamme scharf.

„Mein Gott, ja, es war der Tag, an dem Fauner mir sagte, dass meine Träume vorbei wären. Also habe ich auf Gerber dort unten gewartet. Ich wollte ihn zur Rede stellen, vielleicht eine Erklärung oder den Ansatz einer Entschuldigung hören. Doch der Kerl hat mich abgekanzelt, als wäre das alles nicht wichtig", erklärte Malte Siegurd und seufzte. „Entschuldigung, aber der Typ war eiskalt und hatte einen Stock im Arsch", fluchte er.

Faber nippte wieder an seinem Glas, dann sah er den Mann lange an. „Daraufhin sind Sie so wütend geworden, dass Sie sich Rache geschworen haben", meinte er plötzlich. Malte Siegurd wurde rot im Gesicht und stand unwirsch auf. Er drehte sich zum Fenster. „Was haben Sie mit Doktor Gerber gemacht? Besser Sie reden jetzt, sonst kann das richtig übel für Sie werden."

Langsam wandte der Mann sich den beiden Polizisten wieder zu. „Es stimmt, ich war zornig. Aber ich habe nichts gemacht!"

„So, so", höhnte Tamme, dann ließ er seinen lauten einschüchternden Bariton hören: „Mann, jetzt reden Sie. Gerber ist wahrscheinlich tot und Sie sind in großen Schwierigkeiten", drohte er.

„Unsinn, ich habe dem Mann doch nichts getan, seinem Auto ja, aber nicht ihm", reagierte Siegurd verängstigt und setzte sich wieder ihnen gegenüber. „Ich bin ihm gefolgt an dem Nachmittag nach dem Streit, bis er in Hamburg vor einem dieser gepflegten Reihenhäuser parkte. Sie wissen schon, Geldleute-Viertel. Dort sah ich, wie er klingelte und eine Frau ihm aufmachte. Da wurde mir klar, warum der Kerl Urlaub brauchte. Für eine Geliebte wollte er die Karriere von drei seiner zukünftigen Mitarbeiter verrauchen lassen. Verstehen Sie!"

„Und in dem Moment haben Sie angefangen, seine Entführung zu planen", nahm Faber ihn in die Zange.

„Sind Sie verrückt geworden? Nein!", bestritt Siegurd vehement. „Ich bin ihm vor lauter Wut von hinten auf das Auto gefahren und seine Alarmanlage ging sofort los. Es dauerte nicht lang und Gerber und die Frau kamen aus dem Haus."

„Gab es dann eine Auseinandersetzung?", bedrängte Faber ihn weiter.

„Nein, ich habe mit dem Handy Fotos von den beiden gemacht und bin schnell abgehauen", gab der Doktor zu.

„Sie fuhren damals einen blauen Kleinwagen, richtig?", vergewisserte sich Tamme und der Mann nickte.

„Und dann?"

„Ich habe die Fotos anonym seiner Frau geschickt. Wenn der steife, so korrekte Herr Gerber schon eine Geliebte hatte, dann wollte ich ihm wenigstens zu Hause richtig Ärger machen!" Malte strich sich durch sein Haar und meinte dann kleinlaut: „Es stimmt, ich habe ihm eine Delle ins Auto gefahren und die Fotos abgeschickt, doch das war es. Gerber habe ich seit dem Tag nicht mehr gesehen, er reagierte auch nicht auf die Beule an seinem Wagen, obwohl ich mir sicher bin, dass er mich erkannt hat. Hören Sie, dass müssen Sie mir glauben, das war alles."

„Das haben Sie der Polizei damals aber nicht gesagt, oder?", hakte Faber skeptisch nach.

„Nein, um Gottes willen, die hätten doch gleich gedacht, dass ich etwas mit seinem Verschwinden zu tun habe", erwiderte Malte. „Ich war eigentlich ganz froh, dass niemand sich bei mir gemeldet hat, weder wegen der Beule noch wegen der Fotos. Im Nachhinein war mir die Sache etwas peinlich", meinte er jetzt etwas verschämt. „An dem Montag von Gerbers Verschwinden war ich mit meiner Frau auf Kreta. Wir hatten damals kurzfristig drei Wochen Urlaub gemacht, bevor ich mich um einen neuen Job kümmern musste. Ich habe Gerber nichts getan, hätte auch gar nicht die Möglichkeit dafür gehabt!", beteuerte Doktor Siegurd.

„Kommissar Hehler sagte, dass Sie in zwei Tagen auch in den Urlaub wollen", bemerkte Faber. Mittlerweile verstand er, warum Tamme so erzürnt über die Schlampereien der damaligen Ermittlung war. Im Fall Gerber war man anscheinend nicht einer soliden Spur gefolgt.

„Ja, wir wollen nach Südafrika", beantwortete der Dozent seine Frage.

„Das vergessen Sie mal schön. Herr Siegurd, Sie werden das Land nicht verlassen. Suchen Sie sich ein Ferienhaus an der Nordsee, unweit von Emden, wo wir Sie jederzeit erreichen können", ordnete Faber in äußerst offiziellem Ton an. „Falls Sie sich hingegen entscheiden, zu fliegen, lasse ich Sie von Interpol zur Fahndung ausschreiben."

„Aber, aber", stotterte der Mann empört. „Dürfen Sie das denn?"

„Mutwillige Beschädigung eines Kraftfahrzeugs und Unfallflucht, eingreifen in die Persönlichkeitsrechte von Doktor Gerber durch unerlaubtes Fotografieren und Behinderung bei der Ermittlung eines Kapitalverbrechens", zählte Faber ruhig auf. „Das sind drei Straftatbestände, deren ich Sie jetzt schon zur Rechenschaft ziehen werde. Außerdem sind Sie nun ein Hauptverdächtiger im Entführungsfall Gerber, denn Sie haben ein starkes Motiv. Wir werden Ihr Alibi noch einmal genau prüfen müssen!"

„Hören Sie lieber auf den Kriminalhauptkommissar", fügte der Wikinger an. „In nächster Zeit heben Sie Ihren Hintern lieber nicht weiter als eine halbe Stunde von Emden weg. Und wenn Sie das tun, dann rufen Sie mich vorher an", machte er unmissverständlich klar und legte dem Mann seine Visitenkarte auf den Tisch.

„Aber die Reise ist gebucht, da bekomme ich keinen Cent wieder, wenn ich jetzt stornieren muss", meinte Siegurd reichlich sauer.

„Und Frau Gerber und ihre zwei Kinder warten seit fünf Jahren darauf, dass ihr Mann wieder nach Hause kommt", knallte Faber ihm an den Kopf. „Sie haben durch Ihr Schweigen richtig Mist gebaut. Jetzt müssen Sie wohl dafür zahlen, und glauben Sie mir, die Kosten Ihrer nicht angetretenen Reise werden Ihr kleinstes Problem sein!"

„So, und jetzt schreiben Sie uns die Adresse der Frau auf, die Doktor Gerber damals aufgesucht hat, und zwar dalli. Danach können Sie Ihr Reisebüro oder wen auch immer anrufen", schob Tamme hinterher und Malte Siegurd schluckte sichtlich. Mittlerweile hatte sich sein roter Kopf verflüchtigt und er war eher bleich im Gesicht. Immerhin hatten sie erreicht, dass es der Dozent mit der Angst bekommen hatte. Der geht nirgendwohin, noch nicht einmal aufs Klo, ohne uns zu verständigen, dachte Tamme zufrieden.

Kapitel 4

„Wann kommen Petersen und Leitmann zurück aufs Revier?", fragte Faber erneut, nachdem sie wieder im Präsidium waren.

„Morgen sollten sie hier sein", erwiderte Torben. „Frauke hat gerade angerufen, beide haben ihre Prüfungen bestanden und sind jetzt Kriminalmeister." Er wirkte richtig stolz auf die beiden ehemaligen Polizeimeisteranwärter.

„Das ist fantastisch, doch könnten Sie Frauke Petersen bitte fragen, ob sie vielleicht heute Nachmittag noch reinkommt", ordnete Faber an. „Ich möchte, dass sie mit Rike zu Bettina Gerber fährt und nach den Fotos fragt, die Malte Siegurd ihr angeblich geschickt hat. Denn es steht darüber absolut nichts in den Akten."

„Mensch Faber, die beiden feiern doch bestimmt, warum willst du sie denn heute hier haben?", intervenierte Rike, als sie das hörte.

„Weil wir das klären müssen, und zwar schnell!", gab er etwas pampig zurück. „Sorry, Rike, aber wenn Bettina Gerber sich bei mir schon so aufgeregt hat, dass sie nur noch mit dir sprechen will, was sagt sie erst, wenn du mit einem Koloss wie Tamme dort auftauchst?"

Tamme sah ihn und Rike an, und dann strich er sich über seinen Bauch. „Was heißt denn hier Koloss? Ich bin etwas stark, dafür auch groß, hat meine Mutter immer gesagt", kommentierte er Fabers Aussage.

Faber musste unwillkürlich schmunzeln. „Die Bezeichnung war natürlich positiv gemeint, doch eine kranke, zarte Frau wie Frau Gerber könnte eingeschüchtert sein bei deiner Erscheinung. Als ich am Telefon etwas handfester wurde, fing sie gleich an zu weinen. Ich denke, wir überlassen das unseren Damen auf dem Revier. Weibliche Einfühlsamkeit!"

„Ach, hat da nicht jemand behauptet, Mister Sensibel zu sein?", schoss Rike raus und Faber zuckte mit den Achseln.

„Kein Problem, Chef", griff Torben in die Diskussion ein. „Ich glaube, die beiden würden gerne reinkommen und sich gratulieren lassen."

„Prima, dann ruf sie an und ich mache einen Spaziergang zu Fisch-Feinkost Klaassen. Ich besorge Matjesbrötchen und ein paar andere Schweinereien, damit wir die Beförderung der beiden hier feiern können", sagte Faber und sofort hatte er die wohlwollende Zustimmung des ganzen Teams. „Danach können Rike und Frauke zu Bettina Gerber fahren."

Faber nutzte den zwanzigminütigen Spaziergang zum Fischhändler in der Auricher Straße, um über ihre bisherigen Erkenntnisse nachzudenken. Die Sonne brannte heute wieder heiß und er schlenderte gemütlich. Durch seine dunkle Sonnenbrille betrachtete er die Touristen, die es nicht müde wurden, von einem Geschäft ins andere zu flanieren.

Malte Siegurd verabscheute Gerber, dachte Richard. Er demoliert seinen Wagen und schickt aus Rache die Fotos an Bettina. Warum wusste die Polizei damals nichts von den Fotos? Wollte Bettina den Schein einer guten Ehe nicht gefährden? Hatte sie die Fotos nie bekommen, oder war ihr Ehemann abgehauen, weil sie ihn mit den Bildern einer Geliebten konfrontiert hatte? Am liebsten wäre er selbst sofort zu Frau Gerber gefahren, um das rauszubekommen. Doch er durfte nicht vergessen, wie krank die Frau war. Sie mussten Rücksicht nehmen und Rike und Frauke waren die richtigen Personen, um das zu klären.

Er bestellte einen Räucheraal, zehn Matjesbrötchen, ein paar Töpfchen Granat in Aspik mit Remoulade und einen großen Becher roten Heringssalat. Als man ihm den Betrag dafür nannte, verzog er das Gesicht. Auf der anderen Seite sollte es eine kleine Feier für seine Frischlinge werden, da wollte er nicht knausrig sein. Deshalb ließ er sich noch ein halbes geschnittenes Graubrot einpacken, das frisch aus dem Ofen gekommen war. Durch das Eis, das man ihm zur Kühlung mit in die Tüte gelegt hatte, war sein Einkauf reichlich schwer geworden.

Zwei kleine Jungs flitzten den Bürgersteig entlang und spielten Fangen, dabei rannten sie fast in Faber hinein. „Jungs, passt auf!", rief der Vater ihnen nach und die Frau an seiner Seite schimpfte ebenfalls. Als Faber sah, wie der Mann seine kleinen Söhne nur halbherzig maßregelte und ihnen anschließend über den Kopf streichelte, dachte er wieder an Gerber. Seine beiden Kinder vermissten ihren Vater, so wie sie nach ihm gefragt hatten. Auch Bettina hatte behauptet, dass er gut zu den Kindern war und sie abgöttisch liebte. Würde so ein Mann seine Familie für eine Affäre verlassen? Und wenn, warum sollte er seinen Wagen versenken und nicht einfach so verschwinden?

„Du vergisst das Blut", murmelte er laut zu sich selbst. Die Brille mit dem Blut, dachte er. Nein, Gerber war tot, daran gab es keinen Zweifel. Vielleicht aber hatte Doktor Gerber nach seinem Urlaub mit der Familie beschlossen, sich von seiner Geliebten zu trennen. Eventuell hatte sie ihn gezwungen sich mit ihr zu treffen, war an dem Montag nach Oldersum gefahren und hatte ihn dort abgefangen. Die beiden fuhren zum Ems-Jade-Kanal, um zu reden, es gab Streit und seine Geliebte schlug zu. Etwas zu fest und er war tot, grübelte Faber. Dann versenkt sie den Wagen, nimmt aber die Leiche mit, um sie weiter entfernt loszuwerden.

„Und warum legt sie die Brille ins Etui und in seinen Wagen?", fragte er laut und betrat die Garage des Polizeifuhrparks. Schorlau, der halb im Kofferraum des Wagens lag, krabbelte raus und sah ihn an.

„Was?", fragte er und wischte sich Schweiß von der Stirn.

„Nichts", meinte Faber und hielt die Tüte mit den Leckereien hoch. „Komm hoch ins Büro, wir haben eine kleine Feier für unsere frischgebackenen Kriminalpolizeimeister!"

Als Frauke Petersen und Johannes Leitmann endlich im Büro angekommen waren, hielt Faber eine kleine Lobrede und alle gratulierten. Die beiden jungen Polizisten grinsten übers ganze Gesicht und dann stürzten sich alle auf das kleine Buffet, das Tamme mit Rike provisorisch aufgebaut hatte.

„Frau Waatstedt hat gesagt, dass Sie mich bei einer Befragung dabeihaben wollen, Chef", meinte Frauke und biss in ihr Fischbrötchen.

Faber nickte und löffelte seine Krabben in Aspik, die, wie immer bei Klaassen, hervorragend schmeckten. „Ja, wenn es Ihnen nichts ausmacht, Frauke. Am besten gleich, wenn wir hier fertig sind", nuschelte er mit vollem Mund. „Wir bringen Sie jetzt erst einmal auf den Stand der Ermittlung", meinte er noch und stellte das leere Töpfchen weg. Dann fasste er kurz zusammen, worum es ging.

„Und was kann ich tun?", fragte KM Leitmann, der mitgehört hatte. „Wenn Frauke heute im Dienst ist, dann bin ich das ganz klar auch."

„Na gut, Sie können uns bei der Sichtung der Aufzeichnungen helfen, jedes Paar Augen ist willkommen", beantwortete Faber die Frage. Die beiden jungen Polizisten waren hochmotiviert und Faber freute sich, dass Leitmann und Petersen jetzt vollwertig zu seinem Team gehörten. Er blickte sich um nach Schorlau, der sich wegen des Aals genüsslich die Finger ableckte. Philipp stand bei Rike und redete ununterbrochen auf sie ein. Anscheinend legte er ihr gerade sein Herz zu Füßen, so angenervt, wie Rike aussah. „Philipp, bist du mit deinen Kratzern im Kofferraum schon weiter?", fragte er Schorlau.

„Noch nicht, ich habe da eine Vermutung, doch um die zu bestätigen, besorgt mir euer Fuhrmeister ein paar Dinge", erwiderte Schorlau und grinste geheimnisvoll. „Seit ich den Kollegen zu meinem persönlichen Forensik-Assistenten erklärt habe, reißt er sich für mich ein Bein aus." Faber sah ihn entsetzt an. Er hasste es, wenn Schorlau solch einen Unsinn machte, nur um das zu bekommen, was er wollte. Es wurde Zeit, dass Philipp endlich wieder nach Oldenburg verschwand, denn auch ihr gemeinsames Arrangement in der Alten Schule wurde immer anstrengender für Faber. „Ach", meinte Schorlau noch. „Die DNA von der Brille ist bestätigt, es war Gerbers Blut, wie ich vermutet habe!"

***

„Warum ist Kriminalhauptkommissar Faber nicht bei Ihnen?", fragte Bettina Gerber sofort, nachdem Mark Rike und Frauke in das Wohnzimmer gebracht hatte. Rike runzelte die Stirn, denn Frau Gerber hatte explizit gesagt, dass sie nicht mehr mit Faber reden wollte, nachdem er sie telefonisch angegangen war.

„Er ist anderweitig beschäftigt", sagte Rike aus einem Impuls heraus. Sie wunderte sich über das Verhalten der Frau. Vielleicht sind es die Medikamente, die Bettina Gerber verwirren, dachte Rike. „Ich möchte Ihnen meine Kollegin, Kriminalmeisterin Frauke Petersen, vorstellen. Wir arbeiten mittlerweile mit einem Team von acht sehr kompetenten Beamten an Ihrem Fall. Wir müssen Ihnen leider noch ein paar Fragen stellen."

„Ja, natürlich. Doch bitten Sie Herrn Faber, das nächste Mal wieder persönlich vorbeizukommen. Um was geht es, gibt es Neuigkeiten? Hat der Aufruf bei der Presse etwas gebracht?"

„Nun, wie wir schon sagten", meinte Rike und setzte sich wieder auf die Couch. „Der neue Presseaufruf war nicht so eine gute Idee. Bitte geben Sie keine Interviews mehr", redete sie sanft auf die Frau ein. „Aber deshalb sind wir nicht hier. Wir haben von einem Zeugen erfahren, dass man Ihnen vor dem Verschwinden Ihres Mannes Fotos geschickt hat. Stimmt das?"

„Fotos?", fragte Bettina und schien zu überlegen.

„Vielleicht gab es eine Mitteilung dazu, dass es sich auf den Fotos um die Geliebte Ihres Mannes handeln sollte", half Rike ihr auf die Sprünge. Frauke beobachtete Bettina Gerber nur und ergriff nicht das Wort.

„Ach, die Fotos!", reagierte Frau Gerber plötzlich verstehend und ließ ein abwertendes Lachen hören, das in einem Hustenanfall endete. Rike schnappte sich sofort das Wasserglas vom Tisch und reichte es Frau Gerber. Nachdem Bettina sich wieder gefangen hatte, rollte sie rüber zu einer Anrichte in der Ecke neben dem Kamin. Sie zog die Schubladen auf und suchte eine Weile, doch dann fand sie einen braunen Briefumschlag in DIN-C5-Größe. „Hier, das sind sie", meinte Bettina und streckte den Umschlag in Rikes Richtung. Frauke ging zu ihr hinüber und nahm den Umschlag. „Den Zettel habe ich damals weggeschmissen. Völlig albern, denn jemand behauptete, die Frau auf dem Foto wäre die Geliebte meines Mannes."

„In Hamburg abgestempelt am dreiundzwanzigsten Februar 2013", sagte Frauke und reichte ihn an Rike weiter. Sie zog sofort die Fotos heraus. Die drei Bilder zeigten Robert Gerber neben einer recht attraktiven Brünetten, die etwas älter als Bettina Gerber wirkte. Die Frau war schlank und unspektakulär in Jeans und T-Shirt gekleidet, während Doktor Gerber seinen grauen Businessanzug mit Krawatte trug. In seinem Gesichtsausdruck konnte Rike Überraschung und auch Ärger erkennen.

„Frau Gerber", meinte Rike reichlich schockiert. „Warum haben Sie diese Fotos nie erwähnt? Die sind doch wichtig!" Ihr Tonfall war etwas zu hart ausgefallen und Bettina Gerber sah sie erschrocken an. „Tut mir leid, so habe ich das nicht gemeint", entschuldigte sich Rike sofort, denn die Augen von Bettina wurden bereits wieder wässrig. „Wissen Sie, was die Fotos bedeuten?"

„Natürlich, Sie müssen mich nicht gleich angreifen", erwiderte sie aufgebracht. „Mein Mann hat es mir erklärt und ich habe es geprüft." Sie machte eine Pause und atmete ein paar Mal tief durch. „Ich hatte Ihnen bereits erzählt, dass Robert den Tod unserer Tochter nicht akzeptieren konnte. Er suchte zwanghaft nach Antworten, die es nicht gab. Dieser Frau gehörte eine Website im Internet mit dem Namen Todesengel."

„Was? Todesengel?", wiederholte Rike erstaunt.

„Ja! Sie wissen schon, Ärzte, Pfleger, Schwestern, die kranke Menschen töten, in dem Glauben, sie zu erlösen. Die Frau auf dem Foto heißt Hannelore Gericke, sie verlor ihren zehnjährigen Sohn während der ersten Chemotherapie. Der Junge hatte auch Leukämie und sein Körper war schon so geschwächt, dass sein Herz versagte. Letztendlich starb der Junge." Bettina holte tief Luft, als wäre sie am Ersticken, und fügte dann an: „Auch diese Frau konnte sich mit dem unvermeidlichen Tod ihres Kindes nicht abfinden und beschuldigte die Pfleger des Krankenhauses, ihn getötet zu haben."

„Und Sie wollen sagen, dass Ihr Mann das auch bei Ihrer Tochter glaubte?", fragte Frauke betroffen.

„Das will ich nicht sagen", herrschte Bettina Gerber trotz ihrer schlechten Verfassung die Kriminalmeisterin an. „Das war nur ein Klammern an Strohhalme, mein Mann brauchte das. Diese Gericke behauptete auf ihrer Website, dass jeder zehnte Tod eines kranken Kindes in Hospitälern von einem sogenannten Todesengel hervorgerufen wird!" Sie schüttelte den Kopf und wurde wieder ruhiger. „Verzeihen Sie, es bringt mich sehr auf, darüber zu reden. Robert und ich stritten uns deshalb. Doch als er dann bei uns zu Hause war, erwähnte er die Frau nie wieder. Er hat sie auch nie mehr besucht oder an ihre Verschwörungstheorien geglaubt."

In dem Moment ging die Tür auf. „Mama, ich habe gehört, dass du laut geworden bist. Regt dich der Besuch der Polizei auf? Sie sollten gehen! Mutter verträgt keine Aufregung", sagte Mark strikt und blickte böse auf Rike und Frauke. Er ging sofort zu seiner Mutter und legte schützend eine Hand auf ihre Schulter.

„Nein, ist schon gut. Ich habe mich nur ein bisschen entrüstet über die Fragen der Polizistinnen. Es ist wirklich besser, wenn ich das nächste Mal mit Kriminalhauptkommissar Faber rede", meinte sie erschöpft.

„Bitte, gehen Sie jetzt", forderte Mark in einem strengen Ton. „Es reicht, Sie behandeln Mutter nicht angemessen. Sie ist hier das Opfer, wir haben Vater verloren. Verstehen Sie das endlich!"

Rike und Frauke standen sofort auf. „Es tut uns leid, wir wollten Sie nicht aufregen. Danke für Ihre Hilfe. Können wir die Fotos mitnehmen?" Bettina Gerber nickte nur und legte ihre Hand auf die ihres Sohnes. „Wir finden alleine raus!"

Als Rike gerade die Haustür aufmachte, kam die kleine Lorena die Treppe runtergelaufen. „Ich habe deine Stimme gehört, Rike", sagte sie und blieb vor ihr stehen. „Hier, für dich", meinte sie und drückte ihr eine kleine Radiergummi-Giraffe in die Hand. „Jetzt hast du auch schon fast eine Sammlung", bemerkte die Kleine und rannte schnell die Treppe wieder hoch. Am Auto angekommen, sah Rike noch einmal hoch zu Lorenas Fenster im ersten Stock. Das Mädchen stand hinter der Scheibe und winkte ihr mit einem traurigen Lächeln zu.

***

Nachdem Frauke das Team über den Besuch bei Bettina Gerber unterrichtet hatte, ging Rike runter zu Schorlau in die Garage. Faber und Tamme brüteten über einer weiteren Videoaufzeichnung, die sie datiert vom siebenundzwanzigsten Dezember 2012 gefunden hatten. Es handelte sich um Material, welches nie von den Kollegen in Hamburg gesichtet worden war.

„Hallo Philipp, kann ich dich stören?", wandte sie sich an den Forensiker. Schorlau hing wieder mit seinem Oberkörper im Kofferraum und leuchtete jede Ecke mit einer Stablampe ab.

„Klar, komm bitte mal, du kannst mir kurz helfen", erwiderte er und Rike trat neben ihn. Er drückte ihr die Stablampe in die Hand und schnappte sich selbst den Fotoapparat. „Da, leuchte auf die Kratzer", wies er sie an und schoss dann ein paar Fotos. Es waren ziemlich große Schrammen zu sehen, wo der Kofferraum nicht mit Teppich ausgelegt gewesen war. Die durchweichten und zum Teil verrotteten Überreste davon hatte Schorlau schon entnommen.

„Ganz schön ramponiert, was wurde darin transportiert?", fragte Rike.

„Gute Frage", erwiderte Schorlau und wies auf verschiedene Gegenstände in der Garage. Es waren ein kleines Metallregal, ein Klappfahrrad, eine Metallkiste und noch anderes, das Rike gar nicht so recht identifizieren konnte. „Das muss ich jetzt rausfinden. Vielleicht hat es etwas mit der Entführung zu tun, vielleicht aber auch nicht. Wenn Gerber die Kinderfahrräder darin transportiert hat, dann sind die Kratzer ganz harmlos. Doch der Wagen war erstaunlich gut gepflegt, irgendwie kann ich mir nicht vorstellen, dass unser Opfer seinen Firmenwagen dafür benutzt hat."

„Unlogisch, da in Gerbers Einfahrt auch ein weißer Opel Kombi steht, den würde die Familie eher für solche Ausflüge benutzen", bestätigte sie seine Vermutung.

„Aber du wolltest etwas, schieß los!"

„Philipp, wirken sich Chemotherapie-Medikamente auf das Erinnerungsvermögen oder auf die Stimmung von Patienten aus?", stellte Rike endlich die Frage, wegen der sie herunter gekommen war.

„Zytostatika sind ein Sauzeug", begann Schorlau in seiner typischen Art. „Weißt du, das greift nicht nur die kranken Krebszellen an, es zerstört auch die gesunden Zellen. Besonders im Schleimhautbereich, daher oft die Übelkeit. Aber natürlich hat es auch Einfluss auf das zentrale Nervensystem und damit auf das Gehirn." Er runzelte die Stirn. „Warum fragst du?"

„Ach, nichts Besonderes, nur wegen Bettina Gerber. Sie scheint Erinnerungslücken zu haben und ihre Stimmungsschwankungen, na ja! Ich komme so gar nicht mit der Frau zurecht."

„Na, sag das lieber mal nicht Faber, der scheint einen Narren an ihr gefressen zu haben. Hat mir auch schon alle möglichen medizinischen Fragen gestellt, um zu erfahren, wie ihre Chancen stehen", schoss Schorlau raus und Rike zuckte innerlich zusammen bei seinen Worten. „Aber weißt du", fuhr er dann fort, „bei Leukämie und bereits der zweiten Chemo, da darf sie Stimmungsschwankungen haben. Denn sie muss sich ernsthaft mit ihrem baldigen Tod beschäftigen."

„Wahrscheinlich hast du recht! Das war unüberlegt von mir."

„Dann überlege doch einmal etwas anderes", schlug Philipp vor und lächelte sie an. „Wie wäre es, wenn wir beide heute Abend so richtig gut essen gehen? Das Fährhaus in Neßmersiel ist im Guide Michelin eingetragen und ich könnte dort einen Tisch für uns beide reservieren."

„Philipp, ich weiß nicht", erwiderte Rike zögerlich und wusste nicht so recht, wie sie aus der Situation wieder rauskommen sollte.

„Aber ich weiß!", fuhr Faber als Rettung dazwischen. „Das müsst ihr verschieben. Wir drei fahren nämlich jetzt nach Hamburg. Zieh dich um, Schorlau, und komm dann hoch", sagte er knapp und wandte sich zum Gehen.

„Also, Schorlau, Rike und ich fahren noch heute nach Hamburg. Wir werden uns die Wohnung von Gerber ansehen und diese dubiose

Hannelore Gericke aufsuchen", fing Faber an zusammenzufassen und sah dabei immer noch böse auf Philipp. Der lümmelte etwas gelangweilt in seinem tadellosen Anzug mit Krawatte auf einem der Bürostühle rum. „Torben, Friedhelm und unsere beiden Kriminalmeister kümmern sich mit vereinten Kräften darum, die ältere Frau auf dem Video zu identifizieren. Sie hat Gerber zweimal bei Biochemica getroffen. Erstaunlicherweise hat der Mann nach der Beerdigung seiner Tochter gearbeitet, denn sie war zwischen den Jahren bei ihm und dann kurz vor seinem Urlaub", fügte Faber an. „Torben, versuche jede Datenbank, wir müssen wissen, wer sie ist, vor allem, weil sie ihm beim zweiten Mal einen Zettel zugesteckt hat." Dann blickte er auf den Wikinger. „Tamme, du kümmerst dich um die potenziellen Hotline-Anrufer, die Rike identifiziert hat. Versuche die Leute zu erreichen, zur Not suche sie auf."

„Bleiben wir in Hamburg?", fragte Rike reichlich erstaunt und sah auf ihre Armbanduhr.

„Ja, wir schaffen das heute nicht zurück und suchen uns eine Pension!"

„Ich soll in eine Pension?", fragte Schorlau schockiert und rümpfte die Nase. „Abgesehen davon, wäre es nicht gescheiter, wenn ich und Rike Hamburg erledigen und du fährst mit Tamme?"

Faber tötete ihn fast mit seinem Blick. „Nein, ich mache hier die Ansagen, Herr Pathologe! Und wenn du in einem Vier-Sterne-Hotel nächtigen möchtest, dann zahl das gefälligst aus deiner Tasche!", erwiderte Faber mehr als schroff. Er hatte nicht eine Sekunde in Erwägung gezogen, Rike mit Philipp irgendwo alleine zu lassen, schon gar nicht über Nacht.

„Gott sei Dank", sagte Schorlau ironisch. „Da ist er ja wieder, der Faber, den ich kenne. Die Liebenswürdigkeit in Person! Okay, machen wir uns auf die Socken, doch in eine Pension gehe ich trotzdem nicht!", betonte der Forensiker noch einmal vehement.

***

Das, was Malte Siegurd als gepflegtes Geldleute-Reihenhaus bezeichnet hatte, stach mittlerweile zwischen den schick renovierten Gebäuden der Wohlers Allee heraus. An dem dreistöckigen Haus war lange nichts gemacht worden. Anstatt eines hübschen kleinen Vorgartens standen dort mindestens sieben Fahrräder auf einer vertrockneten Fläche, die wohl vor Jahren einmal ein Rasen gewesen war. Die Klingelschilder waren übersät mit Namen.

„Studentenwohngemeinschaften", mutmaßte Rike. „Hier ist sie, Hannelore Gericke, wohnt im dritten Stock, anscheinend hat sie zwei Etagen vermietet", meinte sie und drückte auf den Klingelknopf. Es dauerte eine Weile, bis ein junger Mann mit langen Haaren an der Tür erschien. Alles an ihm, die selbst gedrehte Zigarette im Mundwinkel, die Jeans und auch das T-Shirt mit dem Aufdruck „Fuck Trump", bestätigte Rikes Vermutung.

„Ja?", fragte er und sah die zwei Männer im Anzugsakko und die zierliche rothaarige Frau an.

„Hallo, wir möchten mit Hannelore Gericke sprechen", ergriff Rike das Wort.

„Unser Hausgespenst kommt nie an die Tür", erwiderte der Mann flapsig. „Was wollen Sie denn?"

„Und das geht Sie was an?", gab Rike die Frage zurück und zückte ihren Dienstausweis. „Herr?"

„Windeck, Jörg Windeck, ich bin einer von Hannis Mietern. Wir alle kümmern uns um Hanni, damit sie nicht ganz verwahrlost oder in ein Heim muss. Das Sozialamt ist davon unterrichtet und hat alles abgesegnet, dafür ist die Miete hier bezahlbar", erklärte er bereitwillig. „Ich habe sogar einen Ausweis vom Sozialamt, darf als eine Art Betreuer für Hanni agieren."

„Gutes Arrangement", bemerkte Faber. „Was ist denn los mit Frau Gericke?"

Jörg kreiselte mit dem Finger an seinem Kopf. „Bisschen durchgedreht, das alte Mädchen, doch ganz harmlos und lieb. Aber kommen Sie erst einmal rein", meinte er dann und führte die drei in eine große Wohnküche. Dann kramte er in einer Schublade und holte einen Ausweis heraus. Man hatte ihn wirklich zu einer Art Betreuer mit eingeschränkten Vormundschaftsrechten gemacht.

„Was ist denn passiert?", fragte Rike den Mann. „Vor fünf Jahren hat sie noch alleine hier gewohnt, schien normal zu sein."

Er zuckte mit den Schultern. „Die meisten von uns in dieser Wohngemeinschaft studieren Sozialarbeit und wir haben ein paar Medizinstudenten dabei. Vor drei Jahren wollte das Sozialamt Hanni wegen Verwahrlosung einweisen. Das Haus war eine Müllhalde, Messie, verstehen Sie. Dann hat die Stadt Hamburg mal etwas Gutes

für die Bürger gemacht, als wir Studenten uns proaktiv um Sozial-
projekte kümmern wollten. Wir bekamen das Okay und haben das
Haus mehr oder weniger aufgeräumt und kümmern uns um Hanni.
Wir sehen nach dem Rechten, wir kaufen ein, sorgen für Hygiene
und ihre Gesundheit", erklärte der Student. „Hanni Gericke hat eine
Angststörung, die ins Paranoide geht."

„Lassen Sie mich raten, vor Ärzten, Krankenpflegern und
Hospitälern", sagte Rike.

„Sie haben sich schlaugemacht! Genau, sie glaubt an Todesengel.
Früher hatte das damit zu tun, dass ihr Sohn in einem Krankenhaus
starb. Sie glaubte, er wurde umgebracht. Hat nach ähnlichen Fällen
in ganz Deutschland gesucht und aktiv eine Selbsthilfegruppe mit
Website geleitet. Bloß in den letzten Jahren ist ihr Zustand ernster
geworden. Wir wissen nicht warum."

„Wissen Sie denn, wann ihr Zustand schlimmer wurde?", fragte
Faber sofort und dachte an Gerbers Verschwinden.

„Die Sozialbetreuerin meinte, dass Hanni etwa vor fünf Jahren
anfing zu verwahrlosen. Sie hatte Angst rauszugehen, ernährte sich
nur noch von Pizza. Es war auch nur ein Lieferant, bei dem sie das
Essen bestellte. Dem Mann vertraute sie. Noch nicht einmal den Müll
entsorgte sie mehr. Gott sei Dank hat der Lieferant dann das
Sozialamt eingeschaltet", wusste der engagierte Mann zu berichten.
„Wir haben sie jetzt wieder so weit, dass sie mit uns zusammen isst
und auch nach hinten raus in den Garten geht, wenn einer von uns
dabei ist. Doch vor die Haustür geht sie seit der Zeit nicht, sie hat
Angst vor Fremden." Dann runzelte der Student die Stirn.
„Eigentlich könnten Sie mir mal langsam sagen, warum Sie hier
sind."

„Da Sie als Betreuer bestätigt sind, dürfen wir das jetzt", meinte
Faber. „Wir müssen dringend mit Frau Gericke sprechen, sie ist eine
Zeugin in einem Entführungsfall mit eventueller Todesfolge."

„Puh, das wird nicht einfach, sie verabscheut Fremde. Auf jeden
Fall sollten nicht alle von Ihnen dort hochgehen."

„Rike, du machst die Befragung, ich gehe mit und halte mich im
Hintergrund", wandte sich Faber an sie und sah dann Herrn Windeck
wieder an. „Denken Sie, das funktioniert?"

„Probieren wir es, ich gehe vor und rede mit ihr und rufe Sie dann",
sagte er knapp und machte sich sofort auf den Weg in den dritten
Stock. Sie warteten am Küchentisch mindestens zwanzig Minuten,

bis der Student sie durch das Treppenhaus hoch rief. Schorlau blieb etwas eingeschnappt alleine unten zurück.

Windeck ging, gefolgt von Rike, in die schummrige Wohnung. Faber ließ sich etwas zurückfallen und blieb am Türrahmen zum Wohnzimmer stehen. Ein organisiertes Chaos, dachte er bei sich und blickte auf die Zeitungsstapel im Flur. Da die Stores zugezogen waren und nur eine kleine Lampe in der Ecke leuchtete, konnte er die Frau im Sessel kaum erkennen. „Hanni, schau mal, das ist meine Freundin Rike", sagte er und legte Rike vertraulich den Arm über die Schulter. „Und dort steht ein anderer Freund von mir, doch der ist ganz still und redet nicht. Darf dir Rike denn ein paar Fragen stellen?"

„Was will sie denn wissen?", erwiderte Hanni mit erstaunlich kräftiger Stimme und Rike trat etwas näher an sie heran. Es war eindeutig die Frau auf dem Foto, auch wenn sie jetzt wesentlich älter aussah. Auch trug sie einen uralten Morgenmantel über ihrer Kleidung.

„Hallo Frau Gericke, Hannelore. Darf ich Sie so nennen?", fing Rike vorsichtig an, mit ihr zu sprechen, und ließ sich der Frau gegenüber auf einem Hocker nieder. Sie strahlte Frau Gericke regelrecht an.

„Hanni, sagen Sie Hanni", schlug die Frau vor und wirkte alles andere als verrückt.

„Hanni, es geht um einen gemeinsamen Freund von uns. Ich suche ihn, er ist verschwunden. Robert Gerber, erinnern Sie sich an Robert?", fuhr Rike sanft fort. Sie zog eines der Fotos aus ihrer Jacketttasche und hielt es ihr hin. Frau Gericke griff zu und sah sich die Aufnahme an, dann schnappte sie nach Luft und atmete wild. Der junge Student war sofort an ihrer Seite, setzte sich auf die Lehne des Sessels und legte einen Arm um sie.

„Wollen sie mich jetzt auch holen, Jörg? Sind das die Todesengel?", fragte die Frau verängstigt und klammerte sich an ihren Betreuer.

„Nein, Hanni, die beiden sind keine Todesengel, glaub mir. Sie suchen nach dem Mann, mit dem du auf dem Foto bist. Du kannst ihnen helfen, beruhige dich, ich bin doch bei dir", beschwichtigte Jörg Windeck sie und ihre Verkrampfung ließ langsam nach.

„Rike", wandte sich Hanni plötzlich sehr klar an die Polizistin. „Die Todesengel haben Roberts Tochter umgebracht, in der Uniklinik hier in Hamburg, genau wie meinen kleinen Jungen. Er wusste es, darum kam er zu mir. Er wollte wissen, wie die das machen, aber sie sind dahintergekommen und haben ihn auch umgebracht. Jetzt suchen sie mich, denn auch ich weiß Bescheid. Jörg, sie dürfen mich nicht finden", sprach sie dann wieder mit dem Studenten.

„Das werden sie nicht", versuchte Rike, die Frau zu beruhigen. „Robert war also damals wegen seiner Tochter Sophia hier bei Ihnen, richtig?" Hanni nickte und sah ängstlich auf Faber, der am Türrahmen lehnte und alles nur beobachtete. „Was hat er Ihnen gesagt, erinnern Sie sich?"

„Robert war zwei Mal bei mir. Das erste Mal kam er kurz vor Silvester und wollte über meine Webseite Bescheid wissen. Als er dann wiederkam, war er eigenartig. Er war traurig, wütend und fragte mich, wie man in einem Krankenhaus denn ein kleines Kind töten kann, wo all die Ärzte dort sind", erzählte die Frau und dann lachte sie hysterisch.

„Schön ruhig, Hanni. Komm, erzähl weiter", meinte der junge Mann neben ihr und strich ihr liebevoll über das Haar.

„Jörg, Robert war doch selbst Doktor, ein Chemiker, und fragt so etwas Dummes", erklärte Hanni ihm. „Ich habe ihm gesagt, dass die Todesengel sehr schlau sind. Die spritzen keine Luft, damit das Kind sofort an einer Embolie stirbt, nein, das tun sie nicht. Sie lassen es wie eine Infektion aussehen", dann gestikulierte sie wild in Richtung eines völlig mit Zeitungsausschnitten übersäten Schreibtischs. „Hol das Buch aus der Schublade, da steht alles drin", forderte sie Jörg auf. Sofort schob der junge Mann einige der Papiere zur Seite und öffnete dann die Lade und zog ein dickes Buch heraus, das eher wie ein Fotoalbum aussah. Er legte es ihr auf den Schoß und sie strich mit der Hand zärtlich darüber.

„Dürfte ich das Buch sehen?", fragte Rike und lächelte Hanni an.

„Nein", sagte sie barsch und drückte es an ihren Körper. „Ich habe es Robert gezeigt, und als er dann ging, kam er nie wieder. Er verschwand, die Todesengel haben ihn geschnappt und umgebracht, weil er wusste, was sie mit Sophia getan haben. Wenn ich dir das Buch gebe, dann verschwindest du auch, Rike. Sie werden dich holen!"

„Nein, Hanni", meinte Faber leise, aber bestimmt, ohne sich zu regen. „Ich beschütze Rike vor den Todesengeln. Gib ihr das Buch, vielleicht können wir Robert finden und ihm helfen. Das wollen Sie doch, Hanni."

Erstaunlicherweise hob sie das Buch zögerlich an und streckte es Rike hin. „Danke, Hanni. Wir werden alles lesen und die Todesengel erwischen, dann müssen Sie auch keine Angst mehr haben. Dann können Sie wieder aus dem Haus gehen, einkaufen und spazieren. Das wäre schön, oder?" Rike nickte ihr aufmunternd zu.

„Rike hat recht", fügte ihr Betreuer an. „Lass sie das Buch mitnehmen und sie helfen dir und deinem Freund Robert."

„Nimm es mit", murmelte Hanni. „Bloß Robert könnt ihr nicht mehr helfen, denn er hatte Angst um seine beiden anderen Kinder und wäre nie fortgegangen. Die Todesengel haben ihn umgebracht, er hätte seine Kinder nie alleine gelassen." Plötzlich begann Hanni zu schluchzen und aus heiterem Himmel fing sie an zu schreien. Jörg deutete Rike und Faber an zu gehen und drückte die aufgebrachte Frau an sich.

Sie warteten gemeinsam mit Schorlau in der Küche und nach einigen Minuten wurde es ruhiger im Haus. „Ich habe ihr etwas zur Beruhigung gegeben, sie schläft jetzt", meinte der Student, als er wieder zu ihnen herunterkam. „Hanni kannte diesen Mann also wirklich, ist er denn tot?"

„Wir wissen es nicht, er ist 2013 verschwunden", erklärte Faber. „Das war zu dem Zeitpunkt, als Frau Gericke ihre Angstzustände bekam und nicht mehr aus dem Haus ging. Wahrscheinlich hat sie damals den Aufruf im Fernsehen mitbekommen und dass man Doktor Gerber vermisste. Sagen Sie, Herr Windeck, ist einmal jemand hier aufgetaucht oder ist etwas Verdächtiges passiert, seit Sie sich um Frau Gericke kümmern?"

Jörg Windeck schüttelte den Kopf und runzelte die Stirn. „Sie sind die Ersten, die nach Hanni fragen", sagte er und fügte dann an: „Kann es denn sein, dass unser altes Mädchen doch nicht ganz so durchgeknallt ist und Grund hat, Angst zu haben?"

„Das weiß man nie", meinte Rike. Sie stand auf und schüttelte dem Studenten die Hand. „Wir nehmen ihr Buch mit und sehen es uns an. Wenn wir es als Beweismaterial nicht mehr brauchen, komme ich persönlich vorbei und bringe es zurück", versprach sie.

„Passen Sie gut auf Hanni auf", bat Faber ihn, als sie sich an der Tür verabschiedeten.

„Warum wolltest du mich eigentlich mit dabeihaben, wenn ich eh nur dumm in einer Küche rumsitze? Schon einmal daran gedacht, dass ich die Situation mit der Frau vielleicht hätte besser einschätzen können? Ich bin nämlich Doktor der Medizin!", moserte Schorlau sofort, als sie wieder im Wagen saßen.

„Für deinen medizinischen Sachverstand war die Frau einfach noch zu lebendig", erwiderte Rike schlagfertig und Faber lachte laut auf. „Nein, ich denke, das lief ganz gut, Philipp. Selbst ein Psychologe hätte nicht mehr aus Frau Gericke herausbekommen."

„Stimmt, du bist sehr gut vorgegangen", lobte Faber sie und Schorlau verschränkte beleidigt auf dem Rücksitz die Arme. Rike wollte gerade das Buch aufschlagen, als Richard meinte: „Lass uns das später gemeinsam durchsehen, jetzt fahren wir erst einmal in Robert Gerbers alte Wohnung." Dann gab er die Straße in das Navi ein und startete den Wagen.

Kapitel 5

„Frauke, haben Sie schon Neuigkeiten über die ältere Frau, die Gerber zweimal bei Biochemica traf?", fragte Faber seine Kriminalmeisterin am Telefon. Rike und Philipp waren dabei, die Wohnung von Robert Gerber systematisch zu durchsuchen. Es war etwas unheimlich in Gerbers Stadtwohnung, denn sie machte den Eindruck, als wäre der Mann erst heute Morgen noch hier gewesen. Das Bett war frisch bezogen und alles tipptopp sauber. Auch der Schreibtisch sah aus, als hätte Gerber gerade dort gearbeitet. In den Schränken hingen die Kleider des Mannes, selbst eine Strickjacke lag über einem der Sessel, als wartete sie nur darauf, wieder benutzt zu werden.

„Tut mir leid, Chef, wir konnten sie bisher nicht identifizieren. Wir haben ein Standfoto an Doktor Fauner geschickt und er hat das Bild auch den Mitarbeitern von Biochemica gezeigt, doch keiner kennt sie", berichtete Frauke Petersen.

„Schicken Sie mir das Video, in dem sie Gerber den Zettel gibt, auf mein Handy. Ich habe da eine Idee", meinte Faber und wollte sich schon verabschieden, als ihm noch etwas einfiel. „Frauke, lassen Sie sich vom LKA Niedersachsen einen Zugriff auf die *Vermi*-Datei geben und suchen Sie dort nach der Unbekannten." Dabei handelte es sich um eine bundesweite Datei, die alle Vermisstenfälle aufnahm und auf die sechzehn Landeskriminalämter und auch das Bundeskriminalamt Zugriff hatten.

„Meinen Sie wirklich, dass die Frau auch vermisst wird?"

„Keine Ahnung, entweder sie ist in den Fall verstrickt oder ihr ist etwas passiert. Denn ich hätte eigentlich erwartet, dass sie sich nach dem Fernsehaufruf und dem Presserummel damals gemeldet hätte", erklärte er seinen Gedankengang.

„Stimmt, Tamme konnte bei den Anrufen der Hotline auch nichts finden. Ich mach beides sofort, Chef", versprach die Kriminalmeisterin und fragte noch: „Hatten Sie denn Glück mit dieser Frau Gericke?"

„Das erfahren Sie alles bei der Besprechung, wenn wir morgen wieder zurück sind", erwiderte Faber nur knapp und legte auf. Keine Minute später hatte er das Video auf seinem Handy und sah es sich erneut an. Faber ging zielstrebig in das Schlafzimmer und öffnete einen der Kleiderschränke. Er suchte den dunklen Winterwollmantel, den Robert Gerber auf dem Video trug. Denn man sah, wie die ältere Frau eindringlich mit ihm redete, er immer wieder den Kopf schüttelte und dann nur zögerlich den Zettel nahm und in seine Manteltasche steckte.

Dass der Zettel immer noch unentdeckt in der Tasche lag, war mehr als unwahrscheinlich, aber Richard wollte nichts unversucht lassen. Als er den Mantel endlich fand, schwanden seine Hoffnungen, da er unter einem Plastiküberzug hing und der Zettel der Reinigung sich noch daran befand. Dennoch schob er den Überzug hoch und wühlte in den Taschen. Natürlich fand er nichts, bis er bemerkte, dass eine der Taschen ein kleines Loch im Innenfutter hatte, und dann tastete er das Futter ab, bis er etwas fühlte.

„Tut mir leid, wird dich nicht mehr stören", murmelte Faber, vergrößerte das Loch mit den Fingern und kramte die Papierkugel heraus. Der Zettel hatte in der Reinigung ordentlich gelitten und sah aus wie ein typisches Papiertaschentuch, das man aus Versehen mitgewaschen hatte. „Schorlau", rief Faber ins Wohnzimmer, in dem Philipp die Schränke untersuchte. „Hier, kannst du das auseinanderfummeln, damit man noch was lesen kann?", fragte er den Forensiker und reichte ihm die Papierkugel.

„Mhm", brummte Schorlau, nahm die zusammengebackene Kugel, schnappte sich seinen Forensik-Koffer und verschwand in die Küche.

Rike saß an Gerbers Schreibtisch und durchsuchte seine Unterlagen, während Schorlau in der Küche eine Petrischale mit einer Flüssigkeit füllte und die Papierkugel reinlegte. Er wartete, bis das Papier einigermaßen durchgeweicht war, und hielt dann einen Zipfel mit der Pinzette fest und strich mit einem Wattestäbchen langsam das Material auseinander.

„Sag mal, schadet deine Einweich-Aktion dem Papier nicht noch mehr? Wenn da immer noch was draufsteht, gibt das Wasser dem den Rest!", bemerkte Faber kritisch und sah Schorlau über die Schulter.

„Erstens ist das kein Wasser, du Schlaumeier, und zweitens verschwinde, du machst mich nervös. Geh Rike auf den Wecker!", zischte ihn Schorlau an.

Faber trollte sich zu Rike ins Wohnzimmer. „Und? Was gefunden?"

„Ja, sieh dir die Bücher an. Gerber hat wohl alles über Immunkrankheiten gelesen, was auf dem Markt ist. Bettina hat recht, er wollte sich nicht mit dem Schicksal seiner Tochter abfinden."

„Dieser Doktor Fauner sagte Tamme, dass Gerber allem auf den Grund gehen musste, richtig fanatisch war. Mich wundert es nicht, dass er auch mit der Krankheit seiner Tochter so umgegangen ist", erwiderte Richard und griff sich das Foto auf dem Schreibtisch. Es zeigte die ganze Familie und musste kurz nach der Geburt von Sophia aufgenommen worden sein. Bettina Gerber lächelte glücklich in die Kamera und hatte ein Baby im Arm. Sie saß neben ihrem Mann im Garten. Mark war auf dem Bild nicht älter als neun Jahre, stand neben Robert und hatte seinen Kopf auf die Schulter seines Vaters gelehnt. Lorena saß fröhlich auf dem Schoß ihres Papas, ein kleines Mädchen von höchstens zwei Jahren.

„Was ist das denn?", meinte Rike erstaunt. Sie hatte die Bücher durchgeblättert und in einem der medizinischen Standardwerke für Kinderkrankheiten lag ein Zettel. Er war hinter den Umschlag geschoben worden. „Lauter Namen und die Hälfte davon sind durchgestrichen." Faber beugte sich zu ihr runter und sah sich das Blatt an.

„Das sind alles Doktoren, vielleicht Kollegen von Gerber", vermutete Richard, als er sich die acht Namen mit Titeln angesehen hatte. „Hinter den durchgestrichenen Namen stehen ein oder mehrere Daten", murmelte er. „Alle zwischen den Jahren 2000 bis Ende 2012. Rufen wir auf dem Revier an, die sollen die Personen prüfen und uns die Adressen geben." Rike schnappte sich sofort ihr Handy und hatte Friedhelm innerhalb von Sekunden dran. Sofort las sie ihm die Namen vor und bat um Überprüfung.

Anscheinend hatte Friedhelm auch Neuigkeiten, denn Rike meinte: „Moment, Friedhelm, ich stell dich auf Lautsprecher, damit dich Faber auch hören kann."

„Also, Frauke hat in der *Vermi*-Datenbank gesucht und mit dem Gesichtsabgleichprogramm gearbeitet. Wir haben die Frau wahrscheinlich gefunden, eine Menge Übereinstimmungspunkte, doch keine hundertprozentige Bestätigung, da das Standfoto von der Videoüberwachung zu grobkörnig ist", erklärte Friedhelm ihren Fund.

„Wer war sie und wann verschwand sie?", fragte Faber sofort und in dem Moment kam auch Schorlau ins Wohnzimmer.

„Sie wurde Anfang Mai 2013 als vermisst erklärt, hier steht, eine entfernte Verwandte zeigte das an, weil sie länger nicht von ihr hörte. Was genauer bedeutete, dass sie das letzte Mal im Februar mit ihr Kontakt hatte. Die Frau lebte in Aurich, Annegret Liefers, Witwe, keine näheren Angehörigen. Die Bereitschaft ist damals in das Haus und nichts sah danach aus, dass sie verreist war. Der Kühlschrank war voll und das meiste bereits verdorben", führte Friedhelm detailliert aus. „Die Suche verlief im Sand und so landete sie in der *Vermi*-Datenbank des Landeskriminalamts."

„Wenn sie im Mai als vermisst angezeigt wurde und ihre Lebensmittel bereits verdorben waren, dann könnte sie schon länger verschwunden sein. Vielleicht zur gleichen Zeit wie Gerber", grübelte Rike.

„Wie verdorben waren denn die Lebensmittel?", fragte jetzt Schorlau aus dem Hintergrund. „War Aufschnitt dabei, ungeöffnet?"

„Was?", erwiderte Friedhelm irritiert. „Doktor, Sie glauben doch nicht, dass die Kollegen in Aurich den Inhalt des Kühlschranks so genau untersucht haben. Nee, hier steht nur, dass die frischesten Kühlwaren bereits sechs Wochen abgelaufen waren."

„Das hat man davon, wenn man keinen Forensiker mitnimmt", schimpfte Schorlau und sowohl Rike als auch Faber kräuselten verständnislos die Stirn. „Aber immerhin, unter Kühlwaren versteht man Käse, Wurst, Milch und so ein Zeug, und die waren sechs Wochen abgelaufen. Die Frau wurde Anfang Mai als vermisst gemeldet, dann sind wir bei Mitte März. Da aber die meisten Kühlwaren ein zweiwöchiges Verfallsdatum haben, wenn sie gekauft werden, muss die Frau Anfang März verschwunden sein. Und damit zwei Monate früher als Doktor Gerber!"

„Das würde bedeuten, sie ist, kurz nachdem sie das zweite Mal bei Robert Gerber war, verschwunden. Clever, Schorlau", meinte Faber ohne jeglichen Zynismus.

„Ist ja nichts Neues! Ach, Herr Steiner, hatte die Frau ein Handy?", befragte Philipp Friedhelm weiter.

„Nein, nur Festnetz, wieso fragen Sie?"

„Weil auf dem Zettel, den sie Doktor Gerber zugesteckt hat, eine Handynummer war", teilte Schorlau endlich seine Neuigkeiten mit ihnen. Faber verzog das Gesicht, weil er nicht sofort damit rausgerückt war.

„Na dann, gib Friedhelm die Nummer, Tamme soll sich darum kümmern. Friedhelm, rufen Sie mich sofort an, wenn Sie die Personen auf der Liste ermittelt haben oder es etwas zu der Telefonnummer gibt", wies Faber ihn an.

„Heute noch? Es ist bereits halb neun Uhr, wir wollten langsam Schluss machen. Eigentlich hatten wir nur noch auf Ihren Anruf gewartet, Chef", erwiderte PM Steiner. Rike hatte beim Durchsuchen die Schreibtischlampe eingeschaltet und deshalb war Faber nicht aufgefallen, dass es draußen bereits dämmerte.

„Nein, macht Schluss, aber fangt morgen ein bisschen früher an. Denn wenn sich eine der Personen auf der Liste hier in Hamburg befindet, dann könnten wir sie noch aufsuchen, bevor wir zurückkommen. Ach, Friedhelm, schicke morgen Frauke und Johannes zu dem Haus der Frau in Aurich, sie sollen sich mal umsehen und mit den Kollegen in Aurich sprechen", bat Faber, verabschiedete sich und legte auf. „Wir machen auch Schluss, gehen was essen und dann in das Hotel. Torben hat für uns Zimmer im Cristobal in der Dorotheenstraße gebucht, das ist nicht weit weg. Morgen früh kommen wir noch einmal her und sehen uns den Rest an."

„Okay, aber wenn ich schon mitmuss in dieses Hotel, dann kümmere ich mich ums Essen. Wenigstens ist die Dorotheenstraße gleich um die Ecke vom Mühlenkamp", warf Schorlau ein.

„Und? Das bedeutet was genau?", fragte Faber neugierig.

„Dort ist das Restaurant Trüffelschwein, hat drei Michelin-Sterne und geöffnet bis Mitternacht, ich buche uns gleich einen Tisch."

„Philipp, ich bin nicht Krösus und Rike auch nicht!"

Schorlau rollte mit den Augen. „Da du mich wahrscheinlich nicht alleine mit Rike essen gehen lässt, bist du natürlich auch eingeladen. Ich sage euch, die haben Menüs, da leckt ihr euch die Finger", schwärmte er und griff sofort sein Handy, um einen Tisch dort zu ergattern.

Fünf Minuten später fuhr Faber in die Tiefgarage des Hotels Cristobal im Hamburger Stadtteil Winterhude. Sie brachten ihre Reisetaschen auf die Zimmer und gingen sofort wieder los, da Schorlau wirklich einen Tisch für halb zehn in dem Sternerestaurant bekommen hatte. Philipp schien richtig guter Laune zu sein, denn das Hotel war besser, als sie erwartet hatten. Außerdem machte die

Aussicht auf ein achtgängiges Trüffel-Menü einen besseren Menschen aus ihm.

„Du hast Frau Gerickes Album mitgenommen?", fragte Richard Rike, als sie rechts in den Poelchaukamp einbogen.

„Ja, ich dachte, wir könnten beim Essen ein bisschen darin blättern. Ehrlich gesagt bin ich schon die ganze Zeit neugierig, was darin zu finden ist", erwiderte sie und lächelte ihn an.

„Ach, liebe Rike", stöhnte Schorlau, der auf ihrer anderen Seite lief. „Faber hat einen schlechten Einfluss auf dich. Du denkst nur ans Arbeiten, du brauchst einen Ausgleich!"

„Hast du das gerade gesagt, Leichenfledderer?", konterte Faber. „Wenn ich den ganzen Tag in weiß gekachelten Kellerräumen in Desinfektionsdampf stehen müsste, dann wäre ich wahrscheinlich auch Sterne-Restaurant-süchtig."

Schorlau ignorierte ihn völlig und blickte Rike an. „Eine schöne Frau wie du, Rike, braucht einen Mann, der ihr die Freuden des Lebens zu Füßen legt. Er sollte dafür sorgen, dass du kulinarisch verwöhnt wirst, mit dir auf Reisen und ins Theater gehen."

Rike sah Schorlau genervt an. „Philipp, hör auf mit dem Süßholzraspeln. Kulinarisch verwöhnt mich Opa, mit ihm verreise ich nach Langeoog und Theater habe ich schon genug mit Faber. Wie du siehst, bin ich völlig versorgt, danke!" Jetzt verzog nicht nur Schorlau, sondern auch Faber den Mund.

Als sie endlich bei dem weißen Eckhaus, in dem das Restaurant lag, ankamen, erhaschte Richard draußen einen kurzen Blick auf die Speisekarte. Bei den Preisen wurde ihm schwindlig. Von seinem Gehalt konnte er sich solche Extravaganzen nicht leisten. Philipp verdiente als Chefpathologe auch nicht viel mehr als ein Kriminalhauptkommissar, doch er war von Haus aus vermögend, besaß eine Villa in Oldenburg mit Pool im Garten und einer Saunalandschaft im Keller.

Schorlaus arrogante, zynische Art war nur vorgeschoben. Eigentlich war er ein herzensguter Mensch und ein sehr kompetenter Forensiker. Vielleicht wäre Philipp gar nicht so schlecht für Rike, dachte Faber kurz und folgte den beiden in das Restaurant. Man begrüßte Schorlau dort herzlich, was Faber nicht wunderte, denn Philipp war bestimmt nicht das erste Mal hier. So bekamen sie einen schönen Tisch am Fenster. Für einen Wochentag und vor allem für die Uhrzeit war es noch erstaunlich voll.

„Meine Güte, Philipp, das Trüffel-Menü kostet ein Vermögen", bemerkte Rike, als sie sich die Speisekarte angesehen hatte.

„Keine falsche Bescheidenheit", erwiderte Philipp nur und bestellte das achtgängige Menü für sie alle, dazu die vorgeschlagene Weinbegleitung. Jedoch bat Schorlau darum, für Faber das Fleisch wegzulassen und durch Fisch zu ersetzen. Als man ihnen ein Glas Champagner als Aperitif reichte, schlug Rike das Album auf. Faber und auch Schorlau beugten sich zu ihr, um sich das Buch ebenfalls anzusehen. Es bestand größtenteils aus Fotos, Zeitungsartikeln und handschriftlichen Anmerkungen, die Hannelore Gericke gemacht hatte.

„Ich glaube, das ist ihr Sohn", sagte Rike und blickte auf die beiden Fotos, über denen der Name Felix stand. Eines davon musste vor seiner Krankheit aufgenommen worden sein, denn der etwa zehnjährige Junge lächelte putzmunter in die Kamera. Das Bild daneben zeigte einen kleinen kahlköpfigen und abgemagerten Jungen in einem Krankenbett. Handschriftlich stand daneben: *Durch den Portkatheter kann jeder im Krankenhaus etwas spritzen, ohne dass es auffällt.*

Rike blätterte weiter und sie sahen sich die Zeitungsartikel an. Die ersten Artikel waren aus dem Jahr 2010 von *Der Welt* und der *Berliner Morgenpost.* Dort ging es um eine Krankenschwester, die als der Todesengel der Charité für fünf Morde an Patienten verantwortlich war. Sie hatte Überdosen an blutdrucksenkenden Mitteln gespritzt und dadurch Herzinfarkte hervorgerufen.

„Hier hat Frau Gericke auch wieder Anmerkungen gemacht", sagte Faber und las die etwas schwer zu entziffernde Schrift: „Beim Prozess wurden die Kollegen von Irene B. vom Richter schwer gerügt, da sie den Verdacht hegten, dass die Krankenschwester einen Patienten getötet habe, aber dennoch geschwiegen hatten. Selbst wenn Argwohn vorhanden ist, so hackt eine Krähe der anderen nicht die Augen aus. Wer übt denn überhaupt Kontrolle in Krankenhäusern aus?"

„Der nächste Artikel ist von 2003, ein Krankenpfleger aus Sonthofen wurde des Mordes in zwölf, des Totschlags in fünfzehn Fällen und einer Tötung auf Verlangen für schuldig gesprochen", fuhr Rike fort. „Frau Gericke schreibt: Narkose- und Beruhigungsmittel wurden durch bereits vorhandene Venenzugänge injiziert. Er wurde nur überführt, weil Narkose- und

Beruhigungsmittel immer wieder verschwanden. Doch was ist, wenn keine Medikamente gespritzt werden? Wem fällt es schon auf, wenn verunreinigtes Wasser gespritzt wird, dadurch Entzündungen und Organversagen hervorgerufen wird? Ein geschwächtes Kind kann mit solchen Keimen ganz langsam und qualvoll ermordet werden!"

„Hier ist noch ein weiterer Artikel über einen Krankenpfleger aus New Jersey", murmelte Schorlau und trank seinen Champagner in einem Zug leer. „Meine Güte, der Kerl hat gestanden, fünfundvierzig Menschen mit Herzmitteln umgebracht zu haben. Ich kann Gerickes Anmerkung nicht lesen, die hat wirklich eine Sauklaue."

„Zeig mal", meinte Faber und zog das Buch näher heran. Er kniff die Augen etwas zusammen und las: „In den Kliniken tauchten immer wieder Gerüchte auf, wenn Patienten in seiner Obhut starben. Aber anstatt die Vorfälle zu melden, legten die Krankenhäuser ihm nahe zu kündigen. Er arbeitete in insgesamt zehn Kliniken. Im Juni 2003 verdächtigte das Somerset Medical Center ihn und man setzte eine Aufsichtsbehörde auf ihn an, jedoch nicht die Polizei. Erst Ende 2003 wurde dann die Polizei eingeschaltet. Von Juni bis Ende 2003 ermordete er weitere fünf Patienten. Krankenhäuser wollen keine Skandale, sie vertuschen und entlassen Todesengel eher, als sie zur Rechenschaft zu ziehen. Ärzte, Pfleger, Schwestern und die Krankenhausleitungen sind Mittäter bei Morden."

Rike blätterte weiter durch die Seiten, ohne die Details genau zu lesen. „So geht es weiter und weiter, eine Krebsärztin aus Langenhagen, die verdächtigt wurde, Sterbehilfe geleistet zu haben. Bis hin zu einem sehr alten Fall, dem Todesengel von Wuppertal. Von 1884 bis 1968 ermordete die Krankenschwester siebzehn Menschen auf der Intensivstation. Obwohl ein Pflegerkollege sie dabei beobachtete, dass sie etwas nicht von einem Arzt Angewiesenes spritzte, passierte erst einmal nichts." Dann schob sie diese letzte benutzte Seite des Albums zu Faber. „Lies mal die Anmerkung!"

„Schon damals wurde nichts unternommen, selbst wenn es Beschuldigungen gab. Und so ist es heute noch. Die Todesengel sind überall! Und kommt man ihnen auf die Spur, töten sie dich auch! Ich habe Angst", sprach Faber Hannelore Gerickes letzte Worte in dem Album aus. „Das ist mit dem zwanzigsten Mai 2013 datiert. Ich nehme an, dass sie damals von Robert Gerbers Verschwinden erfuhr."

„Und in dem Moment ging ihre Paranoia erst richtig los", brummte Schorlau. „Leg den Kram jetzt weg, unser Essen kommt." Zwei Ober servierten ihnen ein Amuse-Gueule, das eher wie ein kleines Kunstwerk aussah als wie etwas zu essen. Richard probierte die Gemüsepraline, die tatsächlich mit dunkler Schokolade überzogen war. Die Sellerie-Trüffel-Paté darin schmolz regelrecht im Mund und er konnte ein genüssliches Seufzen nicht unterdrücken.

„Philipp, ich glaube, mit dem Essen machst du gerade jemanden richtig glücklich", meinte Rike und blickte auf Faber. Der hatte die Augen automatisch geschlossen, um sich von seinem Geschmackserlebnis nicht ablenken zu lassen. Schorlau quittierte das mit einem zufriedenen Schmunzeln. „Sag mal, war das nur so dahergesagt oder denkst du wirklich, dass Frau Gericke damals schon paranoid war?", fragte sie ihn.

„Ja, denn um so zu enden, wie sie jetzt lebt, muss eine Vorerkrankung vorhanden gewesen sein. Paranoia ist eine wahnhafte Störung oder besser ausgedrückt: eine durch ein gesteigertes Misstrauen gekennzeichnete Persönlichkeitsstörung mit Wahnvorstellungen", erklärte Schorlau ganz in seinem Element. „Ich nehme an, dass der Tod ihres Kindes und das dadurch entstandene Trauma der Trigger war. Erst das Erlebnis hat die Paranoia zutage gefördert. Sie hat dann mit den Todesengeln angefangen und sich hineingesteigert."

„Aber die Todesengel sind Realität", hielt Rike dagegen. „Das wussten wir schon immer, nicht erst seit den Artikeln in Hannis Album."

„Schon, aber Todesengel gibt es genauso wie Serienmörder und Menschen, die obskure Paraphilien entwickelt haben. Die Frage ist nur, wie oft gibt es solche Fälle? Immer mal wieder geht ein Todesengel durch die Presse, doch ihre Anzahl ist verschwindend klein", beharrte Schorlau. „Der einzige Grund, warum dann ein solches Interesse für Todesengel entsteht, ist, dass sie Serien- beziehungsweise Massenmörder sind. Ihre Opfer sind zu schwach, um sich zu wehren, sie haben unbegrenzten Zugang zu tödlichen Medikamenten und sind in einer beruflichen Situation, die ihnen einen Vertrauenszuschuss gewährt. Das macht sie zu Monstern, doch wir können von Glück reden, denn es sind sehr seltene Monster."

„Stimmt zwar, aber man kennt die Dunkelziffern nicht", klinkte Faber sich in das Gespräch ein. „Auch wenn Hanni Gericke mittlerweile ziemlich verrückt ist, so haben alle Kommentare, die sie zu den Artikeln schrieb, Hand und Fuß", bemerkte er und trank einen Schluck Champagner. Er redete erst weiter, als man ihnen die Gazpacho in einem kleinen Einmachglas servierte. Darauf war krosses dehydriertes Gemüse angerichtet und dazu wurde eine Variation von verschiedenem Gebäck mit Petersiliencreme und Trüffelbutter gereicht.

Als der passende Weißwein vor ihnen stand, fuhr Faber fort: „Leider sind die Hierarchien in Krankenhäusern von der übelsten Sorte. Der Verwaltungschef übt Druck auf die Ärzte aus, die auf die Krankenschwestern und die wieder auf die Pfleger. Von Skandalen will keine Klinik betroffen werden. Da herrscht ein enormer Kostendruck, schlechte Bezahlung und immer mehr Arbeit." Richard probierte einen Löffel der ungekochten Gemüsesuppe und brummte wieder wohlig. „Seht euch doch nur einmal an, wie sehr sich dieser Krankenhausvirus MRSA in letzter Zeit verbreitet hat. Das Personal steht so unter Zeitdruck, dass die Hände weniger oft desinfiziert werden, und Atemschläuche, Katheter oder Versorgungsschläuche werden nicht lange genug sterilisiert."

„Da hast du recht", stimmte Schorlau zu. „Aber glaubst du wirklich, eine Klinik würde einen Todesengel unter den Teppich kehren, wie das mit dem Pfleger aus New Jersey geschehen ist?"

„Bei Verdacht entlassen oder auf eine andere Station versetzen? Ja, das glaube ich", bestätigte Faber. „Der gute Ruf einer Klinik ist ausschlaggebend, besonders für Privatpatienten. Leider haben wir dieses Scheißsystem hier in Deutschland und sind noch lange nicht so weit wie die Holländer, die alle Privatpatienten abgeschafft haben. Weder die Krankenhausverwaltung noch ein Stationsarzt kommen ungeschoren aus einer Todesengel-Situation heraus. Man würde ihnen einen Mangel an Kompetenz und Kontrolle vorwerfen. Ich denke, wir sind mittlerweile so korrupt und egoistisch in diesem Land, dass die meisten den Weg des geringsten Widerstandes gehen."

„Manchmal machen mir deine Ansichten Angst", sagte Rike und seufzte. „Aber um wieder auf unseren Fall zurückzukommen, glaubte Robert Gerber wirklich, dass der Tod seiner kleinen Tochter nicht durch ihre Krankheit verursacht wurde? Hat er deshalb Hanni Gericke aufgesucht?" In dem Moment wurde ihnen die Fjordforelle auf Selleriesüppchen mit schwarzen Trüffeln gebracht, begleitet von einem kleinen Glas italienischen Sommerweißweins.

„Den Eindruck habe ich", erwiderte Faber, als sein Handy im Jackett vibrierte. Er hatte es auf stumm geschaltet, nahm es dennoch heraus und sah sich die Datei an, die man ihm geschickt hatte. Er blickte Rike und Schorlau an, nachdem er den Text überflogen hatte, und sagte: „Ich revidiere meinen Satz. Robert Gerber glaubte fest daran, dass seine Tochter eines unnatürlichen Todes starb." Beide sahen ihn erwartungsvoll an. „Unsere neue Kriminalmeisterin Frauke Petersen ist noch im Büro und hat ganze Arbeit geleistet. Die Namen auf der Liste, die wir in Gerbers Wohnung fanden, sind alle Ärzte, Kinderärzte."

„Dann hat er vor seinem Verschwinden mindestens mit der Hälfte der Ärzte gesprochen, das sind die durchgestrichenen Namen", schlussfolgerte Rike.

„Zwei davon praktizieren hier in Hamburg, mit denen reden wir morgen", erwiderte Faber. „Doch wenn ich ehrlich bin, würde ich jetzt gerne über normale, ganz profane Dinge sprechen, um dieses Essen einfach nur zu genießen. Ich hoffe, das geht euch auch so."

***

Faber und Schorlau hatten Rike wieder in Gerbers Wohnung abgesetzt und machten sich auf den Weg zu dem ersten Arzt auf der Liste. Er hatte eine Praxis in der Kattunbleiche in Wandsbek, die von Gerbers Wohnung zwanzig Minuten mit dem Auto entfernt lag. Obwohl Rike gerne mit zu dem Arzt gefahren wäre, hielt Faber es für klüger, wenn sie die Wohnung weiter durchsuchte und Schorlau ihn begleitete. Er war der Experte, vor allem, wenn der Arzt anfing, mit Fachwörtern um sich zu schmeißen. Außerdem sparten sie so Zeit und konnten am Mittag wieder Richtung Emden aufbrechen.

Die Gemeinschaftspraxis von Doktor Schröder und Beinhard war anscheinend sehr beliebt, denn als die beiden dort ankamen, war das Wartezimmer brechend voll. Nachdem Faber seinen Ausweis gezeigt und klargemacht hatte, dass sie einen der Doktoren kurz sprechen mussten, versprach die Sprechstundenhilfe jedoch, sofort mit den Ärzten zu reden. Es dauerte nur eine Viertelstunde, die Faber und Schorlau im Eingang des Wartezimmers standen, in dem es hoch herging. Kleine Kinder flitzten zwischen ihren Beinen hin und her, spielten mit den Bauklötzen oder bekamen von ihren Eltern ein Bilderbuch erklärt. Faber beobachtete die Kinder, die meisten schienen beim Spiel ihre Krankheit zu vergessen und er musste unwillkürlich lächeln.

„Wird Zeit, dass du Vater wirst, so verklärt, wie du vor dich hin grinst", raunte ihm Schorlau leise zu.

„Stimmt", erwiderte Faber. „Nur leider bin ich keine Eidechse, die so etwas ohne Partner zustande bekommt."

„Dann such dir endlich eine Frau!", hielt Schorlau entgegen und Faber dachte: Habe ich doch schon, aber die Sache ist kompliziert! Davon bekam sein Freund nichts mit, denn Richard zuckte nur mit ausdruckslosem Gesicht die Schultern. In dem Moment bat die hübsche Rezeptionistin die beiden Polizisten ins Sprechzimmer. Faber stellte sich und Schorlau dem Arzt vor und berichtete über Robert Gerbers Verschwinden. Dann erwähnte er die Liste der Ärzte und händigte sie dem Doktor aus.

„Ja, ich kenne die Namen einiger der Kollegen, nicht alle", erwiderte Doktor Schröder.

„War Robert Gerber bei Ihnen?", begann Faber mit der Befragung.

„Gleich Anfang Januar war er hier. Ich habe dann die Sache mit seiner Entführung in der Presse verfolgt und mich auch kurz bei der Polizeihotline gemeldet, doch für die war ich anscheinend nicht interessant", antwortete der sympathische Arzt ehrlich.

„Verstehe", meinte Faber nur und ärgerte sich über die Hamburger Kollegen. „Was wollte Robert Gerber von Ihnen?", kam er zurück auf den Grund ihres Besuchs.

„Antworten, für die es keine Antworten gibt. Er war wegen Sophia, seiner Tochter, hier", erwiderte der Arzt nur knapp. „Hören Sie, nur weil meine kleine Patientin tot ist, erlischt nicht automatisch meine Schweigepflicht."

Faber sah den Mann eindringlich an. „Soweit ich weiß, liegt das im Ermessen des Arztes. Sophia Gerber ist tot, wir vermuten, dass Robert Gerber auch tot ist. Ich denke, es wird niemandem schaden, wenn Sie reden. Frau Gerber ist heilfroh, dass wir die Ermittlungen endlich wieder aufgenommen haben. Wollen Sie wirklich, dass ich mit einem gerichtlichen Beschluss wiederkomme? Helfen Sie uns lieber. Sehen Sie, mein Kollege Doktor Schorlau ist unser Pathologe und Forensiker, er ist auch Arzt."

Der Doktor dachte kurz nach, dann tippte er etwas auf der Computertastatur. „Ich habe Sophia Gerber seit ihrer Geburt, bis zu ihrem ersten Lebensjahr behandelt. Sie war ein zartes Baby, das Kind hätte ein paar Pfund mehr wiegen können, doch meiner Meinung nach war sie damals sehr gesund. Das habe ich auch Herrn Gerber gesagt. Er hat sich während unseres Gesprächs sehr aufgeregt und mir Vorwürfe gemacht, dass ich ihre Krankheit nicht schon damals diagnostizieren konnte."

„Aber?", fragte Schorlau. „Sie haben ein ‚Aber' in den Augen!"

„Aber ich habe alles getan! Meiner Meinung nach sogar zu viele Untersuchungen für ein Kind dieses Alters. Mein Aber ist: Sophia war damals ein ganz normales, gesundes Kleinkind. Vielleicht hatte ihre Mutter ein besseres Gefühl, sah Dinge bei dem Baby, die ein Arzt während der kurzen Untersuchung nicht sieht, denn Frau Gerber hat mich Lügen gestraft. Es ist nun erwiesen, dass Sophia sehr krank war. Dennoch kann ich mir nichts vorwerfen."

„Welche Untersuchungen haben Sie gemacht. T-Zellen-Defekt abgeklärt?", fragte Schorlau und in dem Moment war Faber froh, ihn an seiner Seite zu haben.

„Frau Gerber hat mich mehr oder weniger dazu gezwungen. Klar haben wir ein großes Blutbild mit TREC-Test gemacht, um den Defekt auszuschließen. Ich habe sogar mit Zähneknirschen einer Röntgenuntersuchung des Thorax zugestimmt, obwohl ich das ungerne bei Kleinkindern mache und auch nur im Fall eines akuten Zustands. Wir konnten weder einen T-Zellen-Defekt noch einen Phagozytendefekt feststellen. Es war auch kein kombinierter Immundefekt wie das Wiskott-Aldrich-Syndrom oder Ataxia teleangiectatica. Ehrlich gesagt wusste ich nicht weiter, für mich war die Kleine gesund und ich hielt ihre Mutter für überbesorgt. Vielleicht hatte Sophia damals erste Anzeichen für ihre spätere Krankheit, doch die waren nicht zu bestimmen."

„Und warum haben Sie dann Sophia nur bis zu ihrem ersten Lebensjahr behandelt?", bohrte Schorlau weiter.

„Weil ich irgendwann ihrer Mutter empfahl, lieber in eine Klinik zu gehen, da ich sie nicht beruhigen konnte und sie weitere Tests wollte. Das tat sie und kam mit Sophia und auch ihren anderen Kindern nicht wieder", erklärte der Arzt.

„Wollte Robert Gerber noch etwas von Ihnen wissen?", übernahm Faber wieder das Gespräch.

Der Arzt hob die Augenbrauen. „Ja, nachdem ich ihm die Ergebnisse aller Untersuchungen im Einzelnen gezeigt hatte, wurde er ruhiger. Er machte mir keine Vorwürfe mehr, aber er fragte mich, ob der Zustand seines Kindes, die Krankheit, die zu ihrem Tod führte, von jemandem hätte hervorgerufen werden können." Der Doktor legte die Hände ineinander und schüttelte den Kopf. „Der Mann war am Boden zerstört, es war nicht das erste Mal, dass ich Eltern sah, die mit dem Tod ihres geliebten Kindes nicht zurechtkamen. Ich sagte ihm, dass die heutige Medizin weit vorangeschritten ist, es jedoch immer wieder Fälle gibt, bei denen wir vor Rätseln stehen."

„Aber hätte jemand Sophia etwas spritzen können, sodass ihr Immunsystem langsam, aber sicher versagte und sie daran starb?"

„Ich habe die aktuelle Patientenakte von Sophia nie gesehen, ich kenne daher den Krankheitsverlauf und die Umstände ihres Todes nicht. Aber, um Ihre Frage zu beantworten, natürlich kann man einen Menschen langsam sterben lassen, wenn man ihn vergiftet", sagte der Arzt endlich. „Doch ich wette, Frau Gerber hat ihr Kind nie alleine gelassen. Bettina Gerber war Sophia die ideale Mutter, liebevoll, aufmerksam und immer für das Kind da. Ich wüsste nicht, wie jemand dem Kind etwas hätte antun können, ohne dass sie es bemerkt hätte."

„Dann sprach Robert Gerber also nicht von Todesengeln?"

Jetzt stöhnte der Arzt auf. „Darum geht es hier? Nein, tat er nicht. Um Gottes willen, bitte tun Sie mir den Gefallen und bringen die Kollegen in der Klinik nicht mit solchem Unsinn in Bedrängnis. Wissen Sie eigentlich, wie selten so etwas ist?"

„Wissen wir, dennoch geschieht es!", sagte Faber, bedankte sich bei dem Arzt und verließ mit Schorlau das Besprechungszimmer. Als er an der Rezeption vorbeiging, sah er die große Glasschale mit den Radiergummitieren. „Entschuldigen Sie", wandte er sich erneut an die freundliche junge Sprechstundenhilfe. „Dürfte ich mir davon eines nehmen?"

„Für Ihr Kind?", fragte sie den Polizisten, nickte aber bereits. „Na klar, suchen Sie sich eines aus!" Faber bedankte sich, griff in die Schale, nahm sich ein Nilpferd und schob es in seine Jacketttasche.

Kapitel 6

Mark war erleichtert, dass die Ferien endlich angefangen hatten. Er hatte seinen guten Notendurchschnitt halten können, doch nur mit sehr viel Mühe und wenig Schlaf. Jetzt hatte er endlich Zeit, sich richtig um alles zu kümmern. Er musste auf Lorena aufpassen und dafür sorgen, dass Mama sich nicht aufregte, es bekam ihr nicht. Die Polizei machte ihm die größten Sorgen, das tat Mutters Zustand gar nicht gut.

Er hatte mit dem Postbeamten geredet, dass er die Briefe während der Ferien wieder in den Briefkasten schmeißen konnte. Dieser Mann war ein sehr verständiger Mensch und hatte sich darauf eingelassen, die Post am Ende seiner Runde persönlich an Mark auszuhändigen, wenn er von der Schule kam. Mutter regte sich zu sehr über schlechte Nachrichten auf und Mark sah sich alle Briefe vorher an, bevor er sie ihr gab. Besonders das Interview, das sie gegeben hatte, lag ihm noch im Magen. Auch wenn sie danach irgendwie aufgeblüht war, verstand er sie nicht. Je weniger Presse und Polizei hierherkamen, umso besser war es für seine Familie. Er war jetzt der Mann im Haus und musste seine Rolle so gut wie möglich erfüllen. Das war er Mutter und seiner kleinen Schwester schuldig.

Nachdem er aus dem Küchenfenster den Postboten gesehen und ihm gewinkt hatte, ging er aus dem Haus. Der Briefkasten stand am Anfang der Auffahrt. Er holte die vier Umschläge aus der Box und blätterte sie durch. Zwei von der Bank, die er prüfen musste. Es war wichtig, dass er über ihre finanzielle Situation Bescheid wusste. Einer von der Versicherung, den er Mutter einfach geben konnte, und der letzte Umschlag trug keinen Absender. Mark blickte zum Haus, Mutter war noch oben in ihrem Schlafzimmer, die Vorhänge zugezogen. Lorena hatte er ein Frühstück gemacht und sie dann zu ihrer Freundin gebracht. Die Familie, die nur drei Straßen entfernt lebte, hatte einen kleinen Pool im Garten und die Mädchen wollten heute im Wasser plantschen und spielen. Darum konnte er unbeobachtet den Briefumschlag gleich hier draußen öffnen.

Er überflog die per Computer geschriebenen Zeilen und glaubte, sein Herz würde gleich aussetzen. Es pochte plötzlich wild in seiner Brust. Das darf nicht wahr sein!, schoss es ihm durch den Kopf.

„Scheiße, verdammte", schrie er plötzlich, dann rannten ihm Tränen übers Gesicht. Er faltete das Schreiben zusammen und

91

steckte es in seine Jeanstasche. Dann wischte Mark sich mit dem Handrücken über Augen und Nase, atmete tief durch und ging die Straße in Richtung Oldersumer Sieltief. Er musste alleine sein, um nachdenken zu können. Er brauchte unbedingt eine Lösung.

„Das kann ich nicht zulassen!", murmelte der Teenager und sein Gang wurde resoluter, denn Mark wusste, er musste jetzt schnell handeln, am besten noch heute.

***

Tamme und Polizeimeister Torben Husman waren, gleich nachdem sie den letzten Standort der dubiosen Handynummer ermittelt hatten, losgefahren. Das letzte Signal war in 2013 von dem Prepaidhandy in der Nähe von Pilsum empfangen worden. Die Netzbetreiber hatten Tamme nach langem Hin und Her endlich GPS-Koordinaten nennen können: 53°29'12.7"N 7°03'56.6"E. Tamme wusste, dass man bei den Firmen nur genug Druck machen musste, um selbst solche fünf Jahre alten Daten zu erhalten. Das digitale Zeitalter war nicht nur ein schnelles, es war auch das Zeitalter der Transparenz und der Datensammlung.

Nachdem er die Koordinaten auf der Karte Torben gezeigt hatte, der in der Krummhörn geboren war, wusste dieser sofort, worum es sich handelte. Es war die Ruine der Alten Ziegelei Pilsum. Bis 1974 war in Pilsum ein größerer Ziegeleibetrieb ansässig gewesen. Dessen Gebäude waren noch heute etwas außerhalb des Ortes an der Straße in Richtung Greetsiel als Ruinen deutlich sichtbar. Nachdem das Gelände von der Gemeinde an eine Privatperson verkauft worden war, sollte dort nach früheren Planungen ein hochwertiges Hotel entstehen.

Sie hatten sofort den neuen Besitzer angerufen und ihm mitgeteilt, dass die Polizei sich dort umsehen würde. Der Mann hatte nichts dagegen, doch er warnte die Beamten, dass die meisten der Gebäude und mittlerweile auch die Brennkammer einsturzgefährdet waren. Damit konnte eine Begehung lebensgefährlich sein und der neue Besitzer würde keinerlei Haftung übernehmen, wenn sie die Umzäunung öffneten.

Torben fuhr mit Tamme in einem der Streifenwagen und ein weiterer mit Einsatzbeamten folgte ihnen. Sie bogen von der Neu-Etumer Straße bei Pilsum, Am Pilsumer Ring, rechts ein und folgten diesem bis zum Hauener Weg. Als das alte Werksgelände in Sicht kam, parkten sie am Wegrand und wollten zu Fuß weitergehen.

Mittlerweile trugen die vier Beamten Bauhelme, Sicherheitsschuhe und waren mit Taschenlampen bewaffnet. Überall waren Verbots- und Warnschilder zu sehen, die das Betreten des Geländes unter Strafe stellten. Mit einem Seitenschneider kappte der Streifenbeamte die Sicherungskette am Zaun und sie liefen weiter auf die Gebäude zu.

„Jetzt hört mir mal zu. Wir gehen zu zweit und suchen das Gelände ab. Trennt euch nicht", wandte sich Tamme an die beiden jungen Einsatzpolizisten. „Es besteht akute Einsturzgefahr. Wenn ihr euch nicht sicher seid in einem der Gebäude, geht nicht rein. Erstens wissen wir nicht, ob hier überhaupt etwas ist, und zweitens ist nichts so wertvoll wie eure Gesundheit!"

„Kommissar Hehler, wonach suchen wir denn eigentlich?", fragte die blonde Polizistin.

„Gute Frage", erwiderte Tamme. „Ein altes Handy, Spuren von einer älteren Frau, die vor fünf Jahren hier war. Ist ein bisschen wie die Nadel im Heuhaufen. Vielleicht gibt es hier auch gar nichts. Ich gehe mit Polizeimeister Husman und ihr beide meldet euch bitte jede Viertelstunde, damit ich weiß, wo ihr seid und ob es euch gut geht. Fangt hinten mit dem Schornstein an und arbeitet euch zurück zur Brennkammer. In die gehen Torben und ich."

„Ach, noch etwas, haltet euch von dem Verwaltungsgebäude der Ziegelei fern, dort brannte es letztes Jahr und selbst die Feuerwehr betrat das Haus nicht, da es sehr instabil war", fügte Torben an, dann machten sie sich auf den Weg. Tamme und Torben kämpften sich durch das Gestrüpp und die verwilderten Pflanzen Richtung Brennofen, der ringförmig verlief wie eine Null. Vor einem der Eingänge, die beim Brennvorgang der Ziegel in damaliger Zeit geschlossen wurden, lag das Wrack eines alten Bullis. Tamme musste sich bei seiner Größe ziemlich bücken, um in die Tunnelanlage zu kommen. Auch drinnen war er gezwungen, den Kopf einzuziehen. Der Brennofen wirkte wie eine unterirdische Kanalanlage, die im Kreis verlief und alle zwei Meter eine Art Öffnungsluke hatte.

„Immerhin steht kein Wasser drin", bemerkte Torben, als sie in der Anlage standen. „Sieht stabil aus. Ich rechts, du links?"

„Alles klar, doch wir sollten uns nicht aus den Augen verlieren", gab Tamme zu bedenken. „Sag mal, weißt du, wie das früher funktioniert hat?", fügte er neugierig an.

„Du meinst das Ziegelbrennen?", fragte Torben. „Klaar, hier wurden die luftgetrockneten Ziegel gelagert, rechts und links der Wände, dann wurde angefeuert und die Luken verschlossen. Nachdem der Brennvorgang beendet war, öffnete man die Türen und transportierte die Ziegel ab. Eigentlich ganz einfach. Die kleineren Löcher hier in der Wand sind die Brennkammern und der große Schornstein war für den Rauchabzug."

„Aha, spannend", erwiderte Tamme. „Denn man to!" Danach trennten sie sich und gingen in entgegengesetzte Richtungen. Sie leuchteten auf ihrem Weg in jede einzelne Brennkammer, die immer genau gegenüber einer Eingangsluke lag. In manchen stand Wasser, andere waren staubtrocken. Tamme drehte sich zu Torben um, als er hörte, wie Holz knirschte und über den Boden gezogen wurde. Der Polizeimeister kniete vor einem der Brennöfen und zerrte an einer Holzlatte.

„Gotts Verdori!", fluchte Torben Husman plötzlich. „Tamme, koom röver, hier is wat!" Tamme rannte geduckt durch die Anlage. „Ik bruuk Hülp." Gemeinsam zerrten sie an einem schweren alten Brett, das ihnen die Sicht versperrte. Es war im Schacht der Brennkammer verkantet und erst mit gemeinsamer Kraftanstrengung aus dem Schacht zu ziehen.

„Na, wenn das man nicht Annegret Liefers ist", meinte Tamme völlig unbeeindruckt von dem Skelett, das dort unten zusammengekauert lag. Die Stofffetzen, die noch an ihr hingen, waren eindeutig ein Wollkleid und Überreste eines Wintermantels. Torben zog sich Latexhandschuhe über und beugte sich runter.

„Warte, ich halte dich, sonst fliegst du auch noch da runter und brichst dir das Genick", sagte der Kommissar und hielt Torben an den Beinen, während der seinen Oberkörper in die Brennkammer hinabließ. Er griff nach der Handtasche und zog sie hoch. Als er wieder neben Tamme saß, durchsuchte er die Handtasche vorsichtig und fand einen Ausweis.

„Es ist Annegret Liefers!", bestätigte Torben. „Das Genick habe ich mir zwar nicht gebrochen, aber ich hoffe, Philipp Schorlau erledigt das nicht später. Wenn er erfährt, dass ich die Handtasche hochgeholt

und seinen Fundort kontaminiert habe, wird er fuchsteufelswild",
meinte er trocken.

„Na, dann lass lieber alles Weitere so, wie es ist. Ich funke unsere
beiden Streifenhörnchen an, damit sie sichern. Dann telefoniere ich
mit Faber und der Spurensicherung", erwiderte Tamme und suchte
sich gebückt einen Weg aus der Tunnelanlage.

***

Schorlau und Faber hatten Rike aus der Wohnung abgeholt. Sie hatte
Gerbers Laptop durchforstet und auch die anderen Unterlagen
gesichtet, aber nichts Aufschlussreiches gefunden. Jetzt wollten sie
noch zur Uniklinik nach Eppendorf, dem Krankenhaus, in dem die
kleine Sophia gestorben war. Der heutige Chefarzt der Pädiatrie war
der damalige behandelnde Arzt gewesen und auch sein Name war
auf Gerbers Liste gestrichen worden. Sie brauchten bei dem dichten
Verkehr eine halbe Stunde, bis sie auf dem Parkplatz ankamen.
Gerade als sie aussteigen wollten, klingelte Fabers Telefon. Es war
Tamme, der ihn auf den neusten Stand brachte, und per Lautsprecher
hörten Rike und Schorlau zu. Als Faber ihn fragte, warum er sich so
sicher war bezüglich Annegret Liefers, gab Tamme zu, dass sie die
Handtasche durchsucht hatten.

„Herrgott noch mal!", schrie Schorlau vom Rücksitz und Faber
drückte die Lautsprecherfunktion weg.

„Kein Problem, Tamme, sagen Sie das Torben. Wir müssen noch
kurz mit einem der Ärzte sprechen und dann kommen wir mit
Blaulicht zurück. Schorlaus Team soll schon einmal anfangen,
sobald sie da sind. Und Tamme, haltet unbedingt die Presse von dort
fern!", erinnerte Faber ihn, bedankte sich bei Tamme für die gute
Arbeit und verabschiedete sich.

„Wie, die sollen schon ohne mich anfangen? Du spinnst wohl",
meinte Schorlau entrüstet und zückte sein Handy, um das
Forensikteam anzurufen und Anweisungen zu geben. Er brummte im
rüden Ton Befehle in sein Handy, während sie vom Parkplatz in das
Klinikum gingen.

„Wenn du dein Team so behandelst, dann sehen sie sich deine
Unarten ab", gab Faber zu bedenken, als Schorlau endlich aufgelegt
hatte.

„Welche Unarten?", fragte Philipp völlig ernst und Rike grinste übers ganze Gesicht.

Dieses Mal ging es nicht so schnell, da es fünf nach elf war und der Chefarzt mit seinen Assistenten und der Oberschwester auf Visite. Sie hatten sich angemeldet und waren kurz durch die Pädiatrie gelaufen, bis sie den Aufenthaltsraum gefunden hatten. Die Kinderstation war ein bedrückender Ort, daran konnten auch die bunten Bilder an der Wand und der kindgerechte Aufenthaltsraum mit den Spielsachen nichts ändern. Vor allem, als einer der kleinen Zwerge im Schlafanzug und mit Häschenpantoffeln zu ihnen kam.

„Spielst du mit mir?", fragte der höchstens Fünfjährige. Er hatte keine Haare und sein Gesicht war aufgedunsen von der Chemotherapie, dennoch hielt er stolz seinen Teddybär im Arm. Zielstrebig war er auf Rike zugegangen und hatte Schorlau und Faber einfach ignoriert.

„Was möchtest du denn spielen?", fragte Rike, als wäre es das Natürlichste der Welt. „Wie heißt du denn? Ich bin die Rike."

„Ich bin Mattes und will mit dir einen Turm bauen", erwiderte er ernst, zeigte auf die Ecke, in der die Bauklötze lagen, und streckte ihr die Hand entgegen. Rike stand, ohne zu zögern, auf, ließ sich von ihm dort hinziehen und setzte sich auf den Boden. Sofort fingen sie an, die kleinen Holzklötze zu stapeln. Dabei lachte Mattes und man sah die Lücke, wo ihm zwei Milchzähne fehlten. Wieder befiel Faber dieses Gefühl, das er schon bei dem Kinderarzt hatte. Trotz allen Leids, das diese kleinen Wesen durchleben mussten, war jeder Tag ein Geschenk für sie.

Er lächelte, als er Rike und Mattes betrachtete. Rike war genau wie Mattes völlig in das Spiel mit den Bauklötzen vertieft. Auch das liebte er an ihr, denn Rike konnte sich wie ein Kind völlig in eine Situation verlieren. Ohne auch nur eine Sekunde über die Zukunft oder Vergangenheit zu grübeln, war sie einfach ganz im Hier und Jetzt.

„Doktor Jenninger hat nun Zeit für Sie", sagte die Schwester, die eingetreten war. Dann sah sie auf den Zwerg, der sich mittlerweile am Boden auf Rikes Schoß gesetzt hatte, und schüttelte mit einem Schmunzeln den Kopf. „Wer hat sich denn da schon wieder aus dem Bett geschlichen?", sprach sie ihn an und Mattes sprang auf, schnappte sich seinen Teddy und rannte aus dem Aufenthaltsraum. Dabei winkte er Rike zum Abschied.

„Was hat Mattes denn?", fragte Rike, während sie der Schwester auf dem Gang folgten.

„Mathias hat Krebs. Auch wenn man ihm es nicht ansieht, er ist ein Palliativpatient", sprach die Schwester die schreckliche Wahrheit aus. „Es wird in den nächsten Wochen schlimmer werden, darum lassen wir ihm auch alle Freiheiten. Mattes ist so voller Leben und will alles immer erkunden." Sie stoppte vor einer geschlossenen Tür, klopfte an und trat dann gleich ein.

„Die drei Polizisten, Doktor Jenninger", stellte sie die Beamten vor, bat sie herein und verschwand dann wieder.

„Ja, natürlich, bitte kommen Sie rein. Stört es Sie, wenn Schwester Angelika mit im Raum ist? Sie macht noch die letzten Vermerke der Visite fertig", sagte der Chefarzt und nickte auf die ältere Schwester, die an einem kleinen Tisch mit Papieren beschäftigt war.

„Nein, ganz und gar nicht", erwiderte Faber und stellte sich und seine Kollegen vor. Doktor Jenninger war für einen Chefarzt relativ jung, etwa Ende dreißig, und wirkte sehr natürlich. Vielleicht lag es auch daran, dass er nicht die typische weiße Arztkleidung trug. Er hatte ein buntes Polohemd an und trug eine grüne OP-Hose. Wahrscheinlich war das auf einer Kinderstation hilfreicher als die strengen Kittel. Auch die Schwester war in rosa Hosen und einem passenden Oberteil gekleidet.

„Wie kann ich Ihnen helfen?", fragte der Mediziner und sah auf die Uhr. „Ich muss in einer Stunde in den OP", gab er zu bedenken.

„Dann beeilen wir uns besser. Waren Sie vor fünf Jahren schon Chefarzt?", startete Rike die Befragung.

„Vor fünf Jahren? Ja, im Januar 2013 wurde ich Chefarzt, weil der Kollege Ende 2012 in Rente ging. Doch ich arbeitete davor schon drei Jahre als Kinderarzt auf dieser Station. Worum geht es denn?"

„Dann sagt Ihnen der Name Sophia Gerber etwas, sie starb im Dezember 2012 hier."

„Ja, ich erinnere mich aus zwei Gründen. Erstens verweigerte die Mutter die Obduktion. Und das, obwohl wir sie mehrfach darum gebeten hatten. Die Krankheit von Sophia gab uns Ärzten Rätsel auf und wir hätten gerne mehr darüber erfahren, um anderen Kindern besser helfen zu können. Und zweitens kam der Vater Ende Januar plötzlich zu mir und wollte noch einmal alles genau wissen", erwiderte der Arzt. „Warum erkundigen Sie sich jetzt danach?"

„Weil Robert Gerber kurz nach seinem Besuch bei Ihnen verschwunden ist. Haben Sie damals nicht die Pressemeldungen verfolgt oder den Fernsehaufruf von Bettina Gerber gesehen?", fragte Faber etwas skeptisch geworden. Auch die Schwester sah plötzlich auf, als Bettinas Name gefallen war.

„Nein, tut mir leid, wann war das?"

„April 2013."

„Oh", sagte der Arzt. „In der Zeit habe ich nur gearbeitet und mich auf meinen zweiten Facharzt vorbereitet. Ich hatte im Mai Prüfung für die Chirurgenzulassung. In der Zeit bin ich noch nicht einmal zum Zeitunglesen gekommen. Was war denn passiert?"

„Es war wohl eine Entführung, aber Robert Gerber tauchte nie wieder auf", fasste Faber kurz zusammen. „Da wir neue Hinweise in dem Fall haben, rollen wir ihn wieder auf. Sagen Sie uns bitte, was Robert Gerber von Ihnen wissen wollte."

Der Arzt sah wirklich erstaunt auf. „Das tut mir leid! Besonders für Frau Gerber. Sie war in der Zeit, als ihre Tochter hier war, die gute Seele der Station. Sie hat sich rührend um das Kind gekümmert, während ihr Mann sehr distanziert wirkte. Na ja, jeder geht anders mit Trauer um. Frau Gerber hat tatkräftig die Schwestern unterstützt mit der Pflege ihres Kindes, aber sie war auch wunderbar mit unseren anderen Kindern auf der Station. Ich wünschte, wir hätten mehr solche Eltern. Denn ein positives Engagement ist enorm hilfreich. Darum verstand ich auch nicht, warum sie Sophia nicht obduzieren ließ."

„Aber ist es denn nicht Vorschrift, eine Autopsie vorzunehmen, wenn ein Mensch plötzlich stirbt?", mischte sich Schorlau ein. Rike beobachtete immer noch die Schwester, die der Unterhaltung jetzt mit ernstem Gesicht folgte.

„Ja, aber Sophia starb nicht unerwartet. Es war ein langer harter Kampf, eine Entzündung jagte die andere bei dem Kind", verteidigte der Doktor seine Position. „Sophia hatte mehrere Lungenentzündungen, Mittelohr- und Nebenhöhlenentzündungen, Meningitis und auch Entzündungen der Knochenhaut. Außerdem hatte sie Pilzbefall der Schleimhäute. Es lief immer nach dem gleichen Schema ab. Wir gaben Antibiotika, es ging ihr eine Weile besser und dann kam eine neue, andere Entzündung", holte Doktor Jenninger aus. „Wir haben alle genetischen Immundefekte ausgetestet. Es wurden mehrfache Röntgen- und MRT-Aufnahmen gemacht, sogar ein CAT-Scan mit Kontrastmitteln. Es war eine Qual für die Kleine, trotzdem, wir fanden nichts. Dann spielten ihre Organe nicht mehr mit, es war zu erwarten. Wir wussten, sie schafft das nicht."

„Aber warum wurden denn die genetischen Immundefekte noch einmal getestet? Das hatte ihr Kinderarzt bereits gemacht", warf Schorlau ein.

„Davon wussten wir nichts, wir haben darüber keine Auskunft bekommen. Doch wenn dem so war, denke ich, dass Frau Gerber den damaligen Ergebnissen nicht traute. Ehrlich gesagt, das hätte ich auch nicht, selbst wenn ich es schwarz auf weiß gesehen hätte. Ihre Symptome deuteten auf so etwas hin, ich hätte das auf jeden Fall angeordnet."

Faber sah den Mann länger an und sagte dann: „Und das alles haben Sie Robert Gerber im Januar noch einmal genau erklärt?" Der Doktor nickte. „Wie war die Stimmung von Herrn Gerber?"

„Traurig, aber auch aufgebracht. Besonders als ich mit Bedauern über die verweigerte Autopsie sprach", beschrieb der Chefarzt das damalige Gespräch. „Ich kann mich erinnern, dass Frau Gerber unsere Hauptansprechpartnerin war. Sie hatte sich immer um alles gekümmert. Als Sophia starb, stand Herr Gerber völlig neben sich. Er schien sich noch nicht einmal daran zu erinnern, dass gegen die Autopsie gestimmt wurde. Dabei war er damals bei dem Gespräch dabei."

„Ich verstehe nicht, warum die Eltern dies nicht wollten", sprach Faber seine Gedanken laut aus.

„Haben Sie Kinder, Herr Kommissar?", fragte der Arzt und Faber schüttelte den Kopf. „Sehen Sie, sich damit abfinden zu müssen, dass Ihr über alles geliebte Kind an einer tödlichen Krankheit stirb, ist eine Sache. Die andere aber, sich vorzustellen, dass der kleine Körper auf einem Seziertisch landet und ein zweites Mal zerstört wird. Den Gedanken verkraften Eltern oft nicht. Ich verstehe das schon!"

„Vielleicht haben Sie recht", gab Faber zu. „Noch eine letzte Frage. Hat Herr Gerber angedeutet, dass Sophia vielleicht durch Fremdverschulden starb?" Der Chefarzt atmete tief ein und Rike entging nicht, wie die Schwester kurz zusammenzuckte, als Richard die Frage stellte.

„Nicht so direkt, er wollte nur wissen, ob man Sophia etwas hätte verabreichen können, das zu dem Organversagen führte", dann schüttelte der Arzt den Kopf. „Ich versicherte ihm, dass es nicht möglich gewesen wäre. Multiples Organversagen kommt nicht plötzlich von einem falschen Medikament, das ist ein langer Prozess einer Krankheit und die vielen Entzündungen haben dazu geführt."

„Dann hat er nie offen über Todesengel gesprochen?", nannte Rike es beim Namen.

Jetzt wurde der Arzt etwas blass und sein freundlicher Gesichtsausdruck wurde von Empörung gezeichnet. „Das ist nicht Ihr Ernst. Ich dachte, hier geht es um Robert Gerber, wollen Sie etwa behaupten, dass die Polizei den Tod von Sophia untersucht? Glauben Sie mir, hier gab es keine Unregelmäßigkeiten! Wie auch? Das Kind kam bereits mit einer schwerwiegenden Erkrankung hier an, die dann immer schlimmer wurde!", sagte er fast theatralisch. „Alle Fälle, die ich von Todesengeln kenne, waren plötzliche, unerwartete Tode, meistens bei Palliativpatienten. In den meisten Fällen wurde vor Gericht von Mitleid und Sterbehilfe gesprochen, wenn es um die Verteidigung der Täter ging."

„Das ist mir klar, Doktor Jenninger. Aber rein theoretisch wäre es bei Sophia möglich gewesen?", hakte Faber stur nach.

„Rein theoretisch", betonte der Doktor unmissverständlich. „Wenn jemand bei Sophia mit falschen Medikamenten eingegriffen hätte, dann wäre das ein völlig sadistischer Täter gewesen. Denn der Täter wollte keine Sterbehilfe leisten. Um Sophias Krankheitsverlauf zu erzeugen, hätte man das Kind jahrelang mit falschen Medikamenten quälen müssen. Das ist einfach absurd."

Es herrschte erst einmal Stille. Rike war aufgefallen, dass die Schwester wieder übereifrig mit den Papieren auf dem Tisch arbeitete und den Kopf gesenkt hielt. „Nichts für ungut", entschuldigte sich Faber. „Danke für Ihre Zeit, und falls Ihnen noch etwas einfällt, dann rufen Sie mich an." Er legte dem Arzt eine Visitenkarte auf den Tisch und schüttelte seine Hand. Nachdem auch Rike sich per Handschlag bei ihm verabschiedet hatte, ging sie kurz rüber zur Schwester und reichte auch ihr die Hand.

„Entschuldigen Sie die Störung", sagte sie zu Schwester Angelika, die nur schwer ihrem Blick standhalten konnte, und legte auch ihr eine Visitenkarte auf die Papiere.

***

Sie waren nach dem Gespräch in der Universitätsklinik sofort zurück nach Emden gefahren. Faber hatte keinen Scherz gemacht, er hatte das Blaulicht eingeschaltet, und wenn es notwendig wurde, die Sirene. So war er die meiste Zeit um die hundertachtzig km/h auf den Autobahnen gefahren. Schorlau und auch Rike waren von Fabers Fahrerei angespannt, denn er hatte die Strecke, für die man sonst im günstigsten Fall drei Stunden brauchte, in unter zwei Stunden geschafft.

Erst hatten sie sich den Leichenfundort in Pilsum angesehen, dann war Schorlau mit den Überresten von Annegret Liefers kurzerhand ins Klinikum Emden gefahren. Während sein Team weiter die Spuren vor Ort sicherte, hatte er mit der dortigen Pathologie vereinbart, die Obduktion vorzunehmen. Rike hatte ihn begleitet, während Faber mit seinen Leuten wieder auf das Revier fuhr. Faber war ohne viele Worte in sein Büro gegangen. Hinter verschlossener Tür durchdachte er die Fakten und erschien erst wieder auf der Bildfläche, als Rike und Schorlau um sechs Uhr wiederkamen.

„Gut, Leute", begann er die Besprechung. „Der Fall Robert Gerber ist gerade um einige Nuancen komplexer geworden." Sowohl seine beiden Polizeimeister und die frischgebackenen Kriminalmeister als auch Tamme, Rike und Schorlau saßen verteilt im Großraumbüro. Faber fasste als Erstes ihren Besuch in Hamburg zusammen und brachte das Team auf den neusten Stand. Dann überließ er Schorlau das Wort.

„Es müssen noch einige Tests mit den Überresten von Frau Liefers gemacht werden. Zum Beispiel ein DNA-Abgleich, der möglich ist, da ich noch intaktes Knochenmark finden konnte. Aber gehen wir mal davon aus, dass es Annegret Liefers ist, dann wurde diese Frau erschlagen", führte Schorlau aus und pinnte das Formblatt der Pathologie an die Glaswand. Es zeigte den grob gezeichneten Schädel eines Menschen. Schorlau markierte jetzt die Stelle mit einem roten Pfeil. „Sie hatte eine Verletzung am Schädel, in deren Folge wohl eine Gehirnblutung einsetzte. Stumpfe Gewalteinwirkung mit einem Gegenstand. Dabei handelt es sich definitiv um die große Taschenlampe, die unter dem Skelett gefunden wurde. Jemand, vermutlich ein Rechtshänder, holte aus und traf sie ungünstig. Denn die Einwirkung auf den Knochen war eigentlich nicht so stark, dass man gleich an solch einem Schlag sterben muss."

„Das hört sich an, als ob du an einen Unfall mit Todesfolge glaubst?", fragte Faber irritiert.

„Das hat man davon, wenn man zu viele Informationen weitergibt", moserte Schorlau ihn an. „Nein, Faber, das behaupte ich nicht. Es kann ein Unfall, ein Totschlag oder auch Mord sein. Ich habe nur gesagt, dass die Verletzung des Schädelknochens eigentlich nicht sehr schlimm war!"

„Fingerabdrücke?", fragte Tamme, um die beiden zu stoppen.

„Nein, wurden abgewischt, doch ich konnte Blut an der Taschenlampe finden, das gleichen wir gerade ab. Ich gehe davon aus, dass es das Blut des Opfers ist. Von den Überresten schätze ich, der Todeszeitpunkt stimmt mehr oder weniger mit ihrem Verschwinden überein. Anfang März 2013. Was interessant ist: Sie wurde nicht dort in dem Brennofen der Ziegelei erschlagen. Mein Team konnte außerhalb der Vertiefung, in der man sie versteckte, kein Blut finden."

„Du scheinst dir sicher zu sein! Du hast noch mehr, um das zu untermauern, oder?", warf Rike ein, dafür kannte sie Schorlau mittlerweile auch gut genug.

„Stimmt, auf den Überresten des Wollmantels fand ich Grasflecken. So, wie die aussehen, sind die darauf gekommen, als sie fiel. Es ist zwar eine Sisyphusarbeit, aber das Team kämmt gerade die Grasflächen um die Ziegelei ab. Blut werden wir wahrscheinlich nicht mehr finden, doch als der Täter mit der Taschenlampe zuschlug, splitterte das Glas. Das suchen meine Leute jetzt."

„Danke, Philipp", meinte Faber trotz ihres Geplänkels. „Also, diese Frau, Annegret Liefers, sucht Robert Gerber zweimal in der Rezeption von Biochemica auf. Das erste Mal kurz nach Sophia Gerbers Beerdigung, zwischen den Jahren. Beim zweiten Mal Ende Februar 2013 steckt sie ihm einen Zettel zu. Darauf war eine Handynummer, und dieses Handy wurde das letzte Mal an der Alten Ziegelei in Pilsum geortet. Das Handy haben wir aber nicht am Leichenfundort entdeckt, vermutlich hat der Täter es mitgenommen. All das passiert in der Zeit, als Robert Gerber einen hohen Betrag von seinem Konto abhebt. Er kommt von Hamburg nach Oldersum, um dort zwei Monate eine Auszeit bei seiner Familie zu nehmen. Am Ende der zwei Monate verschwindet er selbst." Faber sah auffordernd in die Runde. „Legt los, ich habe mir mein Hirn bereits darüber zerbrochen und eine Theorie. Ich bitte um Spekulationen, meine Damen und Herren. Du darfst ausnahmsweise auch, Schorlau!"

„Ehrlich gesagt ist mir gleich ein Gedanke durch den Kopf gegangen", sagte Frauke Petersen. „Vielleicht ist Robert Gerber der Mörder von Annegret Liefers."

„Warum sollte er?", schoss Faber die Frage sofort zurück.

„Sie trifft ihn zweimal, das erste Mal sieht man, dass er sich ablehnend ihr gegenüber verhält, und dann lässt er sie einfach in der Rezeption stehen. Jedoch das zweite Mal reden sie länger und sie gibt ihm die Telefonnummer. Kann es sein, dass Gerber von Annegret Liefers erpresst wurde? Er hebt das Geld ab, trifft sich mit ihr, dann läuft die Sache aus dem Ruder und er schlägt zu. Anschließend verschwindet er selbst, denn er hat einen Mord begangen und taucht unter."

„Nicht schlecht. Gegenmeinungen", fachte Faber die Diskussion an.

„Ja, wenn er der Mörder von Frau Liefers ist, warum wartet er zwei Monate, um unterzutauchen? Er verschwand am neunundzwanzigsten April, zu der Zeit wurde Frau Liefers bereits vermisst und ihre Lebensmittel waren schon lange abgelaufen", hielt Rike dagegen.

„Entschuldige, Frauke", meinte jetzt auch Johannes Leitmann. „Ich bin auch gegen deine Theorie, denn was wir über Frau Liefers heute in Aurich erfahren haben, das passt so gar nicht zu einer Erpresserin."

„Was haben Sie erfahren, Johannes?", fragte Faber sofort, denn sie hatten noch nicht darüber gesprochen.

„Die Frau war fünfundsechzig, Witwe und gerade erst pensioniert worden. Sie war Grundschullehrerin, überall beliebt und hatte kein einfaches Leben. Erst starb ihr Kind und fünf Jahre später ihr Ehemann bei einem Autounfall. Damals lebte sie in Hamburg und zog nach dem Tod ihres Mannes nach Aurich. Die Nachbarn beschrieben sie als ruhig, freundlich und sehr traurig. Natürlich hatte sie auch keinen Eintrag im Bundesjustizzentralregister. Völlig unauffällig."

„Es sei denn, sie hatte einen Komplizen, jemanden, der die Erpressung organisiert hat. Vielleicht wusste Frau Liefers etwas, das sich eine andere Person zunutze gemacht hat", steuerte Tamme bei.

„In dem Fall könnte der Komplize der Mörder sein", grübelte Schorlau.

„Okay, stopp", beendete Faber das Gespräch hier. „Ihr wisst, ich bin kein Freund von Spekulationen, da die Gefahr zu groß ist, dass wir Fakten um unsere Theorie herum interpretieren, anstatt aufgrund der Fakten zu einer Lösung zu kommen. Deshalb hören wir an dieser Stelle damit auf." Er sah alle an und nickte. „Das war gut, Team! Doch jetzt brauchen wir Fakten und darum müssen wir erst einmal Folgendes tun: Frauke und Sie, Johannes, fahren morgen noch mal nach Aurich. Finden Sie alle lebenden Verwandten der Frau, sprechen Sie mit ihnen. Sehen Sie in Annegret Liefers erst einmal nur ein Opfer. Ich will ihre Lebensgeschichte, Leute, die sie kannte, auch in Hamburg. Ihr Kontostand, alte Papiere, wenn es die noch gibt. Kurz gesagt, einfach alles!" Die beiden Kriminalmeister nickten sofort.

„Gut, dann haben wir einen Ermittlungsansatz im Mordfall Annegret Liefers. Doch was ist mit Gerber?", fragte Rike direkt.

„Zweiter Gedankengang", stieg Faber sofort darauf ein. „Wir wissen, dass Robert Gerber kurz vor Silvester das erste Mal zu Hannelore Gericke ging. Die betrieb eine Verschwörungstheorie-Webseite, bei der es um Todesengel ging. Danach fing er an, den ersten Kinderarzt seiner Tochter in Hamburg aufzusuchen, und sprach auch im Januar noch einmal mit dem Chefarzt der Klinik, in der seine Tochter starb. Warum fing er plötzlich damit an?"

„Weil er vielleicht an Frau Gerickes Theorien mit den Todesengeln glaubte?", meinte Friedhelm Steiner.

„Wahrscheinlicher ist, dass er ein Ventil für seine Trauer suchte und es so war, wie uns die Ärzte sagten: Er suchte einen Schuldigen, weil er nicht mit Sophias Tod fertigwurde", erwiderte Schorlau und zuckte mit den Schultern.

„Kaufe ich! Mich irritiert jedoch, dass er erst damit anfängt, nachdem Annegret Liefers das erste Mal bei ihm war. Warum hat er nicht gleich nach Sophias Tod mit seinen Recherchen begonnen?", hielt Faber dagegen. „Was hat die Frau ihm gesagt, dass ein Mann, ein ruhiger, abgeklärter Wissenschaftler wie er, plötzlich jemanden wie Hannelore Gericke aufsucht, sich die Verschwörungstheorien einer Person mit paranoider Persönlichkeitsstörung anhört?"

„Da ist was dran", gab Schorlau zu. „Das wäre so, als würdest du urplötzlich auf die Idee kommen, zu einer Wahrsagerin zu gehen. Völlig undenkbar!"

Faber verzog den Mund und sein Team grinste. „Das ist nicht der beste Vergleich, aber du hast recht", meinte er nur.

„Annegret Liefers hat ihm von den Todesengeln erzählt, vielleicht sogar von Hannelore Gericke", nahm Rike Fabers Faden wieder auf. „Deshalb war er so ablehnend beim ersten Mal, doch scheinbar bekam er Zweifel und ging daraufhin zu Frau Gericke und dann zu den Ärzten seiner Tochter."

„Das ist der Punkt. Was hatte Annegret Liefers mit den Todesengeln am Hut? Frauke, Johannes, das müssen Sie rausfinden, okay?" Faber sah sie eindringlich an und nickte.

„Die Liste mit den Ärzten, da war noch mehr durchgestrichen. Vielleicht sollten Friedhelm und ich auch noch mit denen sprechen. Wenn ich mich recht erinnere, dann sind das Ärzte aus Emden und Umgebung", schlug Torben Husman vor.

„Gute Idee! Geht das morgen an. Schorlau, du machst die letzten Tests bei Frau Liefers und dann kümmere dich wieder um den Wagen. Du warst doch da an ein paar Schrammen dran, die du noch untersuchen wolltest", sagte Richard. „Rike und ich fahren morgen noch einmal zu Bettina Gerber."

„Okay, sie wird sich freuen, dich zu sehen. Hat das letzte Mal explizit nach dir gefragt", konnte sich Rike nicht verkneifen und Faber runzelte die Stirn.

„Gut, macht Schluss für heute", meinte Richard dann. „Ach, noch etwas. Da morgen Freitag ist, wollte ich euch zu mir einladen. Wird Zeit, dass ich mein Haus langsam einweihe. Das Wetter ist gut und wir könnten grillen und ein Fässchen Bier anzapfen", fuhr er fort und erntete erfreute Blicke. „Bringt euren Anhang ruhig mit."

„Auf jeden Fall, meine Frau muss fahren, wenn es Bier vom Fass gibt", warf Torben ein, grübelte für eine Sekunde und fügte dann an: „Lassen Sie man, Chef, ich bringe das Fässchen Bier mit."

„Besser, ich übernehme das Fleisch. Dieser Vegetarier legt doch sonst nur Fisch und Gemüse auf den Grill. Wie wäre es, wenn ich ein Spanferkel organisiere?", schlug Schorlau vor und die Stimmung im Großraumbüro stieg mit jedem seiner Worte.

„Dafür habe ich einen Spieß und die richtigen Rostgitter mit Feuerschale, das übernehme ich, bin der totale Spanferkel-Grill-

Experte!", meinte Tamme und rieb sich die Hände. „Schorlau, um das Schweinchen kümmern wir beide uns heute noch, denn das muss über Nacht in der Gewürzlake ziehen."

„Salate und anderer Schnickschnack kommen von unseren Frauen", fügte Friedhelm an.

Rike klopfte Faber freundschaftlich auf den Rücken und sagte voller Ironie: „Keine Sorge, Opa und ich helfen dir beim Gemüse, damit du das schaffst." Faber schüttelte mal wieder nur den Kopf über seine ostfriesische Bande.

***

Mark war am Abend mit seinem Fahrrad losgefahren, die Sporttasche hinten auf dem Gepäckträger. Mutter hatte er gesagt, dass er sich mit einem Freund in Emden fürs Kino verabredet hatte und sie danach noch in eine Diskothek gehen wollten. Sie war zwar nicht begeistert gewesen, aber sah ein, dass ein Junge seines Alters auch manchmal ausgehen musste. Um Lorena musste er sich keine Sorgen machen, denn er hatte dafür gesorgt, dass sie heute bei einer Freundin schlief.

Anstatt das Handy anzurufen, wie es in dem Brief gestanden hatte, hatte Mark eine SMS mit unterdrückter Nummer geschickt. Zwar hatte er prompt eine Antwort bekommen, doch die klang nicht sehr zufrieden. Erst als er schrieb, dass die Sache noch heute über die Bühne gehen sollte und alles arrangiert war, kam das Einverständnis.

Lange hatte er darüber nachgedacht, wo er sich mit der Person treffen würde. Es musste ein einsamer Platz sein, am besten mit Wald und Wasser. Dann erinnerte er sich, dass er früher mit seinem Vater oft im Winter auf dem Sandwater Schlittschuh gelaufen war und im Frühjahr Vögel beobachtet hatte. Es war ideal, denn das Sandwater bei Simonswolde lag trotz der Nähe der Autobahn 31 einsam. Eines der wenigen natürlichen Binnenmeere, das umfangreich mit Röhricht und von See- und Teichrosen bewachsen war. Das machte das Wasser im Sommer schwer zugänglich. So musste man nicht mit abenteuerlustigen Jugendlichen rechnen, die spät am Abend dort baden wollten.

Von der Oldersumer Straße bog er links vor dem Molkereischloot in einen kleinen Waldweg ein, der völlig von Laubbäumen bewachsen direkt ans Wasser führte. Dorthin hatte Mark die Person für zehn Uhr bestellt. Er selbst war um halb acht losgefahren und brauchte für die Strecke mit seinem Fahrrad nur eine halbe Stunde.

Sehr vorsichtig war er ein paar Mal an dem Waldweg vorbeigefahren und erst eingebogen, als kein Auto mehr auf der Oldersumer Straße fuhr. Am Sandwater angekommen, hatte er das Fahrrad hinter einem Gebüsch verborgen und war dann herumgelaufen, um sich einen guten Platz zu suchen. Von seinem Versteck sah er den Waldweg und würde das Auto sofort bemerken. Der Teenager saß nun auf dem trockenen Moos und wartete mit seiner Hand auf der Sporttasche. Während er die Schreie der Schilfbrüter hörte und Mücken ihm um die Ohren schwirrten, verging die Zeit nur langsam. Es begann aber bereits zu dämmern und wurde dunkler.

Mark hatte Angst und spürte, wie seine Unruhe immer größer wurde. Sofort verdrängte er den Gedanken daran, wieder abzuhauen und die ganze Sache abzublasen. Er musste das hier tun, sonst würde alles in seinem Leben zusammenbrechen und er hatte doch die Verantwortung für Lorena und Mutter. So umklammerte der Junge die Taschenlampe fester und konzentrierte sich nur auf den Waldweg.

Gegen zwanzig nach zehn wollte er die Hoffnung schon aufgeben, als endlich die zwei Scheinwerfer eines Autos auf dem Weg zu sehen waren. Sie kamen immer näher, bis der silberne Wagen am Ende des Weges anhielt und der Motor abgestellt wurde. Im Licht der Innenbeleuchtung sah er einen kräftigen Mann aus dem Wagen steigen. Erst jetzt stand Mark auf, öffnete die Tasche, nahm etwas heraus und schob es vorsichtig hinten in den Bund seiner Jeans. Die Angst wurde größer, während er den Reißverschluss zuzog und mit erleuchteter Taschenlampe und der Sporttasche aus dem Gebüsch trat. Als der Mann den Lichtkegel der Taschenlampe wahrnahm, kam er auf den Jungen zu.

„Was zum Teufel willst du denn hier? Wo ist diese Gerber?", fragte der Kerl, an den Mark sich noch dunkel erinnern konnte. „Moment, du bist doch der Sohn", mutmaßte der Typ, nachdem der Junge die Taschenlampe heruntergenommen hatte. „Robert Gerbers Sohn, ich habe dich im Fernsehen gesehen. Was soll das, wieso bist ausgerechnet du hier? Hat sie dich geschickt?"

„Haben Sie den USB-Stick?", fragte Mark tapfer, wenn auch mit zitternder Stimme. „Ich habe jedenfalls das Geld." Dann ließ er die schwere Tasche auf den Boden fallen. Der Widerling, der ihm gegenüberstand, verzog sein Gesicht zu einem gemeinen Grinsen.

„Mhm", machte er und wollte sich zu der Tasche bücken, doch Mark machte einen Schritt auf ihn zu.

„Erst den Stick", forderte Mark vehement.

„Verpiss dich, du Bürschchen", war alles, was der Mann erwiderte, und er versetzte Mark einen Stoß, sodass er zurückstolperte. Fast hätte er das Gleichgewicht verloren. Der Mann riss am Reißverschluss der Tasche und Mark richtete automatisch die Taschenlampe auf ihn. Dann griff er blitzschnell in seinen Hosenbund. „Was ist das denn für ein Scheiß?", war das Letzte, was der Kerl sagen konnte, als er in dem Krimskrams aus Klamotten, Gummihandschuhen und Feuchttüchern wühlte. In dem Moment stach Mark das erste Mal zu. Das große Küchenmesser erwischte den Mann im Rücken. Zwischen zwei Rippenbögen hindurch wurde die Lunge getroffen. Ein schauriges zischendes Geräusch hallte durch die Dunkelheit, gefolgt von einem Stöhnen. Jedoch war es sehr schnell still geworden, nachdem Mark wieder und wieder zugestochen hatte.

Tränen liefen dem Jungen über das Gesicht und er ließ sich erst einmal auf den Boden sinken. Der Lichtkegel seiner Lampe war immer noch auf den toten Mann gerichtet und Mark atmete hektisch ein und aus. Ihm war hundeübel und Magensäure sammelte sich in seinem Mund. Er sprang auf, rannte zum Schilf und übergab sich. Erst als es ihm ein wenig besser ging, hatte er den Mut zurückzugehen. Mit hektischen Bewegungen riss er ein Handtuch aus der Sporttasche und wischte das Blut von seinen Händen und dem Messer. Beides reinigte er anschließend penibel mit feuchten Desinfektionstüchern. Dann zog er die Gummihandschuhe aus der Tasche und begann den Toten zu durchsuchen, bis er den USB-Stick und seine Papiere gefunden hatte. Jetzt kam der schwierigste Teil, er musste den schweren Mann in das Auto bugsieren.

Mark war nassgeschwitzt, als er die Leiche endlich hinter das Lenkrad gedrückt hatte. Anschließend schraubte er die Nummernschilder des Wagens ab und dann rollte er das Auto im Leerlauf auf das Sandwater zu. Er blickte dem Vehikel nach, wie es langsam im Schilf versank und mit blubbernden Geräuschen ganz unterging. Jetzt musste er nur noch seine blutige Kleidung ausziehen und die frischen Sachen aus der Sporttasche nehmen. Alles andere, das Messer, die Nummernschilder, die Papiere des Kerls und seine beschmutzte Kleidung, verschwand in der Tasche. Mark rieb seinen Körper lange mit den feuchten Tüchern ab, um keinen einzigen Blutstropfen zu übersehen, bevor er sich ankleidete.

Mit einem Zweig, der unweit seines Fahrrads lag, verwischte er die Reifenspuren und auch die blutfeuchte Erde, auf der der Mann gestorben war. Er schob sein Fahrrad mit der Sporttasche zurück Richtung Straße. Dort wartete er lange im Dunkeln, bis auch in der Ferne keine Scheinwerfer von Autos auf der Oldersumer Straße zu erkennen waren. Dann erst stieg er auf sein Fahrrad und fuhr los.

Kapitel 7

An diesem Freitagmorgen war es schon gegen acht Uhr heiß. Das Thermometer würde die dreißig Grad im Laufe des Tages weit übersteigen und es herrschte totale Flaute. Faber hatte die Klimaanlage hochgestellt und fuhr mit Rike Richtung Autobahn, um noch einmal bei Bettina Gerber vorbeizuschauen.

„Wir brauchen bald mal wieder Regen, sonst wird es schlecht mit der Ernte dieses Jahr", sagte Rike gedankenverloren und sah auf die Wiesen und Felder am Straßenrand. So langsam verfärbte sich das fast immer satte Grün Ostfrieslands in einen trockenen Braunton.

„Erinnere mich daran, dass ich ein paar Eimer Wasser bereitstelle, wenn Tamme heute Abend das Spanferkel über offenem Feuer brät. Eigentlich ist es zu trocken, um solch einen Unsinn zu machen", bemerkte Richard.

„Mach dir keine Sorgen", beruhigte Rike ihn. „Tamme weiß schon, was er tut. Du hast doch nur Bedenken, weil du keine knusprige, leckere Schweineschwarte magst." Faber blickte sie von der Seite an und verzog angewidert den Mund, sodass Rike lachte. „Hm, lecker, wenn das Fett da raustrieft und dann ordentlich Musterd daaröver!"

„Du kannst manchmal richtig ekelig sein", brummte Faber und schüttelte sich bei dem Gedanken an das Spanferkel.

„Wir kaufen dir heute Nachmittag noch Fisch, damit du den für dich auf den Grill legen kannst. Makrelen schmecken gegrillt sehr gut", lenkte sie ein. „Ach, und du solltest noch ein paar Würstchen kaufen, wir werden mit den Partnern bestimmt vierzehn Leute, da könnte so ein Schweinchen zu wenig sein."

„Bist du verrückt geworden? So ein Ferkel hat zwischen zwanzig und vierzig Kilo, kein normaler Mensch isst mehr als ein Kilo Fleisch. Außer vielleicht Tamme und Schorlau", hielt er dagegen und nahm die Abfahrt Riepe, um auf die Auricher Landstraße zu gelangen.

„Wenn du meinst", erwiderte Rike nur. „Wenn ordentlich Bier und Genever getrunken werden, dann essen bestimmt alle noch einmal später in der Nacht."

„Gut, dass du das sagst, ich muss noch Genever kaufen!"

„Oh Mann, Faber! Der muss eiskalt sein, den kannst du doch nicht zehn Minuten vorher in den Kühlschrank stellen. Ich rufe Opa an, bitte ihn, Genever zu besorgen und kaltzustellen", meinte sie vorwurfsvoll, als Richard vor Gerbers Haus parkte, und zückte ihr Handy. Faber stieg aus und sah, dass Rauchschwaden aus dem Garten des Hauses aufstiegen. Er wartete, bis Rike nicht mehr telefonierte, und dann gingen sie die Auffahrt hoch.

Mark stand mit einem Rechen beim Feuer und harkte das Holz und die blutige Kleidung in die Flammen. Als er die beiden Polizisten bemerkte, bekam er einen riesigen Schreck. Er sah auf das Feuer, doch die Klamotten brannten bereits lichterloh. Er ließ die Harke fallen und lief auf die beiden zu, bevor die auf die Idee kamen, zu ihm zu kommen.

„Sie schon wieder. Tut mir leid, aber Sie sollten nicht so oft kommen. Mutter geht es immer schlecht nach Ihren Besuchen", sagte er zu den beiden und wischte sich den Schweiß von der Stirn.

„Du solltest lieber auf dein Feuer aufpassen. Es ist eigentlich zu trocken, um Bruchholz zu verbrennen", meinte Rike, ohne auf seine Bemerkung einzugehen, und nickte zu dem Feuer.

„Ich habe den Gartenschlauch gleich daneben", erwiderte der Teenager. „Bitte bleiben Sie nicht zu lange und regen Sie Mutter nicht auf! Die Haustür ist offen", sagte Mark ernst, dann drehte er sich um und ging wieder zu dem Feuer.

„Der Junge hat eine Ausdrucksweise wie Lord Fauntleroy: Mutter hier, Mutter da. Und er führt sich auf wie der Herr im Haus", murmelte Rike Faber zu.

„Ich befürchte, das ist er auch, der Herr im Haus. Ob er nun will oder nicht!", sagte Faber und drückte die Klinke der Haustür. „Frau Gerber", rief er dann. Sie hörten die leise Stimme der Frau aus dem Wohnzimmer und traten ein. Heute sah Bettina Gerber besser aus, wirkte nicht so blass wie die letzten Male. Aber wahrscheinlich lag es nur daran, dass sie ein pinkfarbenes Tuch um den Kopf geschlungen und etwas Lippenstift aufgelegt hatte.

„Hauptkommissar Faber, schön, Sie zu sehen!", begrüßte sie nur ihn. „Der letzte Besuch ihrer beiden Kolleginnen war nicht so angenehm." Richard sah Rike kurz an und zog erstaunt die Augenbrauen zusammen. „Haben Sie Neuigkeiten? Ich wollte schon aufs Revier kommen, doch es war zu beschwerlich."

„Leider nichts Neues von Ihrem Mann", beantwortete er ihre Frage. „Aber wir haben recherchiert und einige Dinge erfahren. Können wir darüber reden?"

„Natürlich, bitte setzen Sie sich. Ob Ihre Kollegin vielleicht einen Kaffee für uns aufbrühen könnte?", fragte Frau Gerber und sah Rike auffordernd an. „Sie finden alles in der Küche."

„Natürlich, kein Problem", erwiderte Rike, obwohl es ihr nicht passte, so von dieser Frau vereinnahmt zu werden. Sie verließ das Wohnzimmer, und erleichtert sah Rike, dass die Gerbers die gleiche Kaffeemaschine hatten wie Faber. Mit der Jura konnte sie mittlerweile umgehen.

„Frau Gerber, wir haben mit Hannelore Gericke gesprochen. Wie es scheint, hat Ihr Mann Erkundigungen eingezogen bezüglich Todesengeln", begann Faber derweil die Befragung. „Sind Sie sich sicher, dass der Tod Ihrer Tochter nicht durch Fremdeinwirkung herbeigeführt wurde? Können Sie sich an irgendetwas erinnern, dass Ihnen im Krankenhaus eigenartig vorkam?"

Bettina Gerber schüttelte fassungslos den Kopf. „Fangen Sie jetzt auch noch mit diesem Unsinn an?"

„Ich weiß nicht! Ihr Mann war Wissenschaftler, ein Analytiker, und dennoch suchte er die Ärzte von Sophia auf. Es war eine ganze Liste, bis hin zu Ihrem ersten Kinderarzt, als Sie noch in Hamburg wohnten", argumentierte Faber. „Ihr Mann war doch kein Verschwörungstheoretiker oder geistig krank wie Frau Gericke."

„Nein, er war krank vor Trauer", erwiderte Bettina Gerber bestimmt. „Hören Sie auf damit, Roberts Recherchen waren Hilfeschreie, denn Sophia war sein Augenstern."

Rike stellte die drei Tassen Kaffee auf das Tablett und holte Milch aus dem Kühlschrank. Dann suchte sie nach Zucker und öffnete mehrere der oberen Schränke. In einem stand ein Steinguttopf mit Deckel und darin etwas, das wie weißer Kristallzucker aussah. Sie feuchtete einen ihrer Finger an und wollte ihn gerade eintauchen, um sicherzustellen, dass sie nicht Salz erwischte, als sie vor Schreck zusammenzuckte.

„Was machen Sie da?", schrie Mark die Polizistin an. Er riss ihr das Gefäß aus der Hand, legte den Deckel drauf und stellte es wieder in den Schrank. „Sie schnüffeln rum!", ging er sie ziemlich wütend an.

„Jetzt reg dich mal ab, mein Junge", raunzte ihn Rike erbost an. „Deine Mutter hat mich gebeten Kaffee zu kochen und ich habe nur Zucker gesucht!"

Mark warf ihr einen Blick zu, der sagte: ‚Ich glaube dir nicht ein Wort!'. Dann ging er zum Küchentisch, griff nach der Zuckerdose darauf und hielt sie ihr hin.

„Habe ich nicht gesehen!" Rike schnappte die Zuckerdose, stellte sie auf das Tablett und ließ den Jungen in der Küche zurück. Meine Güte, Teenager, dachte sie in dem Moment.

„Ah, danke sehr", sagte Bettina und ergriff die Tasse von Rike. „Würden Sie mir bitte zwei Löffel Zucker in die Tasse geben", meinte sie dann. Rike nahm ihr die Tasse wieder ab und tat, worum sie gebeten wurde. Jedoch fühlte sie sich immer mehr zum Dienstmädchen degradiert. Kaum hatte sie den Gedanken für sich formuliert, schämte sie sich. Sie stirbt bald und bittet dich um Zucker und das ist dir schon zu viel?, fragte Rike sich. Waatstedt, du bist manchmal unmöglich, schalt sie sich selbst.

„Ihr Mann hatte vor seinem Urlaub zweimal Besuch bei Biochemica", fuhr Faber mit seinen Ausführungen fort. Er griff in seine Jacketttasche, holte das Foto des Standbilds von Annegret Liefers heraus und zeigte es ihr. Bettina Gerber blickte auf das Bild und blinzelte ein paar Mal. Rike entging nicht, wie ihr Mundwinkel zuckte. Jedoch musste das nichts weiter bedeuten, ruderte die Kommissarin zurück. Erstens stand die Frau unter starken Medikamenten und zweitens war Rikes Instinkt durch die unguten Gefühle gegenüber Bettina Gerber beeinflusst.

„Verzeihen Sie, in letzter Zeit sind meine Augen plötzlich nicht mehr so gut. Aber ich glaube nicht, dass ich die Person kenne", erwiderte Bettina endlich.

„Ihr Name war Annegret Liefers, kommt Ihnen der Name vielleicht bekannt vor?"

„Nein, absolut nicht, tut mir leid. Sie sagten ‚war', ist etwas mit der Frau passiert?", fragte sie interessiert.

„Leider können wir darüber nicht sprechen", kam Rike Faber zuvor. Sie hatte mal wieder das Gefühl, dass Bettina Gerber Richard um den Finger wickeln konnte, wenn sie es nur wollte. Außerdem waren sie nicht hier, um Zeugen oder in ihrem Fall Opfer in die Details der Ermittlung einzuweihen.

Faber sah Rike einigermaßen überrascht an, wandte sich dann wieder Frau Gerber zu und sagte: „Annegret Liefers ist tot und starb etwa zur gleichen Zeit, als Ihr Mann verschwand." Rike hätte Faber am liebsten einen Schlag in den Nacken versetzt und biss sich auf die Zunge, um nicht doch noch einen blöden Kommentar zu machen.

„Das ist ja schrecklich", hauchte Bettina. „Denken Sie, die Frau hatte mit der Entführung von Robert zu tun?", hakte sie nach und ihre Stimme wirkte urplötzlich viel stärker.

Auch Faber hatte das bemerkt und meinte: „Wir wissen das noch nicht, es könnte sein. Aber bitte, Frau Gerber, machen Sie sich nicht zu viel Hoffnung. Wenn ich ehrlich bin, dann glaube ich mittlerweile, dass Ihr Mann tot ist."

„Wenn Sie wollen, dann nennen Sie mich Bettina", sagte Frau Gerber und jetzt hörte sie sich wieder so schwach an wie zuvor. Während Faber nickte, beschlich Rike wieder dieses eigenartige Gefühl. Sie konnte ihren Finger nicht darauf legen, doch ihr Instinkt warnte sie plötzlich vor dieser todkranken Frau. Sie stand auf und ging ans Fenster, damit niemand sah, dass sie im Gesicht rot geworden war. Jetzt genierte sie sich noch mehr. Denn was ich zu fühlen glaube, ist bestimmt nur Eifersucht, versuchte ihr Gehirn die Gedanken zu rationalisieren.

„Ich denke, wir sollten Sie jetzt lieber wieder in Ruhe lassen", brachte sie beschämt heraus.

„Meine Kollegin hat recht. Wenn Ihnen noch etwas einfällt, Bettina, dann rufen Sie mich an. Ich bin jederzeit für Sie verfügbar", sagte Faber, trank seinen Kaffee aus und stand auf.

„Danke, Hauptkommissar Faber", meinte Frau Gerber und lächelte schwach.

„Richard", erwiderte er und reichte ihr die Hand. Er hielt ihre Hand einen Augenblick zu lang, sodass sich Rike schnell verabschiedete, die Tassen nahm und wieder mit in die Küche brachte.

Faber folgte ihr und meinte: „Warum hattest du es plötzlich so eilig?" Rike zuckte nur mit den Schultern und stellte die Tassen in die Spüle. „Hey, was?", bohrte er nach.

„Ich finde, du solltest etwas mehr Distanz …", setzte Rike gerade an, doch dann erblickte sie Lorena, die plötzlich in der Tür stand. Die Kleine trug ein buntes Sommerkleid, Zöpfe mit Schleifen und sah aus wie aus dem Ei gepellt.

„Hallo Rike, ich wusste gar nicht, dass du da bist", sagte das Mädchen und ging zu ihr.

„Hallo Lorena, du siehst aber toll aus. Hast du dich schick gemacht?", fragte sie und ging vor ihr in die Hocke.

„Mark hat mich schick gemacht, ich gehe gleich auf einen Kindergeburtstag, meine Freundin Petra. Mark packt nur noch das Geschenk ein", erwiderte das Mädchen. Und Faber seufzte innerlich. Der Junge machte in diesem Haushalt wirklich alles. Er nahm sich fest vor, mit dem Sozial- und Betreuungsdienst zu sprechen. Man musste den Teenager entlasten und dafür sorgen, dass Bettina eine professionelle Pflegerin an die Seite bekam.

„Toll, dann wünsche ich dir viel Spaß. Ich muss leider schon wieder los", plauderte Rike mit Lorena, dann sah sie Richard an. „Kennst du eigentlich meinen Kollegen? Das ist Richard Faber", stellte sie ihn vor und Lorena nickte ihm zu und lächelte. In dem Moment fiel Faber wieder etwas ein und er klopfte seine Jacketttaschen ab, bis er das kleine Radiergummi-Nilpferd fand.

„Hier, das habe ich dir mitgebracht. Rike sagte mir, du sammelst die Figuren."

„Oh, das ist schön, das habe ich noch nicht", erwiderte Lorena erfreut und nahm das Nilpferd in die Hand. „Die hat unser Doktor noch nicht. Kriegt er aber bestimmt bald. Dann werde ich eine Nilpferdherde haben."

„Aber wieso, ihr müsst nicht mehr so oft zum Kinderarzt", schoss Rike raus, ohne zu denken. „Ich meine, wegen Sophia", versuchte sie ihre ungeschickten Worte zu korrigieren.

Die kleine Lorena sah sie traurig an. „Doch, ich kriege oft keine Luft und das macht Mama ganz verrückt. Sie hat dann solche Angst. Darum müssen wir zum Arzt. Ich mag das nicht so, es ist langweilig. Aber ich kann dort meine Bücher lesen und bekomme immer ein neues Tier."

„Wer ist denn dein neuer Kinderarzt?", fragte Rike intuitiv.

„Das ist Doktor Bolder in Norden. Wir fahren immer ganz lange dort hin, Mama sagt, er ist ganz prima. Er ist auch nett, Rike", sagte Lorena. Rike erinnerte sich an den Namen, er hatte auf Robert Gerbers Liste gestanden, war jedoch nicht durchgestrichen worden.

Rike streichelte ihre Wange. „Dann hoffe ich, dass du ganz schnell wieder gesund wirst. Versprochen?"

Lorena umarmte Rike und flüsterte ihr ins Ohr: „Das versuche ich immer ganz fest. Und in letzter Zeit ist es viel besser geworden!" Faber beobachtete die beiden still und ihm wurde wieder warm ums Herz. Genauso, wie es in dem Krankenhaus passiert war, als der kleine Mattes an Rike einen Narren gefressen hatte.

„Bettina und Lorena sind bezaubernde Menschen", sagte Faber, als sie wieder im Auto saßen. „Dieser Mark hingegen ist eine Nummer für sich. Ich glaube, der Junge braucht Hilfe. Ich spreche mal mit dem Sozialdienst, es kann doch nicht sein, dass alles an diesem siebzehnjährigen Teenager hängen bleibt."

„Er steht definitiv unter Druck. Vorhin in der Küche hat er mich angeschrien und gefragt, ob ich rumschnüffle. Dabei habe ich in den Schränken nur den Zucker gesucht."

„Vielleicht kommt Mark nach seinem Vater. Vielleicht war er hinter seiner ruhigen, introvertierten Maske ein Choleriker. Er war schräg, glaubte an Todesengel und vielleicht hat er Annegret Liefers getötet und ist dann abgehauen. Diese abgelaufenen Lebensmittel können uns den Todeszeitpunkt der Frau nicht genau erklären", grübelte Faber laut und war wieder auf den Fall konzentriert. „Robert Gerber hatte ihre Telefonnummer, das Handy wurde in der Ziegelei das letzte Mal geortet. Vielleicht war der Mann ein Genie, was die Biochemie angeht, aber im wahren Leben? Die meisten Genies waren abgedrehte Menschen und Mark ist vielleicht wie sein Vater."

Ob Bettina Gerber wirklich so wunderbar war wie Lorena, zweifelte Rike an. Sie traute sich aber nicht, mit Faber darüber zu sprechen, denn ihre Gedanken waren ihr immer noch peinlich. Also sah sie auf die Uhr und meinte: „Lass uns vor dem Revier bei Klaassen vorbeifahren und den Fisch für heute Abend besorgen. Wir sollten auch gleich danach mit der Besprechung anfangen, damit wir so gegen drei nach Hause kommen. Es gibt noch eine Menge vorzubereiten für deine Grillparty!"

***

„Na, mien Jung", meinte Knut und setzte sich mit seinem Bier neben Faber. „Wat sinnst för di hen?", fragte er und trank einen großen Schluck des frisch gezapften Jevers.

„Einmal übersetzen für Ausländer", erwiderte Faber lächelnd und hob sein Glas Rotwein zum Prost, bevor er trank.

„Ich habe gefragt: Worüber grübelst du nach? Du sitzt jetzt schon fünf Minuten alleine hier, während deine Gäste sich mit dem Schweinchen über dem Feuer amüsieren", sagte Knut im besten Hochdeutsch.

116

„Vielleicht denke ich ja über all diese Karnivoren nach!",
antwortete Faber und sah sich die hungrigen Blicke seiner Kollegen
auf das Spanferkel an.

„Kani was? Einmal übersetzen für Ostfriesen!", brummte Opa Knut
schlagfertig.

„Diese Fleischfresser dort!", erklärte Faber, lachte und nickte auf
seine Gäste.

„Schnickschnack, dir geht doch was ganz anderes durch den Kopp.
Ist es der Fall mit diesem verschwundenen Mann? Habe gehört, ihr
habt jetzt auch noch eine Tote." Wie immer war Knut bestens
informiert. Rike besprach alles mit ihrem Opa und auch Faber hatte
es sich zur Angewohnheit gemacht. Knut war ein Schlitzohr mit
enormer kriminalistischer Kombinationsgabe. Außerdem liebte
Faber Knut mittlerweile wie einen Vater und das beruhte auf
Gegenseitigkeit.

„Mag schon sein, es ist ein eigenartiger Fall und ich habe das
Gefühl, wir kommen nicht weiter", meinte Richard. Als er Knuts
auffordernden Blick sah, fing er an über die Details zu reden. Opa
Knut lauschte seinen Ausführungen, nickte und brummte ab und zu,
aber schwieg, bis Faber alles erzählt hatte.

„Und was ist mit dieser Annegret Liefers, der Frau, die Gerber
zweimal aufgesucht hat?", fragte Knut und stopfte sich seine Pfeife.
In dem Moment kam Rike und setzte sich zu den beiden.

„Unsere beiden jungen Kriminalmeister haben heute mit allen
möglichen Leuten gesprochen und Frau Liefers' Daten geprüft. An
dieser Frau war absolut nichts Ungewöhnliches. Sie hat jung
geheiratet, sie war wohl glücklich mit ihrem Mann, wie man
erzählte", fügte Faber die Informationen an, die er heute in der
Besprechung erfahren hatte. „Die Ehe blieb erst kinderlos, doch mit
Ende dreißig wurde sie schwanger. Sie bekamen ein Mädchen, und
was ihre Cousine sagte, war die Kleine ihr Ein und Alles. Leider starb
die Tochter mit zwei Jahren eines plötzlichen Kindstods. Ihr Mann
fünf Jahre später bei einem Autounfall. Seitdem lebte Frau Liefers
alleine. "

Knut schüttelte, an seiner Pfeife paffend, den Kopf und blies
Rauchwölkchen in die Luft. „Überall tote Kinder. Sophia Gerber mit
drei Jahren, das zweijährige Mädchen der Liefers, und Rike sagte,
dass diese verrückte Frau Gericke ihren Sohn auch verloren hat",
bemerkte er und schwieg einen Moment. Faber wartete, denn er

spürte, dass Knut noch mehr zu sagen hatte. „Hast du nicht gesagt, dass Lorena Gerber auch krank ist?", wandte sich Knut an seine Enkelin und die nickte traurig. „Meiner Meinung nach müsst ihr bei den Kindern weitergraben."

„Opi, wir haben mit dem Chefarzt der Uniklinik in Eppendorf gesprochen", warf Rike ein. „An dem Tod von Sophia war nichts Ungewöhnliches. Sie war einfach krank."

„In welcher Klinik ist denn die Tochter von Frau Liefers gestorben?", fragte Knut dann.

Faber stand auf. „Ich denke, Frauke und Johannes wissen das. Moment", meinte er und ging rüber zu den beiden, die Tamme beim Übergießen des Spanferkels unterstützten. Er sprach kurz mit ihnen, kam zurück und ließ sich wieder in den Gartensessel fallen. „Liefers' Kind starb 1998 in der Uniklinik Eppendorf in Hamburg."

„Dort starb auch Hannelore Gerickes Sohn", fügte Rike an, denn sie hatte sich ein bisschen mit Hannis Werdegang beschäftigt.

„Alle drei Kinder in der gleichen Klinik", fasste Knut zusammen und schob sich seine Kapitänsmütze in den Nacken. „Vielleicht müsst ihr die Todesengel-Theorie doch in Erwägung ziehen. Vielleicht hatte Frau Liefers einen Verdacht und das Klinikum im Auge behalten. Als dann Sophia Gerber stirbt, sucht sie Robert Gerber das erste Mal auf und spricht mit ihm. Der nimmt danach Kontakt mit Hannelore Gericke auf und hört sich ihre Todesengel-Geschichte an. Dann treffen Annegret Liefers und Gerber sich erneut", spekulierte Knut weiter und kratzte sich am Schädel. „Die beiden haben vielleicht jemanden vom Krankenhauspersonal gefunden, der ein Todesengel war. Deshalb musste Frau Liefers sterben. Ich denke, als Robert Gerber mitbekam, dass Frau Liefers verschwunden war, hatte er Angst um seine Familie und blieb deshalb zwei Monate zu Hause. Aber auch er musste wegen seines Wissens verschwinden. Euer Todesengel könnte beide ermordet haben."

„So habe ich das noch nicht gesehen", grübelte Faber laut. „Ich hatte eigentlich eher Robert Gerber im Verdacht, Frau Liefers getötet zu haben. Doch dein Ansatz, Knut, ist nicht schlecht."

„Das Einzige, was da nicht reinpasst, ist das Geld, das Gerber vor seinem Urlaub abgehoben hat", gab Rike zu bedenken. „Es ist fast so, als hätte jemand ihn erpresst."

„Eten is klaar!", rief Tamme in dem Moment und wegen seines lauten Baritons musste ganz Klein Hauen das gehört haben. Auch Schorlau wedelte vom zweiten Grill mit der Grillzange.

„Na, denn man to", sagte Knut und die drei standen auf, um zu der Bierzeltgarnitur rüberzugehen, die Faber mit Rike mitten im Garten aufgestellt hatte. Voller Stolz präsentierte Tamme das knusprige Spanferkel, bevor er es mit Torben vom Spieß zog und auf ein riesiges Schneidebrett legte. Faber schmunzelte über die Ahs und Ohs seiner Kollegen und deren Partner. Die beiden Polizisten trugen das Spanferkel mit dem Apfel in der Schnauze einmal um den Tisch herum wie eine rituelle Opfergabe.

Während Tamme das Fleisch endlich anschnitt, brachte Schorlau eine Platte mit gegrilltem Gemüse und eine mit den Makrelen an den Tisch. Der Tisch bog sich fast von den anderen Köstlichkeiten, die vor allem Friedhelms Frau vorbereitet hatte. Richard sah sich selbst schon, wie er die nächsten Tage von Kartoffel- und Nudelsalat leben würde, damit nichts verdarb.

Als alle ihren Teller gefüllt hatten, stand Faber auf und hob sein Glas: „Meine lieben ostfriesischen Freunde, willkommen in meinem Zuhause. Danke, dass ihr mich exotischen Ausländer so gut bei euch aufgenommen habt und für eure Mühe mit dem Essen. Bevor es kalt wird, slaat rin und smakelk Eten! Proost!"

„Hört, hört", rief Tamme. „Willkomen in Oostfreesland, Chef!"

Es wurde ein unglaublich schöner Abend, bei dem viel gelacht und vor allem gegessen und getrunken wurde. Rike hatte recht gehabt, irgendwie endete die Schlemmerei die ganze Nacht nicht. Als es langsam dunkler wurde und die Solarlichter den Garten erleuchteten, legte Faber Musik auf. Er war erstaunt, wie elegant Tamme mit Torbens und Friedhelms Frauen tanzte. Schorlau hatte sich natürlich sofort Rike geschnappt und rockte auf Fabers Terrasse wie John Travolta in seinen besten Zeiten. Als dann ein langsames Lied erklang, klatschte Faber Rike ab und Schorlau überließ sie ihm nur ungern.

„Eine gelungene Einstandsparty", sagte Rike zu Richard. Sie hatte ihre Arme um seinen Hals gelegt und sie bewegten sich langsam zu der Musik.

Er sah auf sie hinab in ihre hübschen grünen Augen und genoss den Körperkontakt mit ihr. „Ich habe mich in meinem ganzen Leben noch nie so wohl gefühlt wie hier in Klein Hauen. Ihr alle seid großartige Menschen", meinte er leise.

„Ich weiß, du aber auch. Sieh dir mal Opa an! Er amüsiert sich königlich!", erwiderte sie. Knut schwofte mit Frauke, und obwohl die Musik eigentlich zu langsam war, veranstaltete er einen Foxtrott mit Drehungen, sodass die Kriminalmeisterin aus vollem Halse lachte.

Es war bereits zwei Uhr, als auch die letzten Gäste gingen. Rike half Faber beim Aufräumen. Schorlau war völlig hinüber und mit zu viel Genever intus nach oben gewankt. Auch Knut war bereits im Bett. Nachdem die beiden alles reingeräumt hatten, saß Rike mit einem Glas Wein in der Hand auf der Arbeitsplatte in der Küche. Sie sah Faber zu, wie er das Geschirr in die Spülmaschine stellte. „Du hast einen leichten Schwips, Faber!", sagte sie, denn er wirkte wesentlich entspannter als üblich und Richard lachte.

„Eine Flasche Rotwein fordert auch ihren Tribut, immerhin habe ich den Genever links liegen gelassen. Du bist auch nicht mehr ganz nüchtern, oder?", gab er zu bedenken.

„Dieses Mal war ich sehr anständig, nur zwei Gläser", meinte sie und stellte ihren Rotwein zur Seite. „Komm bitte her!"

Faber stellte die Spülmaschine an und ging zu ihr. „Was?", fragte Richard naiv, als er vor ihr stand.

Rike griff nach seinem Hemd und zog ihn näher zu sich. „Ich bin nicht betrunken und werde morgen nichts bereuen! Küss mich, du willst es doch auch!" Dann lagen ihre Arme um seinen Hals und ihre Lippen auf seinen. Faber konnte sich nicht beherrschen und erwiderte den leidenschaftlichen Kuss, drückte sie dann aber sanft von sich und löste ihre Arme von seinem Hals. „Schon wieder? Was ist los mit dir? Ich weiß, wie du mich immer anschaust, da ist mehr als Freundschaft", sagte Rike enttäuscht über seinen Rückzug. „Faber, ich bin verliebt in dich!", gab sie dann ganz ehrlich zu.

Er sah sie ernst an und schluckte. „Rike, mir geht es auch so. Am liebsten würde ich dich in die Arme nehmen, nie wieder loslassen und küssen."

„Aber?", fragte sie überrascht.

„Aber ich bin dein Boss. Miedler will, dass ich seinen Posten übernehme, wenn er in einem Jahr in Pension geht. Du sollst dann Hauptkommissarin werden!"

„Das heißt, du gehst nach Oldenburg?"

„Nein, ich kann in Emden bleiben. Das will ich auch!"

„Dann verstehe ich es nicht, warum tust du es dann nicht? Mich küssen, mich lieben?", fragte Rike mit erstaunlicher Vehemenz in ihrer Stimme.

„Miedler hat mich gewarnt. Er meinte, ich muss endlich anfangen, nach den Dienstvorschriften zu spielen. Keine Eskapaden mehr, die meinen Ruf schädigen, keine eigenwilligen Handlungen", erklärte er schweren Herzens. „Wenn wir beide miteinander etwas anfangen, dann ist das ganz und gar gegen die Dienstvorschrift."

Rike sah ihm eine Weile in die Augen. „Willst du damit sagen, obwohl wir beide so viel füreinander empfinden, geht es nicht wegen der Dienstvorschriften?"

„Tut mir leid, Rike. Du willst doch endlich Hauptkommissarin werden, hast es schon lange verdient", versuchte er, die richtigen Worte zu finden. „Und mit der Hypothek auf dem Haus hier wird mir eine Beförderung auch guttun."

Rike sprang von seiner Arbeitsplatte und sah ihn wütend an. „Am liebsten würde ich dir jetzt eine Ohrfeige geben, wenn ich nicht so entsetzt wäre. Weißt du was, steck dir den Hauptkommissar und die Dienstvorschriften in den Hintern", schnauzte sie ihn mit Tränen in den Augen an. „Vielleicht hast du solche Bitches wie deine Ex und Bettina Gerber verdient, such sie dir, du gottverdammter Idiot!" Dann rannte Rike aus der Küche und verschwand im Garten, um nach Hause zu gehen.

Faber schlug so fest auf die Arbeitsplatte, dass ihm die Hand wehtat. „So ein Mist", schrie er. Dann griff er die Rotweinflasche und machte sein Glas noch einmal voll.

***

Als am anderen Morgen Fabers Handy klingelte, brummte sein Schädel. Er hatte gestern Nacht noch eine zweite Flasche Brunello getrunken und innerlich vor sich her geflucht. „Faber", meldete er sich und drehte sich mit dem Handy am Ohr auf den Rücken.

„Chef, so schön es auch gestern war", hörte er Torbens Stimme, „Sie müssen mit Schorlau kommen. Es wurde ein weiteres versenktes Auto gefunden, dieses Mal mit einer Leiche darin."

„Okay, ich wecke Schorlau und rufe Rike an, schicken Sie mir die Adresse per SMS", meinte er verkatert.

121

„Schorlau reicht, Rike ist schon auf dem Weg zum Sandwater. Habe vor einer Viertelstunde mit ihr gesprochen und sie wollte gleich los. Sie bat mich, Sie anzurufen, Chef."

Faber stöhnte auf, denn in dem Moment fiel ihm wieder ein, was gestern passiert war. Anscheinend war Rike stinksauer auf ihn, wenn sie alleine losgefahren war. „Alls klaar, ik koom straks", erwiderte er fast automatisch auf Platt.

Zwar war es nicht einfach gewesen, Schorlau zu wecken, doch was immer er danach auch getan hatte, am Fundort blühte er auf, als hätte er nicht einen einzigen Genever getrunken. Faber vermutete, dass er irgendetwas aus seinem Forensik-Einsatzkoffer geschluckt hatte, wollte aber besser nicht wissen, was es war. Denn sein Schädel brummte trotz der beiden Aspirin immer noch. Rike hatte ihre rote Motorradkombi an und sprach mit dem Ornithologen, der heute Morgen ganz früh den silbernen Wagen im Sandwater entdeckt hatte. Nachdem Tamme, der ebenfalls mit bester Laune vor Ort war, die Sachlage erklärt hatte, ging Faber zu Schorlau. „Was hast du, Philipp?", fragte er.

Der hing mit dem Oberkörper in dem nassen Wagen, der bereits geborgen und jetzt auf dem Waldweg stand. Philipp bewegte die Leiche nach vorne und stellte sich auf. „Jemand mit sehr viel Wut", sagte er lapidar. „Ich habe auf die Schnelle vierzehn Einstiche gezählt. Großschneidiges Messerblatt. Ohne die Wunden genauer untersucht zu haben, würde ich sagen ein großes Küchenmesser."

„Todeszeitpunkt?", fragte Faber und in dem Moment kam Rike rüber, um sich Philipps Ausführungen anzuhören. „Morgen", meinte Faber an sie gewandt.

Doch Rike sah nur auf Schorlau. „Hallo Philipp, geht's einigermaßen?, fragte sie ihn und ignorierte Faber einfach. „Du hattest gestern ganz schön viel intus."

„Wenn ich dich sehe, dann geht es mir gleich besser", erwiderte Schorlau lächelnd. Trotz seines Schädels kramte Faber in seiner Jacke, bis er das angebrochene Päckchen Zigaretten fand, das dort bestimmt schon zwei Wochen lag.

Er zündete sich eine an, hustete kurz und sagte erneut: „Todeszeitpunkt, Philipp!"

„Eine Lebermessung brauch ich gar nicht machen, denn das Wasser hier ist trotz des heißen Wetters ziemlich kalt. Doch wie der Tote aussieht, hat er nicht lange im Wasser gelegen", kam endlich

Schorlaus Antwort. „Da du bestimmt nicht lockerlässt, gebe ich dir eine Schätzung. Der Mann lag nicht länger als achtundvierzig Stunden in diesem See oder was auch immer für ein Gewässer das ist."

„Ein Binnenmeer", klärte Rike ihn auf. „Das heißt, er wurde irgendwann zwischen Donnerstag und letzter Nacht ermordet. Hat man ihn in seinem Auto erstochen?"

„Bezweifle ich. Erstens ist nicht genug Blut im Wagen, und hier, die Schmierspuren am Polster sehen so aus, als ob man ihn da reingeschleppt hat", informierte Schorlau sie. Faber kam sich ignoriert, fehl am Platz vor und zog missmutig an seiner Zigarette. „Das ist auch der Grund, warum ich denke, dass er nicht lange im Wasser war, denn sonst wären diese Spuren weggeschwemmt worden."

„Hast du irgendwelche Papiere gefunden?", fragte Richard Schorlau. Gerade kam der Wagen der Spurensicherung und näherte sich dem Absperrband. Torben hatte die Kollegen in Oldenburg gleich angerufen, als er auch die Taucher und den Kranwagen angefordert hatte.

„Nein", sagte Tamme, der zu ihnen gekommen war. „Ich war bei der Bergung hier. Habe gleich danach gesucht. Sorry, Schorlau, ich war ganz vorsichtig", meinte er an den Pathologen gewandt. Wenn Schorlau etwas hasste, dann, wenn jemand an seinen Tatorten rumfummelte. Und obwohl Schorlau klar war, dass Tamme genau wusste, wie man so etwas machte, verzog er geringschätzig den Mund. „Wer immer das war, wollte nicht, dass man den Mann so schnell identifiziert. Aber das war kein Profi. Er hat zwar die Nummernschilder abmontiert, doch ich habe die Fahrzeugidentifikationsnummer im Motorraum gefunden, man hat nicht versucht, sie unkenntlich zu machen."

„Na ja, das Gesicht des Toten auch nicht", brummte Faber. „Eigentlich idiotisch, die Nummernschilder abzuschrauben, wir bekommen sowieso raus, wer der Tote ist. Läuft die Suchanfrage für die FIN schon?"

„Hab ich gleich durchgegeben, die suchen jetzt den Fahrzeugbrief. Bald wissen wir, wer der Halter ist", erwiderte Tamme.

„Doktor Schorlau", rief einer der Forensiker, der mittlerweile hinter dem Absperrband in der Nähe des Schilfs arbeitete. „Kommen Sie bitte mal kurz."

„Zieht euch Plastikschützer über die Schuhe, wenn ihr mitwollt. Und passt ja auf, wohin ihr tretet, am besten in meinen Abdrücken laufen", wies Philipp sie an und deutete auf seinen geöffneten Koffer am Boden. Dann ging er unter dem Absperrband durch und die drei folgten ihm, nachdem sie die blauen Plastikdinger über die Schuhe gezogen hatten. „Was gibt es?", fragte Philipp einen seiner jüngeren Assistenten.

Der hockte am Boden und stand auf. „Das da, dort hat sich jemand übergeben!"

Faber drehte es den Magen um. Er zwang sich trotzdem, auf das Erbrochene zu blicken. „Sind das Gummibärchen?", fragte er erstaunt.

„Ja", erwiderte der Assistent. „Gummibärchen, Milch und Cornflakes, würde ich sagen, alles noch nicht lange verdaut, bevor es erbrochen wurde."

„Der Ornithologe, der den Wagen fand, war das nicht. Er hat die Leiche noch nicht einmal gesehen", warf Rike ein und runzelte die Stirn.

„Nein, ich denke, das war unser Mörder", grübelte Faber. „Doch solch eine Mischung von Essen würde ich eher im Magen eines Kindes vermuten!"

Kapitel 8

Rike hatte Schorlau mit zur Autopsie ins Klinikum Emden begleitet, während Faber mit Tamme aufs Revier gefahren war. Zur großen Freude des Fuhrparkmeisters stand jetzt ein zweites Auto in der Reviergarage zur kriminaltechnischen Analyse.

Sie hatte immer noch kein Wort mit Richard gewechselt und er grübelte darüber nach, wie er das wieder einrenken sollte. Wahrscheinlich muss ich sie einfach in Ruhe lassen und ihr Zeit geben, dachte er. „Friedhelm, Torben", sprach er seine Polizeimeister an, „fahrt nach Hause. Tamme und ich kümmern uns um die Identifikation des Toten. Es ist immerhin Samstag und eure Familien warten. Aber schickt Streifen raus, die beim Sandwater nach Zeugen suchen. Mit Frau Petersen und Herrn Leitmann sind wir genug Leute." Das ließen sich die beiden nicht zweimal sagen, vor allem, weil sie gestern auch ordentlich gefeiert hatten. Sie packten ihre Sachen zusammen und gingen runter, um die Kollegen loszuschicken. „Bist du damit einverstanden zu bleiben?", fragte Faber den Wikinger.

„Keine Familie, genau wie du! Klar bleibe ich", erwiderte Tamme sofort und loggte sich in seinem Laptop ein.

„Schickst du mir bitte die Fotos, die die Spurensicherung vom Fundort gemacht hat?", bat Faber ihn und ging in sein Büro.

Er brütete fast zwei Stunden über den Bildern. Die Forensiker hatten den Waldboden abgesucht und den vermeintlichen Tatort gefunden. Die Stelle wies eine Menge Blut auf, das in die Erde gesickert war. Etwas entfernt hatte ein Ast gelegen, mit dem der Täter Spuren verwischt hatte. Sie hatten auch Abdrücke von Fahrradreifen fotografiert, aber was hatte das schon zu bedeuten, dachte Faber. Das Sandwater war ein Paradies für Vogelbeobachter und selbst der Zeuge, der den Wagen entdeckt hatte, war mit dem Fahrrad unterwegs gewesen. Auf der anderen Seite, wenn das Erbrochene vom Täter stammte, dann könnte es ein Jugendlicher gewesen sein, der dort mit dem Fahrrad unterwegs war.

„Selbst wenn du dort mit deinem Fahrrad unterwegs warst, dann schleppst du doch kein Küchenmesser mit dir rum", redete Faber mit sich selbst. „Und wenn der Kerl dich angegriffen hat und du ihm das Messer abgenommen hast, dann stichst du nicht vierzehn Mal auf ihn ein und versenkst sein Auto." Er schüttelte den Kopf und meinte:

„Nein, das war keine Affekttat!" Jemand hat ein Messer mitgebracht und einen Schraubenzieher für die Kennzeichen, durchdachte er die Fakten. „Es muss ein Treffen gewesen sein, mit dem Vorsatz, jemanden zu töten, und höchstwahrscheinlich in der Nacht, bei Dunkelheit."

„Wenn Rike nicht hier ist, wirst du mir unheimlich mit deinen Selbstgesprächen", meinte Tamme, der eine Weile an der Tür gestanden hatte. Faber quittierte das mit einem bösen Blick. „Ah, wenn man vom Teufel spricht. Da sind Rike und Schorlau!", sagte Tamme ungerührt von Fabers saurem Gesicht und blickte in den Flur.

Rike und Philipp kamen zu Faber und Tamme in das Büro. Richard blickte erstaunt auf seine Armbanduhr. „Bist du schon fertig mit der Obduktion?"

„Bin ich, alles ist bereits unterwegs ins Kriminallabor", erwiderte Schorlau und ließ sich auf einen der Stühle fallen.

„Und soll ich dir jetzt die Würmer einzeln aus der Nase ziehen?", moserte ihn Richard an.

„Gott, was ist denn mit dem netten Gastgeber von gestern passiert?", brummte Philipp zurück. „Wohl immer noch verkatert, was?"

„Philipp, wenn du nicht endlich über den Toten redest, läufst du Gefahr, selbst zur Leiche zu werden", zischte Faber ihn an und Schorlau zuckte nur gleichgültig mit den Schultern. Rike und Tamme standen stumm neben Schorlau. Während Tamme vor sich her schmunzelte, verzog Rike nicht einen Muskel im Gesicht und fixierte Richard. Wenn Blicke töten könnten, dachte Faber, dann wäre ich jetzt die Leiche.

„Also gut, unser Toter starb höchstwahrscheinlich Freitagnacht, wann genau, kann ich nur auf ein paar Stunden eingrenzen", fing Schorlau endlich an. „Irgendwann zwischen zehn und ein Uhr nachts. Es waren vierzehn Messerstiche und das Messer hatte eine neunzehn Zentimeter lange und fünf Zentimeter breite Klinge. Typische Maße für ein Standardküchenmesser. Einige Stiche gingen in voller Länge in den Körper, die meisten prallten an der Wirbelsäule und den Rippenbögen ab. Einer der Stiche penetrierte den Herzbeutel und das war die Todesursache."

„Dann war das ein regelrechter Overkill", bemerkte Faber. „Der Täter muss völlig mit Blut besudelt gewesen sein."

126

„Ist anzunehmen. Wie ich schon sagte, es war sehr viel Wut im Spiel oder auch Angst", bestätigte Philipp. „Mein Team ist mit dem Auto fast fertig, keine Fingerabdrücke und die Waffe haben wir auch nicht gefunden. Nichts, keine Papiere, die den Mann identifizieren könnten."

„Da kann ich aushelfen", mischte sich Tamme jetzt ein. Denn das war der eigentliche Grund gewesen, warum er in Fabers Büro wollte. „Über die FIN haben wir den Halter des Wagens, ein gewisser Börn Stelling mit Wohnsitz in Hamburg."

„Hamburg?", fragte Rike plötzlich. „Hast du noch mehr über ihn?"

Tamme nickte sofort. „Der Mann war fünfundvierzig und von Beruf Krankenpfleger."

„Etwa in der Uniklinik Eppendorf?", schaltete Faber sofort.

„Nein, er war im Marienkrankenhaus angestellt."

„Wäre auch zu schön gewesen, wenn der Tote etwas mit unserem Fall zu tun gehabt hätte", murmelte Faber. „Okay, ich möchte gerne, dass wir das in Hamburg erledigen. Tamme, können du, Frauke und Johannes nach Hamburg fahren, sobald die beiden wieder auf dem Revier sind? Die Angehörigen müssen benachrichtigt werden und die Wohnung durchsucht." Tamme nickte sofort. „Rike, ruf im Marienkrankenhaus an, versuche mehr über den Mann rauszubekommen. Doch stell sicher, dass man dort nicht über seinen Tod spricht. Ich will nicht, dass eine übereifrige Krankenschwester bei seiner Familie anruft, bevor wir sie benachrichtigt haben."

„Das musst du mir nicht sagen, ich bin ja nicht blöd!", schoss Rike raus und selbst Schorlau sah sie erstaunt an.

„Dicke Luft?", konnte Schorlau sich nicht verkneifen.

„Hast du nicht noch was an Gerbers Auto zu tun?", fragte Faber im Befehlston. „Ich dachte, im Kofferraum sind Schrammen, um die du dich kümmern wolltest!"

„Auweia, bist du mies drauf! Ich gehe ja schon, auch wenn heute Samstag ist", erwiderte Philipp patzig und trollte sich. Auch Rike machte auf dem Absatz kehrt und ging ins Großraumbüro.

„Richard", sagte Tamme an der Tür. „Du solltest dich besser zusammenreißen!" Ohne eine Antwort abzuwarten, schloss er die Tür hinter sich und ging ebenfalls ins Großraumbüro. Faber blies demonstrativ Luft aus und fluchte leise vor sich hin.

***

„Moment, Sie sagen, Börn Stelling arbeitete erst seit November 2012 bei Ihnen?", hinterfragte Rike. Sie telefonierte schon eine ganze Weile mit der Stationsschwester der Palliativabteilung des Marienkrankenhauses. Von Schwester Miriam hatte sie erfahren, dass Börn nicht gerade der beliebteste Kollege war. Sie hatte ihn als faul und missmutig beschrieben. Wenn es nach ihr ginge, so hatte sich die Stationsschwester ausgedrückt, würde er schon lange nicht mehr dort arbeiten.

„Ja, er fing Mitte November bei uns an. War vorher in der Uniklinik", bestätigte Miriam.

„Uniklinik Eppendorf in Hamburg?"

„Aber ja."

„War Herr Stelling dort auch in der Palliativabteilung?", fragte Rike und spürte die Unruhe, die in ihr aufstieg.

„Nein, ich glaube nicht. Warten Sie mal", meinte die Schwester und schien nachzudenken. „Soweit ich weiß, war er lange auf der Intensiv und danach in der Pädiatrie."

„Ich muss Sie noch etwas fragen", erwiderte Rike aufgeregt. „Wenn ein dreijähriges Mädchen an einer Immunkrankheit leidet, die nicht richtig diagnostiziert werden kann, würde das Kind dann auf der Intensiv liegen oder in der Kinderabteilung?"

„Definitiv in der Pädiatrie, denn dort hat man auch Intensivräume. Man hat festgestellt, dass eine schöne Umgebung sich auf die kranken Kinder sehr positiv auswirkt. Darum sind Kinderabteilungen meistens bunt und fröhlich gestaltet und mit Spielzeug versehen. Die Intensivabteilung macht den kleinen Patienten Angst."

Rike musste erst einmal verarbeiten, was sie gerade hörte. Börn Stelling war in der Zeit, als Sophia Gerber in der Uniklinik lag, dort Pfleger gewesen. Er kannte sie und war jetzt hier in der Nähe von Emden gestorben, genau wie Annegret Liefers. Kann es sein, dass Börn der Todesengel war? Doch wer hat ihn ermordet?, fragte sie sich. „Hallo, Frau Kommissarin, sind Sie noch da?", hörte sie die Stimme der Schwester.

„Ja, Entschuldigung, ich war in Gedanken. Schwester Miriam, hatten Sie ungewöhnlich viele Todesfälle in Ihrer Abteilung? In der Zeit, in der Börn Stelling dort arbeitete?", präzisierte Rike.

„Wie meinen Sie das denn? Hören Sie, bei der Palliativmedizin geht es darum, dass die Patienten sterben, wir betreuen sie und erleichtern ihre Leiden. Börn Stelling war zwar nicht der einfühlsamste Pfleger, aber bestimmt hat er keine Sterbehilfe geleistet, wenn Sie das andeuten wollen", erwiderte die Schwester etwas empört.

„Natürlich nicht, schon in Ordnung. Bitte, Schwester Miriam, behalten Sie die Information über seinen Tod noch für sich. Unsere Kollegen fahren gerade nach Hamburg, um die Angehörigen ausfindig zu machen und zu informieren", sagte Rike dann schnell.

„Soweit ich weiß, war er nicht verheiratet und hatte auch keine Freundin. Ich weiß nicht, ob Sie da jemanden finden, denn er erwähnte mal, dass er seine Eltern früh verloren hat."

Rike bedankte sich bei ihr und legte auf. Dann saß sie eine Weile an ihrem Schreibtisch, um nachzudenken. Eigentlich wäre sie in solch einer Situation sofort zu Faber gegangen, sie hätten gemeinsam die neuen Informationen besprochen und eine Theorie entwickelt. Doch Rike konnte jetzt einfach nicht mit ihm sprechen. Der Zorn, der immer noch in ihr brodelte, war zu groß und leider war sie nie der Typ gewesen, der Berufliches und Privates einfach so trennen konnte.

Also brütete sie alleine vor sich hin, bis ihr ein Gedanke kam und dann griff sie wieder zum Telefon und rief die Kinderabteilung in der Uniklinik Eppendorf an. Sie verlangte Schwester Angelika, die ältere Schwester, die vor ein paar Tagen bei der Besprechung mit dem Stationsarzt auch im Raum gesessen hatte. Rike war dabei nicht entgangen, wie aufmerksam die Schwester zugehört hatte, als Sophia Gerbers Name gefallen war. Vor allem aber ihre Reaktion, als Faber von Todesengeln gesprochen hatte. Darum hatte Rike ihr auch die Visitenkarte hinterlassen, in der Hoffnung, sie würde sich von selbst melden.

„Schwester Angelika, hier ist Kommissarin Rike Waatstedt, Sie erinnern sich an mich?", fragte sie, als man sie endlich durchstellte.

„Natürlich, was wollen Sie denn schon wieder? Meine Schicht fängt gleich an und ich habe überhaupt keine Zeit!", versuchte Angelika sie loszuwerden.

„Die Zeit nehmen Sie sich jetzt. Es geht um einen Mord, der vor zwei Tagen verübt wurde. Man hat Börn Stelling hier in Emden erstochen", pokerte Rike, um der Frau eine Reaktion zu entlocken.

Die kam auch prompt, denn die Schwester ließ einen kleinen Schrei los und schien sehr betroffen zu sein. „Oh Gott, oh Gott", sagte sie immer wieder.

„Gut, dann habe ich ja Ihre Aufmerksamkeit", machte Rike weiter Druck. „Sie erzählen mir jetzt alles, was damals im November 2012 passiert ist. In welchem Verhältnis standen Sie zu Herrn Stelling, warum wechselte er das Krankenhaus und was passierte mit Sophia Gerber?"

„Sie sollten mit der Klinikverwaltung darüber reden", meinte die Schwester sehr leise, nachdem sie sich gefangen hatte.

„Hören Sie, wenn Sie jetzt nicht reden, dann schicke ich eine Polizeistreife zum Krankenhaus und lasse Sie vor Ihren Kollegen und dem Chefarzt verhaften", drohte ihr Rike.

„Schon gut! Warten Sie, ich stelle Sie auf einen anderen Apparat, damit wir in Ruhe reden können." Sofort erklang eine typische Hintergrundmusik, wie es in Warteschleifen üblich war. Rike betete innerlich, dass sie keinen Fehler gemacht hatte. Wenn diese Schwester etwas mit der ganzen Sache Gerber zu tun hatte, dann könnte sie sich jetzt aus dem Staub machen. Faber würde Rike dafür umbringen, denn er selbst wäre wahrscheinlich mit Blaulicht nach Hamburg gefahren, um mit dieser Angelika persönlich zu sprechen.

Dann hörte sie jedoch wieder die Stimme der Frau: „Tut mir leid, ich musste erst noch einer Kollegin Bescheid sagen, dass ich etwas später anfange. Wir können jetzt ungestört reden."

„Sehr gut. Also fangen wir mit Ihnen und Herrn Stelling an. So, wie Sie reagiert haben, mochten Sie Ihren ehemaligen Kollegen", stieg Rike jetzt richtig in die Befragung ein.

„Ja, er und ich waren damals ein Paar, obwohl ich etwas älter als Börn bin."

„Kannte er Sophia Gerber?"

„Natürlich, wir alle auf der Station kannten Fia. Sie war so ein liebes Mädchen und Börn hatte sie richtig ins Herz geschlossen. Darum war das damals so tragisch", sagte Angelika, aber verstummte dann.

„Was meinen Sie damit? Sophias Tod?"

„Nein, die Beschuldigung von Fias Mutter. Diese schreckliche Frau behauptete, dass Börn Fia etwas gespritzt hätte, das sie krank machte", rückte Angelika mit der Wahrheit raus. „Aber das war gelogen, eine gottverdammte Lüge!"

Rike traute ihren Ohren nicht. Warum hatte Bettina Gerber das nie erwähnt? Das letzte Mal hatten sie Frau Gerber doch explizit nach

Todesengeln gefragt. „Und was passierte dann, wieso hat Doktor Jenninger nichts davon gesagt?"

Angelikas Stimme wurde noch leiser, so als ob sie nicht wollte, dass jemand dieses Gespräch mitbekam. „Weil er nichts davon wusste. Die ganze Sache wurde mit dem alten Chefarzt und der Klinikverwaltung gehandhabt. Je weniger Leute von so etwas wissen, umso besser für die Klinik. Allein der Verdacht reicht aus, um Unmengen von Patienten zu verlieren. Auch ich weiß nur davon, weil Börn es mir erzählt hat."

„Also, was passierte genau?", bohrte Rike weiter.

„Bettina Gerber ging zum Chefarzt und machte ein Riesentheater. Sie behauptete, gesehen zu haben, wie Börn ihrer Tochter etwas spritzte. Börn war nur ein Pfleger. Zwar ein verdammt guter Pfleger, aber er durfte keine Medikationen vornehmen, schon gar nicht Injektionen. Ich sage Ihnen, diese Frau hat kaltblütig gelogen. Es gab keine Beweise, man fand keine Spitze, gar nichts. Börn flehte den alten Chefarzt an, ihm zu glauben. Der sprach mit dem Klinikausschuss und Börn wurde nahegelegt zu kündigen, weil man ihn sonst entlassen hätte."

„Wieso sind Sie sich so sicher, dass Börn unschuldig war? Weil er Ihr Freund war?", übte Rike weiter Druck auf die Schwester aus.

„Nein, ganz und gar nicht. Börn war damals ein guter Mensch, er war ein hervorragender Krankenpfleger. Er liebte die Patienten und vor allem die Kinder. Nie hätte er einem Kind so etwas angetan. Ich weiß es einfach!", behauptete Angelika mit einer Heftigkeit, dass Rike noch hellhöriger wurde.

„Sie sagen, er war damals ein guter Mensch, später denn nicht mehr?"

„Er verließ die Uniklinik, die fast zwanzig Jahre sein Zuhause war, bekam ein schlechtes Zeugnis und fand einen schlechten Job. Er war über die Boshaftigkeit dieser Frau Gerber völlig entsetzt und veränderte sich", sagte sie zaghaft.

„Sie haben sich dann von Börn getrennt?"

„Ja, ein halbes Jahr später. Er war nicht mehr der Mann, in den ich mich verliebt hatte."

„Sagen Sie, Angelika, kannte Börn Robert Gerber?", hakte Rike weiter nach.

„Natürlich, er war doch oft im Krankenhaus bei seiner Tochter gewesen", erwiderte die Schwester sofort.

„Nein, ich meine, hat Börn Robert Gerber nach dem Tod von Sophia noch einmal gesehen?", präzisierte Rike.

„Meines Wissens nicht."

„Und was ist mit einer Annegret Liefers, sagt Ihnen der Name etwas?"

Es entstand eine kurze Pause, bevor die Schwester antwortete. „Nein, tut mir leid. Hören Sie, ich muss jetzt wirklich arbeiten, sonst bekomme ich Ärger. Und bitte, sprechen Sie nicht mit dem Chefarzt über das, was ich Ihnen gesagt habe."

Rike trommelte mit den Fingern auf ihrem Schreibtisch. „Wir werden sehen", meinte sie nur. „Schwester Angelika, verlassen Sie Hamburg in den nächsten Tagen nicht. Wahrscheinlich werde ich Sie abholen lassen, damit Sie eine Aussage auf dem Präsidium machen. Ich rufe Sie wieder an."

„Wenn es sein muss", sagte die Schwester, schien aber erleichtert, dass die Befragung endlich vorbei war, und verabschiedete sich. Es dauerte keine fünf Minuten, dann hatte Rike eine Entscheidung getroffen. Sie stand auf, zog sich ihre Motorradkombi über und ging zu Fabers Büro. Ohne anzuklopfen, öffnete sie die Tür und steckte den Kopf rein.

„Faber, ich muss weg. Knut braucht mich", log sie ihn einfach an. Dir werde ich zeigen, wie eine Hauptkommissarin ermitteln kann. Auch ohne deine Hilfe, dachte sie in dem Moment.

„Knut? Ist alles in Ordnung mit ihm?", fragte Faber wirklich besorgt. „Brauchst du Hilfe?"

„Nein", erwiderte sie knallhart.

Faber beherrschte sich, nicht unangemessen darauf zu reagieren. Lass ihr Zeit, redete er sich selbst gut zu und meinte dann ruhig zu Rike: „Natürlich, fahr schon."

***

Faber sah sich in dem leeren Großraumbüro um und fühlte sich noch einsamer als mit einer Rike, die ihn ignorierte. Er schüttelte den Kopf, packte die Unterlagen zum Fall Gerber, Liefers und Stelling zusammen und beschloss, nach Hause zu fahren. Dort konnte er genauso gut denken und die Fakten noch einmal lesen. Außerdem musste er unbedingt Miedler anrufen und ihn mal wieder auf den neusten Stand bringen. Mit seinem Laptop und den Aktenmappen stieg er runter in den ersten Stock. „Ich bin auf meinem Handy zu erreichen. Wenn sich etwas bezüglich der Zeugenbefragung am Sandwater ergibt, sollen die Kollegen mich anrufen", sagte er zu dem wachhabenden Beamten. Bevor er zu seinem Dienstwagen ging, sah er bei Schorlau in der Garage rein.

„Na, wieder ruhiger?", begrüßte Schorlau ihn.

„Du hast die Sensibilität eines Rhinozeros", erwiderte Faber. „Mir geht viel durch den Kopf, also lass deine Sprüche."

„Dir geht Rike durch den Kopf. Was ist gestern vorgefallen?", fragte Philipp jetzt ernsthaft. „Ihr seid sonst ein Herz und eine Seele und heute wie Feuer und Benzin. Hochexplosiv!"

„Philipp, bitte, hör auf!", ermahnte Faber ihn ernsthaft. „Das ist alles momentan nicht einfach!"

„Liebe ist nie einfach, mein Freund. Weißt du, ich bin nicht blöd", entgegnete Schorlau stoisch und hantierte weiter in dem Kofferraum von Gerbers Wagen rum. „Ich kann Rike so heftig den Hof machen, wie ich will. Habe aber keine Chance, weil sie sich für dich entschieden hat. Und du, Esel, magst sie doch auch, warum greifst du denn nicht zu? Eine bessere Frau kannst du nicht kriegen."

„Ich weiß", gab Faber plötzlich zu und Philipp richtete sich auf und sah ihn an. „Aber ich bin ihr Boss!"

„Na und? Du solltest mal deine Prioritäten sortieren, mein Lieber", gab Schorlau ihm den Rat, dann deutete er mit dem Finger auf den Kofferraum. „Komm her, sieh dir das an!"

Faber trat neben Philipp und sah in den Kofferraum. Die Rückbank war runtergeklappt und Schorlau hatte ein Fahrrad darin verstaut. „Die Kratzer?", fragte Faber.

„Ja, die stammen von einem Fahrrad. Siehst du hier und hier", meinte der Forensiker und zeigte auf die Stellen, wo der Lenker und das Schutzblech die Plastikverkleidung des Innenraums verschrammt hatten.

„Philipp, Gerber war kein Mann, der in seinem Dienstwagen ein Fahrrad transportiert hätte. Sie haben einen Privatwagen, einen Kombi, den hätte er genommen. Das könnte bedeuten, jemand hat den Wagen zum Ems-Jade-Kanal gefahren, hat ihn versenkt und ist mit dem Fahrrad weggefahren. Das wäre eine unglaubliche Geschichte, denn dann wäre die ganze Sache mit den Entführern hinfällig", schlussfolgerte Faber wieder voll auf den Fall konzentriert.

„Genau und der Täter ist aus der Umgebung. Denn mit einem Fahrrad fährt man nicht Hunderte von Kilometern. Das bestätigt auch der Erpresserbrief, den man aus Emden abschickte. Ich denke, wir haben ein und denselben Täter bei Robert Gerber, der Frau in der Ziegelei und jetzt diesem Stelling", bestätigte Schorlau.

„Sehr gut, du alter Leichenfledderer. Warten wir, was Tamme in der Wohnung in Hamburg findet", meinte Faber zufrieden. „Am Montag werde ich diesem Uniprofessor noch mal auf den Zahn fühlen, der lebt in Emden", fügte er an. Schorlau nickte. „Hör mal, ich wollte jetzt nach Hause. Alle sind ausgeflogen und ich kann genauso gut in Klein Hauen arbeiten. Willst du mit oder nimmst du dir später ein Taxi?"

„Nein, meine Arbeit ist getan. Ich ziehe mich kurz um und komme mit. Hast du noch von dem Spanferkel im Kühlschrank?", fragte er und schälte sich aus dem mit Dreck verschmierten Overall. Eine halbe Stunde später fuhren Faber und Schorlau auf den Hof der Alten Schule.

Knut kam gut gelaunt aus seinem Haus, als er sie sah, und begrüßte die beiden. „Hest noch wat van de Swieneree un Kartuffelsalaat för de smachtigen Grootvader?"

„Hat er, ich habe ihn auch schon gefragt", erwiderte Schorlau, der Knuts Platt genau verstanden hatte. „Kommen Sie, Herr Waatstedt, wir stürmen gleich Fabers Kühlschrank und wärmen uns das Schweinchen auf."

„Hunnert!", meinte Knut fröhlich und folgte den beiden.

„Sag mal, Knut, ist bei dir alles in Ordnung?", fragte Richard und dachte an Rikes Worte. Momentan sah Knut nicht gerade so aus, als bräuchte er irgendwelche Hilfe.

„Klaar, mien Jung!"

„Und Rike?", bohrte er nach.

„Ich dachte, die arbeitet noch. Na, wenn du nicht weißt, wo sie ist, wie soll ich das wissen? Bist doch ihr Boss, oder?", fragte Opa dann und beeilte sich, mit Schorlau in die Küche zu gehen. Faber runzelte die Stirn. Die Frau macht mich verrückt, was stellt sie denn jetzt wieder an?, dachte er. Schweren Herzens drückte er ihre Kurzwahl auf seinem Handy und hörte es klingeln. Aber nicht lange, denn Rike drückte seinen Anruf einfach weg und er landete auf ihrem Anrufbeantworter.

„Rike, wo bist du? Mach bitte keinen Scheiß und melde dich. Ich mache mir Sorgen darüber, wo du dich rumtreibst. Ruf bitte an", sprach er ihr aufs Band. Dann folgte er Knut und Schorlau in die Küche, bevor die beiden sie in ein Schlachtfeld verwandelten.

***

Rike stand schon eine ganze Weile in der Nähe von Bettina Gerbers Haus und beobachtete es. Sie war sich unsicher, wie sie die Sache angehen sollte, und vermisste in dem Moment Fabers Ratschläge. Ich konfrontiere sie einfach, dachte sie gerade, als ihr Handy klingelte. Er war es und sofort stieg wieder Wut in ihr auf, und so drückte sie ihn weg. Dann ließ sie die Ducati vor einem der Nachbarhäuser stehen. Sie zog ihre Motorradkombi aus und verschloss sie mit ihrem Helm in dem Topcase, das sie hinten angebracht hatte. Rike ging die zwei Häuser weiter zu Gerbers Grundstück und die Auffahrt hoch. Sie wollte gerade klingeln, als ihr Mark die Tür öffnete.

„Mutter hat sich hingelegt, Sie dürfen sie jetzt nicht stören", sagte er leise und hielt die Tür halb geschlossen.

„Mark, du bist wirklich sehr fürsorglich, aber ich muss mit ihr sprechen. Es ist wirklich wichtig!", ließ sich Rike nicht abwimmeln.

„Um was geht es denn?", fragte der Teenager streng.

„Um deine Schwester Sophia. Deine Mutter erzählte uns, dass du damals fast immer mit im Krankenhaus warst, bei Sophia. Hast du einmal einen Pfleger kennengelernt, einen Börn Stelling?", kam Rike direkt auf das Thema. Sie hatte lange über Schorlaus Worte nachgedacht, dass eine Chemotherapie auch das zentrale Nervensystem und das Gehirn angreifen konnte. Vielleicht hatte Bettina Gerber solch massive Aussetzer, dass sie alles nur vergessen hatte, was damals mit dem Pfleger passiert war. Eventuell war sie einfach verwirrt und löste deshalb solch ungute Gefühle bei Rike aus.

Mark sah sie mit großen Augen an. „Sind Sie allein?", fragte er plötzlich und Rike nickte ganz automatisch. „Okay, kommen Sie rein, ich wecke Mama. Aber bitte seien Sie nett zu ihr."

„Du hast meine Frage nicht beantwortet", meinte Rike, trat in den Hausflur und schloss die Tür hinter sich. In der Sekunde griff Mark völlig unerwartet nach der Messingvase auf der Anrichte und schlug zu. Rike hatte überhaupt keine Chance zu reagieren, der Angriff war viel zu schnell gekommen. Der Schlag, den sie auf ihren Kopf bekam, war hart und es wurde sofort dunkel um sie herum.

Lorena kauerte oben hinter dem Treppengeländer. Sie hatte Rikes Stimme gehört, sich gefreut, die Polizistin wiederzusehen, und wollte gerade nach unten laufen. Doch als sie mitbekam, was ihr Bruder tat, presste sie ihre Hände auf den Mund, versteckte sich am Geländer und war mucksmäuschenstill.

***

Faber hatte lange mit EKHK Miedler gesprochen und der war für das Update sehr dankbar. Er war besorgt darüber, wie sich der Fall Gerber entwickelte. Vor allem über die weiteren Toten, die sie gefunden hatte. Sobald sich etwas ergeben sollte, wollte er sofort informiert werden. Schorlau und Knut waren in der Zeit über die Reste der Party hergefallen. Wenigstens hatten sie ihm eine der geräucherten Makrelen und etwas von dem Eiersalat übrig gelassen.

Nach dem Essen saß Richard in seinem Garten und blätterte noch einmal durch alle Akten. Bisher hatte er Rikes Ducati noch nicht gehört. So langsam fing er an, sich Sorgen zu machen, denn es war bereits kurz nach acht. Vielleicht war sie einfach losgefahren, so wie sie es früher immer gemacht hatte. Nach Wilhelmshaven oder auch Hamburg, um sich später in einer Diskothek einen Typen aufzugabeln. Allein der Gedanke daran machte Faber ganz verrückt, aber eigentlich traute er ihr solch eine Racheaktion nicht wirklich zu.

Schorlau lag derweil im Wohnzimmer auf Richards Couch und amüsierte sich lauthals über eine Komödie, die im Fernsehen lief. Auch Knut war zu sich rübergegangen, um sein geliebtes Ohnsorg-Theater zu sehen. Daher war Faber erstaunt, als der alte Mann gegen halb neun mit seiner Pfeife im Mund plötzlich wieder unter dem Rosenbogen erschien und auf ihn zukam.

„Hast du was von Rike gehört, mien Jung?", fragte Knut ungewöhnlich besorgt.

„Nein. Du weißt doch, dass sie manchmal einfach losfährt und dann erst am anderen Morgen zurückkommt", erwiderte Richard und versuchte, seine eigene Verunsicherung nicht zu zeigen. Knuts Stirn warf Falten, als er sich zu ihm setzte.

„Schon, nur wenn sie mit der Ducati unterwegs ist, dann meldet sie sich per SMS oder sagt mir vorher Bescheid. Da stimmt was nicht,

136

Richard", meinte Opa beharrlich und paffte an seiner Pfeife. Faber legte die Akten weg. „Ich spüre das!"

„Ich glaube, es ist nichts, Knut. Mach dir keine Sorgen!", versuchte er, Opa zu beruhigen.

Der schob seine Kapitänsmütze in den Nacken und blickte plötzlich sehr eindringlich auf Faber. „Hattet ihr beide Streit?"

Faber fühlte, wie ihm das Blut ins Gesicht schoss, und nickte dann verlegen. Er konnte Opa nichts vormachen, darum gab er es zu. „Ja, gestern Nacht."

„Aha", brummte Knut. „Mich geht es nichts an, worüber ihr gestritten habt, aber trotzdem würde sie sich bei mir melden. Meine Kleine weiß, dass ich sonst nicht ruhig schlafen kann. Immer wenn sie mit dem Motorrad unterwegs ist, meldet sie sich. Außerdem ist ihr Handy abgestellt."

„Abgestellt?", fragte Faber jetzt überrascht. Dass Rike seinen Anruf wegdrückte, war eine Sache, aber wenn sie mitten in einer Mordermittlung waren, würde die Polizistin Rike ihr Handy nie abstellen. Darum zog er sein eigenes Telefon aus der Hosentasche und drückte ihre Kurzwahl. Eine Stimme teilte ihm mit, dass der Teilnehmer nicht erreichbar war. „Du hast recht, das ist ungewöhnlich." Er drehte sich zu der geöffneten Terrassentür und rief nach Schorlau. Der wälzte sich von der Couch und erschien in der Tür.

„Was ist los?"

„Hat Rike dir irgendetwas gesagt, wo sie hinwollte?", fragte Faber ihn.

Schorlau kräuselte die Stirn. „Nein, wieso?" Dann meinte er: „Du hast doch als Letzter mit ihr gesprochen, damit Rike das Krankenhaus anruft. Hat sie sich denn nicht bei dir abgemeldet, als sie das Revier verließ?"

Faber seufzte und blickte mit schlechtem Gewissen auf Knut. „Sie sagte: Ich muss weg, Knut braucht mich!"

„Gotts Verdori!", polterte Knut jetzt. „Und das sagst du nun? Hast du mich deshalb gefragt, ob es mir gut geht?"

Faber hatte Opa noch nie richtig wütend gesehen und kam sich vor wie ein Idiot. Außerdem machte er sich jetzt richtige Sorgen um Rike und das fühlte sich an, als würde ihm jemand die Brust zusammenpressen. „Ich habe es nicht erwähnt, weil ich dachte, sie wollte mir nur eins auswischen. Sie hat mich angelogen",

137

entschuldigte er sich. „Mach dich fertig, Schorlau, wir fahren aufs Revier und ich gebe eine Fahndung nach Rike und dem Motorrad raus." Er nahm sein Handy, um wegen der Fahndung auf dem Präsidium anzurufen, und sah Knut an. „Tut mir leid, Knut, tut mir wirklich leid!"

Knut bekam wässrige Augen. „Finde mein Mädchen! Ich hab da ein ganz schlechtes Gefühl", murmelte er und stand auf. Mit hängenden Schultern ging er zu sich rüber und wirkte in dem Moment um Jahre gealtert.

***

Als Rike zu sich kam, lag sie in einem verstaubten Raum aus Backstein mit ihren eigenen Handschellen an ein Wasserrohr gekettet. Der typische Geruch von Feuchtigkeit und Schimmel, den man in alten Kellerräumen fand, stieg ihr in die Nase. In der Ecke brannte eine winzige Glühbirne, und obwohl sie nicht mehr Licht abgab als eine Kerze, blendete es Rike die Augen. Ihr Schädel klopfte und sie spürte etwas Klebriges an ihrer Stirn und in den Haaren. Das musste Blut sein, schoss es ihr durch den Kopf und in dem Moment arbeitete ihr Gehirn wieder. Sie zerrte verängstigt an den Handschellen hinter ihrem Rücken. Mark, er hatte sie niedergeschlagen. Und dann sah sie, dass ihr Waffenholster leer war. Jetzt hatte der Junge ihre Waffe.

„Das Erbrochene", murmelte sie und dachte an die Gummibärchen und Cornflakes. Konnte es wirklich sein, dass Mark diesen Pfleger umgebracht hatte? Hatte dieser ernste Teenager Börn Stelling wirklich mit vierzehn Messerstichen abgeschlachtet? Aber warum?, fragte sie sich, und dann fiel es ihr wie Schuppen von den Augen. Mark hatte den Mörder seiner kleinen Schwester Sophia getötet, ihn von Hamburg zum Sandwater bestellt und dann zugeschlagen. Als Sophia starb, war Mark zwölf Jahre alt gewesen, vielleicht hatten er und seine Mutter gesehen, wie Börn dem kranken Mädchen etwas spritzte. Und jetzt, da er langsam erwachsen wurde, hatte er Rache an dem Todesengel genommen.

Doch warum hatte sich Börn darauf eingelassen, nach Emden zu kommen? Hatte Mark ihn gezwungen, gedroht, zur Polizei zu gehen? In dem Moment ging ein schmerzhafter Stich durch ihren Kopf. Ich

138

muss mich ausruhen, wahrscheinlich habe ich eine Gehirnerschütterung, dachte Rike. Sie versuchte eine bequemere Haltung anzunehmen und schloss die Augen. „Nur einen Moment ausruhen und dann finde ich eine Lösung, hier rauszukommen", flüsterte sie und versank wieder in eine Ohnmacht.

Als sie die Augen erneut öffnete, nahm Rike die Umrisse eines Menschen war. Dann erschrak sie, denn Mark saß vor ihr. In der Hand hielt er ihre Dienstwaffe, jedoch liefen dem Jungen Tränen übers Gesicht. „Mark, bitte, lass mich frei. Mach alles nicht noch schlimmer!", brachte sie mühsam hervor und zwang ihr geschundenes Gehirn zum Denken. „Ich weiß über die Geschichte Bescheid und mein Kollege wird jeden Moment kommen."

Mark wischte sich mit dem Ärmel über das Gesicht und sah sie traurig an. „Sie lügen, ich habe Ihr Handy abgehört, der Hauptkommissar hat draufgesprochen und gefragt, wo Sie sind. Niemand wird kommen, Sie sind allein. Warum mussten Sie nur immer wieder hier auftauchen?"

„Ich bin hier, weil ich verstanden habe, was passiert ist. Mein Chef wird die gleichen Schlussfolgerungen ziehen und dann ist er hier", versuchte Rike, den Jungen zu überzeugen. Innerlich betete sie, dass Faber das auch tat, sonst wäre sie verloren. „Leg die Waffe weg!"

Mark zielte auf sie, dann schüttelte er den Kopf und senkte den Lauf wieder. „Ich kann nicht schießen, Sie sind nett und Lorena hat Sie gern. Aber ich glaube, Sie wissen gar nichts!"

„Doch", redete Rike weiter, obwohl es sie sehr anstrengte und sie sogar manchmal Sternchen sah. „Börn Stelling war ein Todesengel, er brachte kranke Kinder um, in der Uniklinik. Du hast gesehen, wie er Sophia etwas gespritzt hat. Wahrscheinlich hat er das die ganze Zeit getan und sie starb deshalb. Man hat deine kleine Schwester getötet und darum hast du Börn getötet."

Mark sah sie lange an, wieder liefen ihm Tränen die Wange herunter. „Sie wissen gar nichts, Sie haben ja keine Ahnung!"

Kapitel 9

„Ah, Faber", sagte Tamme sofort, als sein Chef ihn anrief. „Ich hätte mich auch gleich gemeldet. Wir waren in der Wohnung fast fertig. Aber dann fanden wir einen eingebauten Safe in der Wand und warten jetzt auf die Experten, die uns das Ding aufmachen können", redete er ohne Punkt und Komma. „Ich meine, ein Krankenpfleger, wofür braucht der denn einen Tresor, das …

„Das ist mir jetzt scheißegal", schrie Faber ins Telefon. „Halte den Mund und hör mir zu! Du musst sofort Rikes Handy orten lassen. Es ist zwar abgeschaltet, doch wir brauchen den letzten Standort. Hast du verstanden, jetzt gleich, ich glaube, sie ist in Schwierigkeiten."

„Alles klar, mach ich sofort", schaltete Tamme im gleichen Moment. „Aber Richard, das dauert etwas!"

„Gib mir Frauke", meinte Faber nur, und ohne zu zögern, reichte Tamme sein Handy weiter. „Frauke, Rike hat, bevor sie das Revier verließ, ein Telefonat mit einer Schwester Angelika in der Uniklinik geführt. Wir haben das durch die Wahlwiederholung erfahren. Die Frau muss ihr irgendetwas gesagt haben, das Rike veranlasste, irgendwohin zu fahren. Wir brauchen diese Frau, die Adresse schicke ich Ihnen auf das Handy. Sie hat gerade ihre Schicht beendet, ich habe mit dem Chefarzt gesprochen", überschlugen sich Fabers Worte. „Fahren Sie sofort dort hin, befragen Sie diese Angelika, wir müssen wissen, was sie Rike sagte. Wenn sie etwas Eklatantes über unsere Mordfälle weiß, dann bringen Sie die Frau mit nach Emden aufs Revier. Aber rufen Sie mich an, ich brauche die Informationen so schnell wie möglich."

„Aber wenn die Frau sich weigert mitzukommen, Chef?", warf Frauke völlig überrumpelt ein.

„Nehmen Sie sie fest!", wies Faber unmissverständlich an. „Jetzt geben Sie mir Johannes!"

Wieder wurde das Telefon weitergereicht. „Chef, ich bin dran", hörte Faber dann die Stimme von Kriminalmeister Leitmann.

„Johannes, Sie bleiben in der Wohnung, bis dieser Safe offen ist. Sichten Sie sofort alles und rufen mich dann an, verstanden?"

„Alles klar!"

„Und machen Sie Tamme Druck, wir brauchen die Ortung. Ich fürchte, Rike ist in Gefahr!", fügte Faber noch einmal an.

140

„Der traktiert bereits seinen Laptop und hängt am Festnetz. Wir arbeiten, so schnell es geht!"

Faber legte auf und tigerte wieder von einer Ecke des Großraumbüros in die andere. Schorlau sprach noch immer am Telefon mit dem Marienkrankenhaus, denn vor dem Anruf in der Uniklinik hatte Rike mit diesem Hospital geredet. Endlich legte er auf und sah Faber an. „Die Stationsschwester, für die Börn Stelling gearbeitet hat, sagte Rike, dass dieser Stelling vorher Pfleger in der Uniklinik Eppendorf gewesen war. Er arbeitete dort in der Pädiatrie, bis er im November 2012 gekündigt hat."

„Dann brauchen wir dringend die Informationen von der anderen Krankenschwester. Verdammt, warum geht die Frau nicht an ihr Telefon?", fluchte Faber und versuchte erneut die Handynummer von Schwester Angelika, die er von dem Chefarzt bekommen hatte.

„Vielleicht fährt diese Angelika gerade nach Hause", versuchte Schorlau ihn zu beruhigen. „Lass uns lieber darüber nachdenken, was Rike von ihr erfahren haben kann."

„Im November 2012, kurz vor Sophias Tod, wechselte Stelling seinen Job", grübelte Faber laut. „War er eventuell ein Todesengel? Ist das auch Rike klar geworden, doch wo ist Rike dann hingefahren, der Mann ist tot!"

„Er wechselte von einer Uniklinik aus der Kinderabteilung in ein normales Krankenhaus auf die Palliativstation?", erwiderte Schorlau. „Das macht man nicht freiwillig, Faber. Es gibt kaum Krankenhauspersonal, das gerne auf einer Todesabteilung arbeitet."

„Vielleicht hat man es ihm nahegelegt", sagte Faber plötzlich. „Erinnerst du dich, was in Hannelore Gerickes Album stand? Der Artikel über den Todesengel in Amerika. Dem hatte das Krankenhaus auch nahegelegt zu kündigen, als der Verdacht von Sterbehilfe aufkam."

„Ist durchaus möglich, dass so etwas auch damals mit Stelling passierte", stimmte Schorlau zu.

„Nehmen wir an, er war der Todesengel und hat Sophia krank gemacht. Wer würde ihn dann umbringen wollen?", fragte Faber rein rhetorisch. „Bettina Gerber?"

„Nur dass die Frau nicht in der Lage ist, einen kräftigen, gesunden Mann abzuschlachten. Faber, es waren vierzehn Stiche", gab Schorlau zu bedenken.

„Stimmt", erwiderte er. Doch dann legte sich seine Stirn in Falten. „Philipp, die Gummibärchen und die Cornflakes im Erbrochenen. Ein Jugendlicher! Es war Mark Gerber!", sagte Faber plötzlich völlig überzeugt. „Wir fahren dahin", befahl er und war bereits aus dem Großraumbüro gerannt. Schorlau keuchte mit dem schweren Forensik-Koffer in der Hand, als er Faber zum Parkplatz hinterhereilte. Faber schaltete das Blaulicht und die Sirene ein und raste wie ein Irrer durch Emden in Richtung Autobahn. Für die Strecke, die man normalerweise in zwanzig Minuten schaffte, brauchte Faber nur zwölf Minuten. Erst in Oldersum stellte er das Blaulicht ab und fuhr langsamer in die Gräfin-Theda-Straße.

Zwei Häuser vor dem Gebäude der Gerbers stand Rikes Ducati. Faber brauchte gar nicht erst anzuhalten, er kannte die Maschine gut genug und es wurde ihm angst und bange. „Rike ist hier", sagte auch Schorlau besorgt.

„Aber nicht freiwillig, wenn ihr Handy aus ist. Hoffentlich hat der Junge ihr nichts getan. Du bleibst im Wagen", ordnete Faber autoritär an und sprang aus dem Audi. Er nahm sich noch nicht einmal die Zeit, die Kevlarweste überzuziehen. Er sah, dass im Wohnzimmer und in der Küche Licht brannte. Dann erblickte er Bettina Gerber durchs Fenster, sie ging gerade aus der Küche. Frau Gerber musste heute einen guten Tag haben, denn sie brauchte ihren Rollstuhl nicht. Faber drückte die Klinke der Haustür und war erleichtert, dass sie nicht abgeschlossen war. Er trat vorsichtig ein. Bettina Gerber war gerade auf dem Weg zur Treppe nach oben. „Frau Gerber", sprach er sie leise an.

„Oh Gott", rief sie, als sie Faber sah. Sie hatte sich so erschrocken, dass die Tasse aus ihrer Hand fiel und auf dem Flurboden zerbrach. Der Kakao spritzte herum und ein Marshmallow landete direkt vor Fabers Füßen. „Sie haben mich zu Tode erschreckt", schrie sie ihn an und fixierte die Waffe in seiner Hand.

„Wo ist Ihr Sohn?", fragte Faber und trat näher. Die Porzellanscherben knirschten unter seinen Schuhsohlen und der Boden klebte von dem Getränk.

„Wieso, was wollen Sie mit der Pistole?", erwiderte sie ängstlich, doch Faber schob sie gleichgültig aus dem Weg, um die Treppe hochzupreschen. Sofort wurde die Frau von einem Hustenanfall geschüttelt und sank auf die Treppenstufen.

142

„Ich kümmere mich um sie, geh schon", sagte Schorlau hinter ihm. Er war Faber einfach gefolgt und ergriff die schmale Frau an der Taille, um sie ins Wohnzimmer zu bringen. Faber nahm zwei Stufen auf einmal, und als er gerade in Marks Zimmer stürzen wollte, sah er Lorena auf dem Flur. Sie hatte ihren Schlafanzug an, kauerte vor ihrer Tür und schüttelte den Kopf.

Faber ging in die Hocke vor ihr, die Waffe hinter seinem Rücken versteckt, und legte eine Hand auf die Schultern des Mädchens. „Wo ist Mark, ist Rike bei ihm?", fragte er so ruhig, wie es ihm möglich war, um das Kind nicht noch weiter zu verängstigen.

„Er hat Rike wehgetan", murmelte Lorena verunsichert. „Er soll ihr nichts mehr tun. Mark hat eine Pistole", flüsterte sie und es rannten dicke Tränen über ihre Kinderwangen. Faber hatte keine Zeit, dem Mädchen beizustehen, er sprang auf und riss Marks Zimmertür auf. Der Raum war leer und dann schrie er, so laut er konnte: „Rike, wo bist du?"

„Richard, hier unten", hörte er ihre Stimme ganz leise und wäre fast gestürzt, als er die Treppe herunterjagte. „Oh Gott, nein!", wieder war Rikes Stimme zu hören und dann knallte ein Schuss. Die Angst, die Faber in dem Moment verspürte, war ein regelrechter körperlicher Schmerz. Er riss die Tür im Flur auf, die in den Keller führte, und dann sah er eine Blutlache. Trotz des schrecklichen Anblicks überrollte Faber Erleichterung und er atmete erst einmal tief ein. Es war Mark Gerber, der tot dort lag, mit einer Kugel in seinem Kopf.

Rike hatte die Augen entsetzt aufgerissen. „Er hat sich erschossen", sagte sie mit zitternder Stimme und Faber stürzte zu ihr.

„Bist du in Ordnung?", fragte er gehetzt, während er kniend ihre Handschellen öffnete. „Du blutest!"

„Geht schon, habe nur einen Schlag abbekommen", erwiderte sie leise. Mehr jedoch konnte sie nicht sagen, da Faber sie in seine Arme riss und küsste.

„Bring Rike hoch, ich habe bereits eine Ambulanz gerufen, aber ich sehe mir ihre Wunde gleich an", sagte Schorlau, der auf der Kellertreppe erschienen war. Er drehte sich sofort wieder um, damit Bettina Gerber nicht herunterkommen konnte. Sie sollte ihren Sohn nicht so sehen. Faber hob Rike hoch und trug sie aus dem düsteren Keller.

***

143

Er hockte auf dem Boden bei Rike, die im Wohnzimmer auf der Couch lag, und hielt ihre Hand. „Es tut mir leid", sagte er zaghaft. „Es ist alles egal, nur du bist wichtig. Rike, ich liebe dich und will mit dir zusammen sein", stotterte er mit belegter Stimme. „Ich hatte solche Angst um dich. Und wenn ich meinen Job verliere, ich liebe dich und weise dich nie mehr zurück!" Dann sah er in ihre Augen. „Bitte verzeih mir!"

Rike nahm sein Gesicht in ihre Hände. „Faber, Faber, du bist schon eine Nummer für sich." Richard lächelte erleichtert und drückte ihr vorsichtig einen Kuss auf die Lippen.

Schorlau hatte Bettina Gerber ins Schlafzimmer gebracht, die jetzt blass und apathisch auf dem Bett lag. Wenigstens hatte die Frau aufgehört zu schreien, nachdem Schorlau ihr ein Beruhigungsmittel gespritzt hatte, und hielt Lorena im Arm. Schorlau hatte Einsatzkräfte und den Hubschrauber mit seinem Team aus Oldenburg angefordert. Auch die Ambulanz erwartete er jeden Moment, als er die Kellertür verschloss und den Schlüssel abzog. Faber schien momentan völlig außer Gefecht zu sein und so hatte Philipp das Denken am Tatort übernommen.

„Richard, war Börn Stelling der Todesengel?", fragte Rike leise. „Ich glaube, Mark hat ihn getötet."

„Rike, jetzt nicht mehr reden! Philipp denkt auch, dass du eine Gehirnerschütterung hast", erwiderte er und streichelte ihr Gesicht.

„Aber ich muss dir erzählen, was Mark gesagt hat", fuhr sie trotzdem fort. „Ich habe ihm gesagt, dass ich verstehe, dass er den Mörder seiner Schwester getötet hat. Doch Mark meinte, dass ich gar nichts verstehe. Er sagte: Sie haben ja gar keine Ahnung! Liegen wir falsch mit der Theorie eines Todesengels?"

„Die Ambulanz ist da", bemerkte Philipp, denn er war in dem Moment ins Wohnzimmer gekommen. Dann trat auch schon das erste Sanitäter-Team hinter ihm herein und legte Rike sofort auf die Rollbahre.

„Schorlau, ich fahr mit ins Krankenhaus, du rufst Torben und Friedhelm an, damit die hier weitermachen können. Und schick eine Streife nach Klein Hauen, damit man Knut ins Krankenhaus bringt", sagte Faber eilig und wollte schon den Sanitätern folgen, aber Philipp hielt ihn am Arm fest.

„Richard", erwiderte Schorlau streng. „Es ist nur eine Gehirnerschütterung, bleib hier! Du bist der Chef des Teams und hier scheint mir noch einiges unerledigt. Rike ist in ein paar Tagen wieder auf dem Damm. Sie muss jetzt versorgt werden und schlafen. Du hingegen hast Arbeit!"

„Aber", warf Richard ungeduldig ein.

„Kein Aber! Wenn du EKHK Miedler deine neue Freundin verkaufen willst, dann zeigt ihm, dass eure Beziehung keinen negativen Einfluss auf eure Arbeit hat. Du musst die drei Morde aufklären, dann könnt ihr vielleicht weiter als Paar zusammenarbeiten", beschwor ihn Philipp so einfühlsam, dass Faber plötzlich nickte.

„Ich verabschiede mich nur schnell von ihr", gab Richard plötzlich klein bei und Philipp klopfte ihm freundschaftlich auf den Rücken. Manchmal kann Philipp wirklich ein guter Freund sein, dachte Faber und ging noch einmal kurz zu Rike.

Als er dann wieder ins Wohnzimmer kam, rief er Knut an. Dabei bemerkte er, dass er fünf verpasste Anrufe auf seinem Handy hatte. Doch das musste jetzt warten, bis er mit Opa gesprochen hatte. Er wollte dem alten Mann nicht die ganze Wahrheit sagen, darum informierte er ihn nur darüber, dass Rike leicht verletzt war und auf dem Weg ins Krankenhaus. Und dass Knut jeden Moment von einem Streifenwagen abgeholt würde, um zu ihr zu fahren. Das Seufzen, das Knut dann hören ließ, klang so erleichtert, dass Faber lächelte. Knut liebte seine Enkelin genauso sehr, wie Faber es sich jetzt endlich eingestanden hatte, wenn auch auf eine ganz andere Weise.

Nach dem Gespräch wollte Richard gerade seine Leute in Hamburg zurückrufen, als Schorlau, mittlerweile in seinem weißen Spurensicherungsanzug, hereinkam und ihn zu sich winkte. „Was ist das?", fragte er Faber und zeigte auf die Scherben auf dem Boden. Philipp hatte das Marshmallow mit Latexhandschuhen aufgehoben und roch daran.

„Kakao, den Bettina Gerber fallen ließ, als ich plötzlich in der Tür stand. Sie hat sich erschrocken, weil ich die Waffe in der Hand hatte", erwiderte Faber. „Wieso fragst du?"

„Ich wollte das gerade ein bisschen aus dem Weg räumen, als mir der Geruch auffiel. Riech mal!", forderte Schorlau ihn auf und hielt ihm das Marshmallow unter die Nase. An dem Schaumzucker hingen kleine helle Krümel.

„Ganz leicht wie Mandeln. Worauf willst du hinaus?"

„Das riecht wie Bittermandel. Und diese Krümel sehen aus wie geriebene Mandeln."

„Na und", erwiderte Faber und sah Schorlau ungeduldig an. „Dann hat sie in den Kakao eben noch ein paar geriebene Mandeln zu dem Marshmallow gegeben."

„Oh Herr, was bin ich nur von Dilettanten umgeben!", meinte Schorlau und stöhnte theatralisch auf. „Bittermandeln enthalten Amygdalin, ein cyanogenes Glycosid, von dem während des Verdauungsprozesses giftiger Cyanwasserstoff auch bekannt als Blausäure abgespalten wird. Schon etwa fünfzig Bittermandeln führen bei Erwachsenen zum Tod, bei Kindern reichen fünf bis zehn Mandeln, wenn sie nicht durch Erhitzen entbittert werden. Diese Mandeln wirken wie Cyanid und sind im Reformhaus immer noch frei verkäuflich."

„Aber Schorlau, das ist Quatsch, was sollte denn Frau Gerber mit Cyanid? Wahrscheinlich ist das nur so ein Mandelkakao", hielt Faber dagegen. Draußen hörten sie zwei Polizeieinsatzwagen ankommen und kurz danach trat auch Schorlaus Team ins Haus. Man hatte sie vom Emder Flughafen abgeholt und mit der Streife hergebracht.

„Also ich teste die Reste dieses Kakaos jedenfalls." Dann sah Schorlau seine Leute an und drehte sich wieder zu Faber: „Das da unten ist ein klarer Selbstmord. Das machen wir natürlich, aber wenn du andere Prioritäten hast, gib Anweisungen. Der Junge im Keller läuft uns nicht mehr weg", brummte er, wieder ganz sein zynisches Selbst.

Faber dachte einen Moment nach. „Es gilt erst einmal zu beweisen, dass Mark Börn Stelling ermordet hat. Fangt in der Küche mit den Messern an", ordnete er an und einer von Schorlaus Männern machte sich auf den Weg. Dann fiel ihm noch etwas anderes ein. „Als ich das letzte Mal mit Rike hier war, hatte der Junge im Garten ein Feuer brennen, und das, obwohl es so heiß und trocken war. Seht nach, ob ihr bei der Brandstelle Überreste von blutiger Kleidung findet."

„Okay, ich teste anschließend dein Mandelkakao-Marshmallow", sagte Schorlau sarkastisch und wedelte mit dem Schaumteil zwischen seinen Fingern. Faber merkte, dass er sich langsam entspannte und schon wieder über Philipp schmunzeln konnte. Er wies die Einsatzkräfte an, den Garten abzusperren und Lampen für die Spurensicherung aufzustellen, dann kümmerte er sich endlich um die verpassten Anrufe. Drei von Tamme und zwei von Frauke Petersen. Er versuchte es unter beiden Nummern, doch sie mussten gerade in einem Funkloch stecken, denn er kam nicht zu ihnen durch. Das Gleiche passierte bei Johannes Leitmann, was ihn nicht überraschte. Wahrscheinlich saßen sie alle drei zusammen im Wagen, irgendwo auf der Autobahn und damit im gleichen Funkloch. Darum wählte er Sinus Miedlers Nummer und gab ihm einen kurzen Bericht über den Stand der Dinge.

„Faber, komm in die Küche", rief Schorlau, kaum dass Richard aufgelegt hatte. Philipp hielt ein Küchenmesser in der Hand. „Das ist die Klinge!" Sein Assistent löschte die Deckenleuchte. Schorlau hielt die Blaulichtlampe über die Stellen, die er mit Luminol-Natronlauge und der Wasserstoffperoxid-Verdünnung eingesprüht hatte. Zwischen der Klinge und dem Holzgriff erschien die typische blaue Verfärbung. „Licht", sagte Schorlau und die Küchenlampe ging wieder an. „Wenn das Börn Stellings Blut ist, haben wir die Tatwaffe. So gut kann man so ein Messer nicht reinigen, es bleibt immer etwas Blut in den Ritzen!"

„Doktor Schorlau, sehen Sie sich das einmal an", meinte einer seiner Männer, der im Garten gearbeitet hatte. Er hielt einen Beweismittelbeutel mit einem verbrannten Turnschuh hoch. „Wir haben auch Fetzen von Kleidung gefunden und etwas, das wie ein verbranntes Portemonnaie aussieht."

„Na, ich denke, damit haben wir den Fall Stelling aufgeklärt. Sein Mörder liegt im Keller", murmelte Schorlau.

„Da ist aber noch etwas", fügte der Spurensicherungsmann an und hielt Schorlau eine Petrischale hin, auf der halb verrottete Marshmallows lagen. „Davon liegen Unmengen in einem Gebüsch unter einem Fenster. Einige sind angefressen und tote Mäuse liegen gleich daneben."

„Hier, machen Sie einen Cyanid-Schnelltest, ich denke, die sind voller Bittermandelkrümel", wandte sich Schorlau an seinen Assistenten, der das Messer in der Küche entdeckt hatte. Er hielt ihm das frische Marshmallow hin, das er im Flur aufgehoben hatte. „Das Gleiche dann auch bei denen, die der Kollege gerade mitgebracht hat, während Sie uns die Stelle draußen zeigen", wandte er sich an den jungen Mann mit Mundschutz.

Schorlau und Faber folgten dem Forensiker zu dem Gebüsch. Faber trat ein paar Schritte zurück und blickte hoch zu dem Fenster. „Das ist Marks Zimmer da oben. Es sieht fast aus, als hätte er das süße Zeug aus dem Fenster geschmissen."

„KHK Faber", rief eine der Einsatzpolizistinnen. „Der Sanitäter will Sie sprechen." Beide gingen wieder ins Haus und der Notarzt, der sich oben um Frau Gerber gekümmert hatte, stand an der Treppe mit Lorena an der Hand.

„Ich wollte Frau Gerber wegen ihres Zustandes mit ins Krankenhaus nehmen, doch sie will unbedingt hierbleiben. Sie schläft jetzt oben und Lorena sollte weder bei ihr noch alleine sein", sagte der Arzt und streichelte Lorena über den Kopf. „Wenigstens geht es Lorena gut."

„Sie kennen sich?", fragte Faber, denn das Kind schien mit dem Notarzt ganz vertraut zu sein.

„Ja, wir beide kennen uns gut. Lorena bekommt öfters Atemnot und wir waren schon einige Male hier. Nicht wahr?", fragte er die Kleine freundlich und sie nickte lächelnd.

„Du, wo ist Mark und wo ist Rike?", wandte Lorena sich urplötzlich an Faber und sah ihn erwartungsvoll an.

„Die beiden haben etwas zu erledigen", log Faber sie an. Lorena hatte noch nicht verstanden, dass ihr Bruder tot war, und anscheinend hatte Frau Gerber es ihr auch nicht gesagt. Wahrscheinlich war sie von den Beruhigungsmitteln benommen oder hatte es ihrer kleinen Tochter nicht sagen wollen.

„Doktor Schorlau", meinte einer der Spurensicherungsassistenten und streckte den Kopf aus der Küche. „Der Test ist positiv. Geringe Mengen von Amygdalin in beiden Proben. Das sind eindeutig Bittermandelkrümel."

In dem Moment ging Faber wieder vor Lorena in die Hocke. „Sag mal, trinkt deine Mama jeden Abend einen Kakao?", fragte er das Mädchen, denn er dachte daran, dass Krebskranke alles Mögliche taten, um zu leben. Vielleicht war das so eine Wunderkur, ein paar Bittermandeln zu sich zu nehmen. Aber Lorena schüttelte sofort den Kopf. „Nicht?", hinterfragte Faber erneut.

„Der ist für mich!", sagte sie und Faber musste sich mit einem Knie aufstützen, um nicht umzukippen.

„Hat Mark dir den Kakao immer gemacht?", fuhr er fort, obwohl es ihm schwerfiel.

„Ja", nickte Lorena. Schorlau und Faber sahen sich fassungslos an. Hatte der Junge auch versucht seine Schwester umzubringen?, fragte

148

Richard sich gerade, als das Mädchen anfügte: „Mama macht den Kakao jeden Abend und bringt ihn mir ans Bett. Doch Mamas Kakao schmeckt nicht so gut, ist immer so bitter. Deshalb kommt Mark auch dann und macht ihn süßer." Sie lächelte.

„Hör mal, meine Kleine", sagte Schorlau. „Ich bin der Philipp und ich würde gerne, dass der Notarzt einen kleinen Test mit dir macht. Das piekt nur ganz kurz, tut bestimmt nicht weh. Wenn das für dich in Ordnung ist, dann geh doch schon einmal ins Wohnzimmer." Lorena nickte, ließ die Hand des Notarztes los und ging wie geheißen ins Wohnzimmer. „Haben Sie einen Cyanid-Schnelltest im Ambulanzwagen, mit dem man das Gift im Blut nachweisen kann?", fragte Schorlau, als die Kleine außer Hörweite war.

„Das gehört mittlerweile zur Standardausrüstung, vor allem wegen Rauchvergiftungen bei Chemikalien", erwiderte der Notarzt sofort. „Sie wollen, dass ich Lorenas Blut teste?", fragte er ungläubig, dann wurde sein Gesicht plötzlich sehr ernst. „Mein Gott, die Atemprobleme der Kleinen. Natürlich, es könnte eine leichte Blausäure-Vergiftung sein. Aber an so etwas denkt doch keiner. Ich gehe ihn holen und kümmere mich um Lorena." Sofort verschwand er nach draußen. Faber ging gefolgt von Schorlau hoch in Marks Zimmer. Dort öffnete er das Fenster und sah hinunter auf den Rhododendronbusch, der von den aufgestellten Lampen erleuchtet wurde. Beide begannen sofort, das Zimmer zu durchsuchen.

Faber zog Bücher aus dem Regal neben dem Fenster. Dann hatte er plötzlich eine halb leere Flasche Trinkschokolade in der Hand und die Tüte mit Marshmallows. „Hier, Schorlau, testen", wies er den Pathologen an und ging an sein klingelndes Handy. „Tamme, na endlich, ich habe schon versucht, euch zu erreichen. Wo seid ihr?"

„Richard, du musst Bettina Gerber festsetzen", sagte Tamme hektisch. „Wir sind in zehn Minuten bei dir und klären alles auf. Lass die Frau nicht aus den Augen und sorge dafür, dass ihre Kinder nicht alleine mit ihr sind."

„Was?", fragte er, doch Tamme hatte schon aufgelegt. Richard fing langsam, aber sicher an zu verstehen. Eigentlich sträubte sich alles in ihm, weil er versuchte, das Unfassbare zu begreifen.

***

Faber stand vor der Haustür und wartete ungeduldig auf sein Team. Eine Einsatzbeamtin war jetzt oben bei Frau Gerber und bewachte sie. Denn wenn Tamme etwas sagte, dann hatte es Hand und Fuß. Faber schwante mittlerweile, was hier los war. Er hatte sich eine Zigarette angesteckt und sog den Rauch so tief ein, dass er sich räuspern musste. Seine Gedanken kreisten um Bettina Gerber, um Mark, Lorena und die tote Sophia.

Das Gesicht des Notarztes war angewidert verzogen, als er mit Schorlau zu Faber trat. „Lorena hat ganz geringe Mengen Cyanid im Blut", berichtete der Arzt. „Deshalb hatte sie in letzter Zeit keine Erstickungsanfälle mehr, aber wahrscheinlich waren die Dosen früher höher. Ich habe ihr schon die entsprechende Menge Gegengift gegeben, trotzdem muss ich sie mit ins Krankenhaus nehmen." Wieder schüttelte er fassungslos den Kopf.

„Das konnten Sie alles in der kurzen Zeit testen?", fragte Faber ungläubig, denn diese Wahrheit bestätigt zu bekommen, war einfach schrecklich.

„Einzigartig an diesem Nachweis ist, dass er ohne zusätzliche Geräte auskommt. Er dauert etwa zwei Minuten, man braucht nur einen Tropfen Blut und das Ergebnis ist mit bloßem Auge sichtbar", erklärte der Arzt den Test. „Mit dem Test lässt sich die Menge an Cyanid im Blut und damit der Schweregrad der Vergiftung bestimmen. So kann die Dosis des zu verabreichenden Gegenmittels gleich festgelegt werden. Sagen Sie, Herr Kommissar, hat Mark wirklich seine Schwester sukzessive vergiftet?"

„Nein, das glaube ich nicht", erwiderte Faber niedergeschlagen.

„Und damit hast du recht", mischte sich Schorlau ein. „In der Flasche, die in Marks Zimmer stand, waren keine Spuren von Bittermandeln oder Cyanid zu finden, nur Schokoladenmilch, und die Marshmallows sind auch sauber!"

Faber seufzte schwer. „Mark hat versucht, Lorena zu beschützen. Er hat jeden Abend den Kakao von ihr geholt, aus seinem Fenster geschüttet und dann mit der Trinkschokolade in seinem Zimmer gefüllt. Prüft auch die Erde unter dem Busch, ich bin überzeugt, ihr findet größere Mengen von den geriebenen Bittermandeln. Genug jedenfalls, dass es auch Mäuse umbrachte."

„Aber wer hat dann die Bittermandeln in den Kakao getan?", fragte der Notarzt, der die Situation immer noch nicht ganz begriff.

„Bettina Gerber, die Mutter. Zwar nicht genug, um Lorena zu töten, jedoch um sie krank zu machen", sagte Faber schweren Herzens. „Und wie ich Doktor Schorlau verstanden habe, würden da zwei oder drei Mandeln reichen! Ich frage mich nur warum?"

Schorlau rieb sich die Stirn, als grübelte er über irgendetwas nach. Dann schnippte er mit den Fingern und wandte sich an den Arzt. „Sie waren doch oft hier, immer nur wegen Lorena? Oder haben Sie auch einmal Frau Gerber versorgen müssen wegen ihrer Leukämie?"

„Nein, ich weiß zwar, dass sie bereits die zweite Chemo hatte, aber nie in unserem Krankenhaus. Sie fährt immer nach Hamburg für die Behandlung", erwiderte der Notarzt. „Bettina war immer sehr beunruhigt und aufgeregt, wenn Lorena einen Anfall bekam, und ich blieb meistens noch eine Weile bei ihr, wenn das Kind stabilisiert war. Jedoch habe ich sie nie behandelt."

„Warum fragst du?", meinte Faber und sah Schorlau kritisch an. Er wusste, dass dem Pathologen etwas durch den Kopf ging.

„Das alles hört sich für mich nach einem Münchhausen-by-proxy-Syndrom an", schoss Schorlau raus, Faber warf die Stirn in Falten und der Notarzt zuckte regelrecht zusammen.

„Sie glauben, Bettina Gerber leidet daran?", fragte der Notarzt skeptisch.

„Ich dachte, beim Münchhausen-Syndrom machen sich Menschen selbst krank, um Aufmerksamkeit zu bekommen?", hinterfragte Faber Schorlau zur gleichen Zeit.

„Darum heißt es auch Münchhausen-by-proxy oder Münchhausen-Stellvertreter-Syndrom. Im Allgemeinen erzeugen Eltern, meistens Mütter, Krankheitssyndrome bei ihren Kindern, durch Verabreichung von Medikamenten oder Giften. Ziel ist es dann, immer wieder bei Ärzten vorstellig zu werden", zitierte Schorlau die ärztliche Definition des Pschyrembel, der Bibel aller Ärzte. „Es ist eine Art der Kindesmisshandlung, zum Teil leider auch mit Todesfolge. Das eigentliche Ziel ist aber die Befriedigung eigener Bedürfnisse wie Zuwendung oder Pseudologia phantastica." Als Faber wieder die Stirn runzelte, erklärte Schorlau auch den Begriff: „Wenn jemand an Pseudologia phantastica leidet, dann erzählt er ausgedachte Erlebnisse als wahre Begebenheiten. Wobei der unwahre Gehalt in der Regel vom Erzählenden nicht mehr realisiert wird. Also das Gegenteil von beabsichtigten Lügen."

„Und wie kommt es dazu, dass jemand unter diesem Pseudo-Fantasie-Ding leidet?", fragte Faber und hatte den richtigen medizinischen Begriff nicht wiederholen können.

„Die gleichen Ursachen, warum ein Kind krank gemacht wird", übernahm der Notarzt. „Mangelndes Selbstwertgefühl, starkes Geltungsbedürfnis. Solche Patienten waren sehr oft selbst Opfer von Missbrauch oder Misshandlung in ihrer Kindheit."

„Meine Güte, so langsam kommt Licht in die ganze Sache", murmelte Faber entsetzt. Es war schrecklich, bestätigt zu bekommen, was er schon vor fünf Minuten vermutet hatte. „Fahren Sie mit Lorena in die Klinik, sorgen Sie gut für das Mädchen und ein Klinikpsychologe muss sich um sie kümmern", wies er den Arzt dann an. Der nickte sofort und ging wieder ins Haus. Mit dem Mädchen auf dem Arm ging der Doktor dann zum Ambulanzwagen und übergab sie seinen Sanitätern. Lorena winkte Faber, bevor sie im Auto verschwand.

Kaum hatte die Ambulanz die Auffahrt verlassen, fuhren zwei weitere Streifenwagen mit Blaulicht auf die Zufahrt. Tamme, Frauke und Johannes sprangen aus dem ersten Auto und liefen auf Faber und Schorlau zu. „Was ist denn hier los?", fragte Tamme sofort, als er den hell erleuchteten Garten und die Spurensicherung sah. „Ist Rike in Ordnung?"

„Ja, es geht ihr gut. Kommt alle rein, wir müssen erst einmal reden." Als sie im Wohnzimmer saßen, fasste Faber mit so wenigen Worten, wie es möglich war, die Situation zusammen. Dann drängte er Tamme zu erzählen, was in Hamburg passiert war. „Wie seid ihr eigentlich so schnell von Hamburg hierhergekommen?", fragte er noch.

„Wir haben uns von einem Polizeihubschrauber herfliegen lassen. Denn was wir fanden, war so eilig, da wollte ich nicht noch Zeit mit der Fahrt verlieren. Vor allem, weil du nicht ans Telefon gegangen bist. Außerdem haben wir draußen im Streifenwagen Angelika Borkner, die Krankenschwester aus der Uniklinik."

„Deshalb konnte ich euch auch nicht auf dem Handy erreichen", verstand Faber die Situation endlich. In einem Hubschrauber war es nicht immer leicht, eine Handyverbindung zu bekommen. „Dann leg mal los, was habt ihr?"

„Es ist unglaublich", fing Johannes Leitmann an und Tamme öffnete bereits seinen Laptop. „Das ist einer von vielen USB-Sticks, die ich im Tresor von Börn Stelling fand, nachdem er endlich aufgebrochen war." Tamme schob ihn in den Laptop und öffnete eine Videodatei. Schorlau und Faber stellten sich hinter Tamme, um die Aufzeichnungen zu sehen. Man blickte auf ein Krankenhauszimmer. In dem Bett lag ein kahlköpfiges Mädchen und schlief.

„Ist das Sophia Gerber?", fragte Schorlau und Tamme nickte. Dann kam plötzlich Bettina Gerber in den Raum. Sie hatte noch ihre langen rötlichen Haare und sie war hübsch und wirkte gesund. Frau Gerber griff in ihre Tasche und nahm eine Spritze heraus. Dann ging sie zur Fensterbank, zu einer Vase, in der bereits reichlich verwelkte Blumen standen. Sie zog ein wenig von dem schon grünlich wirkenden alten Wasser in die Spritze auf und ging wieder zu ihrer Tochter. „Dieses verrückte Miststück", entwich es Schorlau, als er sah, dass Bettina Gerber das verunreinigte Wasser in den Venenzugang von Sophia spritzte.

„Ich habe fast alle Videos gesichtet", meinte Tamme. „Es sind etliche, von Mitte November 2012 bis hin zum Todestag von Sophia. Mal ist es verunreinigtes Blumenwasser, aber sie hat auch Behälter mitgebracht und etwas gespritzt, das wie Urin aussah. Bettina Gerber war der eigentliche Todesengel, sie hat ihre Tochter umgebracht."

„Aber wieso konnten die Ärzte das nicht feststellen und wer hat die Videos gemacht? Börn Stelling hatte zu diesem Zeitpunkt die Uniklinik bereits verlassen, oder?", schoss Faber eine Frage nach der anderen heraus.

„Den Ärzten kannst du das nicht anlasten", meinte Schorlau ruhig. „Wenn die Kleine wegen der Immunkrankheit Chemos bekommen hat, dann sind Entzündungen ganz normal. Der menschliche Körper ist dann wesentlich empfindlicher und oft weiß man dann nicht, woher plötzliche bakterielle oder pilzbedingte Entzündungen kommen. Als Arzt ist man dann am Verzweifeln, weil immer neue Symptome dazukommen, bis es zum Organversagen kommt. Dafür brauchst du kein Gift oder Medikamente. Speichel, Fäkalien, Blumenwasser, alles das hat genug Krankheitserreger."

„Und um auf deine zweite Frage zurückzukommen", nahm Tamme das Wort auf. „Börn Stelling hatte dem alten Chefarzt wirklich seine Bedenken mitgeteilt, als er Bettina Gerber einmal mit einer Spritze bei Sophia erwischte. Es stand aber das Wort eines Pflegers gegen das einer fürsorglichen, trauernden und zugewandten Mutter. Bettina

Gerber hat den Spieß umgedreht und behauptet, Börn wäre derjenige mit der Spritze gewesen."

„Tja", meinte Richard frustriert. „Und dann ging es wahrscheinlich wieder um den guten Ruf des Krankenhauses und man wurde den Pfleger los, bevor ein größerer Skandal bekannt geworden wäre."

„Was Bettina Gerber aber nicht wusste, war, dass Börn Stelling damals mit dieser Schwester Angelika eine Beziehung hatte. Herr Stelling überredete Angelika, eine kleine versteckte Kamera in Sophias Zimmer anzubringen und die Aufzeichnungen zu machen."

„Aber warum hat sie das Material nicht den Ärzten gezeigt? Vielleicht hätte man das Kind retten können?", fragte Faber Tamme und Schorlau zog die Augenbrauen hoch.

„Weil sie sich, ohne dies mit der Klinikleitung abzusprechen, mit der Installation der Kamera selbst schuldig gemacht hatte", mutmaßte Philipp. „Ihren Job wäre sie auf alle Fälle losgeworden, und selbst wenn man ihr guten Willen zugestanden hätte, wäre eine Strafanzeige erfolgt. Es ist und bleibt eine Straftat, ohne Genehmigung eine Kamera anzubringen." Schorlau sah Faber durchdringend an. „Aber deine Frage ist dennoch sehr legitim. Sie hätte die Videos anonym an die Ärzte weiterleiten können. Ob man damit das Leben der kleinen Sophia hätte retten können, sei dahingestellt."

„Aber die zu erwartende Strafe hielt die Schwester ab", fügte Frauke an. „Und da war auch noch Börn Stelling, doch das, Chef, hören Sie sich besser von der Frau selber an."

„Okay, ich rufe jetzt den Staatsanwalt an und erwirke einen Haftbefehl für Frau Gerber und diese Angelika Borkner."

Kapitel 10

Es war bereits ein Uhr in der Nacht, als das Wichtigste erledigt war. Sie hatten gegen Angelika Borkner und auch Bettina Gerber beim richterlichen Notdienst einen Haftbefehl erwirkt. Während Frau Borkner sich bereits in Untersuchungshaft im Präsidium befand, hatte Faber darauf bestanden, Bettina Gerber vorsorglich in das Klinikum Emden bringen zu lassen. Dort war ein Streifenpolizist zur Bewachung zurückgeblieben. Da der ganze Trupp hundemüde war, schickte Faber alle nach Hause. Morgen um zehn Uhr würden die Vernehmungen beginnen, wenn alle ausgeschlafen waren und auch der Staatsanwalt vor Ort war.

Faber wollte trotz der späten Stunde noch einmal bei Rike in der Klinik vorbeischauen und dort auf Schorlau warten. Philipp hatte darauf bestanden, im Haus noch einigen Spuren nachzugehen, und würde dann mit dem Leichentransporter in der Klinik ankommen. In dem Krankenhaus, in dem momentan Rike und Lorena lagen und in das man Bettina Gerber eingewiesen hatte, wollte Schorlau in den nächsten Tagen auch Mark obduzieren.

Nur weil Faber seinen Dienstausweis vorlegte, durfte er trotz der späten Stunde überhaupt noch in die Klinik. Er ging erst bei dem Beamten vorbei, der vor Bettina Gerbers Tür saß, und sah nach dem Rechten. Dann suchte er den diensthabenden Arzt auf und erkundigte sich nach Rikes Zustand. Man hatte sie am Kopf mit ein paar Stichen nähen müssen, doch die Gehirnerschütterung war wesentlich harmloser, als es zu Anfang aussah. Der Arzt mutmaßte, dass sie bereits morgen wieder nach Hause durfte. Als Richard sich dann leise in das dunkle Zimmer schlich, schlief Rike tief. Man hatte für Opa eine Liege mit in den Raum gestellt, auf der er mit Kleidung eingeschlafen war. So etwas war auch nur in Emden möglich, dachte Faber und breitete eine Decke über dem alten Mann aus. Dann ging er vorsichtig zu Rike und drückte ihr zärtlich einen Kuss auf die Lippen. Sie schlug kurz die Augen auf und lächelte ihn an.

„Ich liebe dich!", flüsterte er und sie nickte mit geschlossenen Augen. Dann setzte er sich neben ihr Bett und hielt ihre Hand. Er wusste nicht, wie lange er eingenickt war, als die Berührung einer Schwester ihn weckte. Sie stand in dem dunklen Zimmer, nur das Licht des Flurs schien durch die geöffnete Tür, und sie drückte seine Schulter.

„Kommen Sie, Kommissar", sagte sie leise. „Doktor Schorlau muss mit Ihnen sprechen." Schweren Herzens ließ er Rikes Hand los und stand auf. Im Flur wartete Schorlau an der Wand gelehnt, und als Faber auf seine Uhr sah, war es bereits halb drei. Auch Philipp war mittlerweile abgespannt und reichlich grau im Gesicht.

„Geht es ihr besser?", fragte Philipp und nickte zur Zimmertür.

„Alles ist gut, sie wird wahrscheinlich morgen schon entlassen und Knut schläft bei ihr. Die beiden sind gut aufgehoben", erwiderte Faber müde.

„Na, Gott sei Dank!"

„Komm, fahren wir nach Hause, sonst gehe ich noch in Bettina Gerbers Zimmer und erwürge die Frau", murmelte Faber. „Sie hat Sophia umgebracht und es bei Lorena versucht, sie ist ein Monster. So gerne ich heute noch mehr über die Sache rausbekommen würde, schafft mein Gehirn nur noch den Weg nach Klein Hauen. Mehr ist nicht drin!"

Faber fuhr vom Klinikum über Hinte nach Greetsiel. Und als sie endlich das kleine Dörfchen hinter sich gelassen hatten, wandte sich Schorlau an ihn. „Da die Gefahr jetzt nicht mehr besteht, dass du Bettina Gerber eigenhändig aus dem Bett zerrst und in U-Haft bringst, muss ich dir noch etwas sagen", fing Philipp vorsichtig an.

„Dann leg los. Schlimmer kann es kaum werden. Oder?"

Schorlau verzog den Mund. „Als ich Frau Gerber in die Klinik eingewiesen habe, wurden natürlich gleich ein paar Untersuchungen gemacht, weil ich dem verantwortlichen Onkologen von der Leukämie erzählte", fing Schorlau bedrückt an. „Darum hat es im Krankenhaus auch so lange gedauert, weil ich gerade eben noch bei dem Arzt war. Er sagte, Frau Gerber wollte auf keinen Fall eine Untersuchung, daher bekam sie ein Beruhigungsmittel und dann wurde ihr Blut abgenommen. Es ist unglaublich, aber der Onkologe fand nur die Blutwerte einer ganz gesunden Frau ihres Alters."

„Was meinst du damit?", fragte Faber halbherzig und blickte stur nach vorne, weil es ziemlich dunkel war auf der Landstraße. Er war unkonzentriert, hundemüde und wollte nur noch schlafen.

„Wenn sie Leukämie hätte, dann würden ihre Blutwerte ganz anders aussehen. Auch hatte sie keinerlei Auswirkungen von Zytostatika im Körper, was bedeutet, die Frau hatte seit Jahren keine Chemotherapie!"

„Aber Philipp, wieso sind ihr dann alle Haare ausgegangen? Hat sie sich eventuell selbst auch vergiftet?", mutmaßte Faber und gähnte.

„Nein, kein Cyanid in ihrem Blut. Als mich der Onkologe erst einmal auf dem Handy anrief, bat ich ihn auch, den Gifttest zu machen. Nichts!", brummte Schorlau und seufzte. „Mein Team hat daraufhin ihr Badezimmer auseinandergenommen und im Siphon Wimpern und Augenbrauenhaare gefunden."

„Was kein Wunder ist, wenn sie ihr ausgefallen sind. Was willst du mir eigentlich sagen?"

„Ihrer Wimpern und Augenbrauen hatten Wurzeln. Die hat sie sich mit der Pinzette selbst ausgerissen, es gab auch eine ganze Menge Stoppeln ihres Kopfhaars in dem Rasierer", kam Schorlau endlich auf den Punkt. „Ihr Krebs existiert gar nicht, alles nur vorgespielt. Die Frau leidet wirklich an einer ganz üblen Form des Münchhausen-by-proxy-Syndroms. Alles, was sie tut, passiert nur, um Aufmerksamkeit und Mitleid zu bekommen. Darum würde ich dir empfehlen, bei der Befragung morgen einen Kriminalpsychologen und einen Arzt hinzuzuziehen."

„Eine Kindermörderin und besessene Lügnerin soll ich mit den Samthandschuhen eines Psychologen anfassen lassen?", fragte Faber entsetzt.

„Wenn du etwas aus ihr rauskriegen willst, dann ja. Faber, sie ist krank, psychisch völlig neben der Spur und fällt bei härterer Gangart in ihre alten Gewohnheiten. Sie wird Hustenanfälle kriegen und kann ihren Körper so steuern, dass sie ohnmächtig wird oder Krampfanfälle bekommt. Weißt du, das ist dann nicht gespielt, sie glaubt selbst daran", warnte Schorlau. „Geh kein Risiko ein! Besprich dich mit einem Psychologen und entwickle einen Plan."

***

Bevor Faber um neun auf dem Revier erschien, war er noch kurz bei Rike im Krankenhaus vorbeigefahren. Es ging ihr prächtig und das machte nicht nur Faber, sondern auch Knut sehr glücklich. Opa hatte gleich die Herzen der Krankenschwestern erobert. Er wurde von ihnen mit allem verwöhnt, was dort möglich war. Faber hatte sich zurückgehalten, als Knut im Raum war, und agierte mit Rike nur freundschaftlich. Erst als Rike Opa bat, unten in dem kleinen Krankenhaus-Shop etwas Schokolade für sie zu kaufen, und er aus dem Zimmer eilte, als wäre sie am Verhungern, hatte Faber es gewagt, sie zu küssen. Sie wollten mit Knut über ihre Gefühle füreinander erst reden, wenn sich alles etwas beruhigt hatte. Faber versprach, die beiden am Nachmittag nach Hause zu bringen, wenn er auf dem Revier mit den Verhören fertig war.

Um Punkt zehn Uhr saß er mit Tamme im Vernehmungsraum. Ihnen gegenüber die Krankenschwester Angelika Borkner. Schorlau war noch einmal zu Gerbers Haus gefahren, um der weiteren Durchsuchung beizuwohnen. Später wollte er mit einem Streifenpolizisten ins Krankenhaus und Bettina Gerber dort abholen.

Faber schaltete das Aufzeichnungsgerät an und erledigte die Formalitäten. Erst dann begann er mit der Befragung. „Frau Borkner, Sie haben gegenüber Kriminalmeisterin Petersen in Hamburg bereits eine Aussage gemacht. Wir müssen Ihre Aussage nochmals offiziell aufzeichnen. Bitte erzählen Sie von den Vorkommnissen im November 2012 in der Uniklinik Hamburg. Was passierte mit Sophia Gerber und wie waren Bettina Gerber und Börn Stelling darin verwickelt?" Angelika Borkner wiederholte sofort, was sie Frauke erzählt hatte. Wie Börn nahegelegt worden war zu kündigen, nachdem Bettina Gerber ihn fälschlich beschuldigt hatte. Sie berichtete, wie Herr Stelling danach völlig die Fassung verlor und sie überredete, eine Kamera anzubringen.

„Das haben Sie gemacht und ihm die Aufnahmen gebracht. Was passierte dann?", bohrte Faber an der Stelle weiter. Denn Frauke hatte nicht mehr aus der Frau herausbekommen. Sowohl Tamme als auch Richard glaubten intuitiv, dass Angelika Borkner noch mehr wusste.

Schwester Angelika biss sich kurz auf die Unterlippe. „Das weiß ich nicht!", behauptete sie.

„Jetzt hören Sie mir mal gut zu. Wir werden Ihre und Börns Vergangenheit auf den Kopf stellen, Ihre Wohnung und Ihre Konten. Wenn wir etwas finden, das Sie belastet, dann schwöre ich Ihnen, wird der Staatsanwalt keinerlei Rücksicht nehmen auf Ihre Position. Hier geht es um den Mord an Börn Stelling, um den Selbstmord eines siebzehnjährigen Jungen und wahrscheinlich auch den Mord an Robert Gerber. Überlegen Sie sich gut, ob Sie jetzt schweigen", drohte Faber der Frau mit harten Worten.

„Aber damit habe ich doch nichts zu tun. Ich habe Börn nur mit den Aufnahmen helfen wollen. Nachdem wir gesehen hatten, wie Bettina

Gerber ihre Tochter sukzessive umbrachte, fing Börn an, mir zu drohen. Das alles passierte so plötzlich. Ich hatte mich andererseits auch strafbar gemacht mit den heimlichen Aufzeichnungen", flehte sie Faber fast an.

„Als was plötzlich passierte? Reden Sie, Frau Borkner", warf Tamme sehr ruhig ein.

„Börn veränderte sich. Er war so wütend auf Bettina Gerber und er hatte allen Grund. Denn als damals Bettina Gerber das erste Mal mit Sophia in die Kinderabteilung kam, sagte er mir, dass er sie kenne. Es war zwanzig Jahre her, aber er war sich sicher, dass er sie damals als Teenager gesehen hatte", fing die Frau endlich an zu reden.

Wenn erst einmal der erste Schritt gemacht war, dann waren die meisten Täter nicht mehr zu bremsen. Darum ließen die beiden Polizisten Frau Borkner erst einmal reden. „Er meinte, dass in ihren Augen die gleiche Faszination lag, dass sie damals genauso verrückt war und im Mittelpunkt eines Dramas stehen musste."

„Welches damalige Drama?", musste Faber sie jetzt doch unterbrechen.

„Börn suchte die alten Akten heraus. Er arbeitete 1998 in einem Notfallaufnahme-Team und in einer Nacht wurde ein zweijähriges Mädchen eingeliefert", fuhr sie fort. „Atemstillstand, anscheinend war sie von einem Mädchen, ihrer Babysitterin, wiederbelebt worden. Letztendlich starb die Kleine. Dieser Babysitter war Bettina Gerber, damals noch Bettina Sommer, und das tote Mädchen hieß Annelie Liefers."

Faber und Tamme verschlug es für einen Moment die Sprache, es war Richard, der fragte: „War Annelie Liefers die Tochter von Annegret Liefers?"

Angelika senkte den Blick und nickte. „Börn erinnerte sich, was in der Klinik für ein Aufsehen um die damals sechzehnjährige Bettina gemacht wurde. Die Ärzte mussten sich nach dem Tod von Annelie um sie kümmern. Sie wurde ohnmächtig, ganz großes Theater", murmelte sie abschätzend. „Doch erst als Börn sah, wie sich Bettina Gerber dann mit ihrer Tochter Sophia aufführte, kamen ihm ernsthafte Bedenken. Er glaubte, dass Bettina Gerber bereits als Teenager die kleine Annelie erstickt hatte, um sie dann wiederzubeleben. Das Ganze nur, um im Mittelpunkt zu stehen."

„Und darum beobachtete er Sophia und ihre Mutter auf der Kinderstation?"

„Ja, bis er sie dann mit der Spritze erwischte und zur Rede stellte. Bettina Gerber jedoch war viel abgebrühter, als man es sich vorstellen kann. Sie beschuldigte einfach ihn und man glaubte ihr. Wissen Sie, ich hatte anfangs unglaubliche Zweifel an dem, was Börn behauptete. Denn Bettina Gerber war auf der Abteilung beliebt, fürsorglich und liebevoll mit ihrer Tochter."

„Was überzeugte Sie letztendlich?", fragte Tamme, der von dieser Geschichte genauso überrascht war wie Faber.

„Börn und ich trafen uns mit Annegret Liefers, der Mutter des toten Kindes. Sie war mittlerweile eine alte, gebrochene Frau. Sie hatte Annelie erst sehr spät bekommen und die Kleine war ein Wunschkind gewesen. Außerdem war ihr Mann fünf Jahre nach dem Kindstod selbst bei einem Autounfall gestorben. Frau Liefers hatte den Verdacht, dass es ein Selbstmord gewesen war. Denn er fuhr gegen einen Brückenpfeiler, obwohl es keinen Grund dafür gab." Frau Borkner seufzte und schwieg.

„Reden Sie weiter, es wird Sie erleichtern", ermunterte sie Faber.

„Börn erzählte ihr von seiner Vermutung, dass die Babysitterin Annelie erstickt hatte. Er sagte ihr, dass die Erstickung und die Wiederbelebung für den kleinen Körper zu viel gewesen waren. Dass ihr Kind in der Klinik an den Folgen gestorben war."

„Und Frau Liefers bestätigte, dass Bettina Gerber damals die Babysitterin war?", hakte Tamme nach.

„Ja, und nicht nur das. Als sie hörte, dass Bettina Gerber jetzt ihr eigenes Kind krank machte, erzählte sie uns etwas, das ihr damals 1998 eigenartig vorgekommen war, dem sie aber keine große Aufmerksamkeit geschenkt hatte", sagte Frau Borkner. „Nachdem sie und ihr Mann völlig gebrochen aus der Uniklinik nach Hause fuhren, sah sie, dass in Annelies Bettchen ein Kissen lag. Andererseits schlief die Kleine nie mit Kissen und sie dachte damals, dass Bettina ihr ein Kissen ins Bett gelegt hatte. Börn meinte dann, dass Bettina Annelie wohl mit diesem Kissen erstickt hatte."

„Verstehe. Also hat Frau Liefers Robert Gerber aufgesucht und ihm die Geschichte erzählt?"

„Ja, aber er wollte beim ersten Mal nichts davon wissen und ignorierte Frau Liefers. Er hielt sie für verrückt. Annegret drängte daraufhin Börn, zur Polizei zu gehen, aber er meinte, ohne Beweise ginge das nicht. Bettina Gerber würde davonkommen!"

„Moment", unterbrach sie Faber. „Als Annegret Liefers Robert Gerber bei Biochemica aufsuchte, da hatten Sie die Videoaufzeichnungen von Bettinas Taten bereits. Sophia Gerber war auch schon tot! Sie hatten alle Beweise, die notwendig waren!"

Angelika nickte. „Ja, das stimmt, aber Börn hatte es ihr nicht gesagt, denn er wollte Robert Gerber erpressen. Er schickte Herrn Gerber einen Brief zu Biochemica. Darin war ein Foto von Bettina mit Annelie auf dem Arm und Herrn und Frau Liefers! Annegret hatte ihm das Foto überlassen."

Faber holte tief Luft, so langsam setzte sich das Puzzle zusammen. Denn jetzt verstand er nicht nur, warum der Chemiker zweihunderttausend Euro aus dem Fonds geholt hatte. Ihm wurde auch klar, warum Robert Gerber anfing mit seinen Recherchen bei Frau Gericke. Er hatte nicht an einen Todesengel geglaubt, er suchte Beweise dafür, ob seine eigene Frau schuldig sein könnte an dem Tod von Sophia. Vor allem, wie sie es gemacht haben könnte. „Und dann?", fragte er wieder ganz beim Thema.

„Börn überzeugte Annegret Liefers davon, dass, wenn man Bettina Gerber schon nicht für ihre Taten verurteilen könne, so müsste sie doch zahlen. Er versprach ihr hunderttausend Euro, die Hälfte von dem Geld. Sie ging erneut zu Gerber und gab ihm die Telefonnummer des Prepaidhandys von Börn", meinte Angelika leise. „Dieses Mal rief Gerber auch sofort an und Börn sagte ihm, dass er Beweise hätte und zur Polizei gehen würde, wenn Gerber nicht zahlt."

„Und da Robert Gerber nach all den Gesprächen mit den Ärzten und Frau Gericke mittlerweile selbst seine Frau verdächtigte, wollte er zahlen. Nicht wahr?", fragte Tamme und Angelika bestätigte leise.

„Er zahlte das Geld am Freitag, den ersten März, an Börn, richtig?" Wieder nickte die Frau. „Hat Börn Robert Gerber eines der Videos gezeigt?"

„Nein, das war gar nicht mehr nötig. Robert Gerber glaubte ihm bereits und hatte es eilig."

Faber wandte sich an Tamme. „Darum die zwei Monate Urlaub, er wollte seine Frau beobachten. Lorena hatte vielleicht damals schon ihre Atmungsprobleme und Robert Gerber Angst, dass seine Frau jetzt auch Lorena krank machte."

„Frau Borkner, hat Börn Stelling Robert Gerber dann Ende April erneut erpresst und dabei ist etwas schiefgegangen? Hat Herr Stelling

Robert Gerber am neunundzwanzigsten April ermordet und seinen Wagen im Ems-Jade-Kanal versenkt?", übte Faber weiter Druck aus. Er sah sie mit versteinertem Gesicht an. „Reden Sie, dann ist es endlich vorbei!"

In ihren Augen erschien ein überraschter Ausdruck und sie erwiderte weinerlich: „Nein, ganz bestimmt nicht, denn nach dem Unfall mit Annegret Liefers hat sich Börn völlig bedeckt gehalten. Als Börn das Geld von Gerber hatte, trafen wir uns am gleichen Abend mit Annegret Liefers bei der alten Ziegelei. Börn stammte aus Pilsum und kannte das Gelände. Er wusste, dass am Abend niemand dort sein würde und uns sehen könnte. Börn wollte ihr das Geld geben, aber die alte Frau wurde plötzlich hysterisch", erklärte Angelika die Sache weiter und Tränen traten ihr in die Augen. „Sie sagte, sie wolle kein Geld und würde jetzt trotzdem zur Polizei gehen und alles erzählen. Denn dass Robert Gerber bezahlt hatte, wäre doch Beweis genug."

Angelika Borkner holte tief Luft, bevor sie fortfuhr. „Annegret schrie plötzlich herum, als wäre sie verrückt geworden. Börn schlug sie einmal mit der Taschenlampe, damit sie aufhörte. Als sie sich nicht mehr rührte, beugte ich mich zu ihr runter und da war sie bereits tot. Das wollte Börn nicht!" Jetzt weinte Angelika Borkner und Tamme schob ihr ein Papiertaschentuch zu. „Wir haben sie dann in der Ziegelei versteckt. Es war ein ganz schrecklicher Unfall!"

Faber schnaufte, als er diese Worte hörte. „Ein Unfall? Nein, das nennt sich Totschlag und Sie haben sich einer Mittäterschaft schuldig gemacht. Sie werden im Gefängnis landen, Frau Borkner, darum geben Sie jetzt endlich zu, dass Stelling auch Robert Gerber umbrachte. Wenn Sie das tun, kann ich beim Staatsanwalt ein gutes Wort für Sie einlegen."

„Aber das kann ich nicht, weil Börn nichts damit zu tun hat. Wir haben das erst Wochen später in der Zeitung gelesen. Börn und ich nahmen einen Teil des Geldes und machten eine lange Kreuzfahrt in der Karibik", jammerte die Frau. „Als Robert Gerber verschwand, waren wir in Nassau, prüfen Sie es!"

***

„Wie es aussieht, hat Bettina Gerber also noch ein kleines Kind getötet. Sie war damals erst sechzehn und Babysitter von Annelie

Liefers, dem Opfer", berichtete Faber dem Team. Auch Schorlau war bereits mit Bettina Gerber auf dem Revier angekommen. Sie wartete mit einem Arzt und dem Kriminalpsychologen aus Oldenburg in einem anderen Vernehmungsraum. Der Staatsanwalt, der die Vernehmung vom Nebenraum verfolgt hatte, saß ebenfalls bei Fabers Team.

„Auch der Mord an Annegret Liefers ist aufgeklärt", fuhr Tamme fort. „Es war Börn Stelling, er wollte sie anscheinend nur bewusstlos schlagen, doch sie starb an dem Hieb. Er und Angelika Borkner erpressten Robert Gerber, dorthin ist das Geld des Fonds verschwunden."

„Und für den Mord an Börn Stelling haben wir Indizien, dass Mark Gerber wohl der Täter war", meinte Frauke Petersen. „Aber da wir jetzt wissen, dass Frau Gerber körperlich völlig gesund ist, hätte sie es auch gewesen sein können."

Schorlau griff in seinen Forensik-Koffer und zog einen Beweismittelbeutel raus. „Das glaube ich nicht", sagte er und wedelte mit dem Beutel. „Wir haben in einer von Marks Shorts diesen Briefumschlag gefunden. Er ist zwar an Bettina Gerber adressiert, aber auf dem Umschlag und dem Papier sind nur Marks und Börn Stellings Fingerabdrücke. Dieser Brief ist der Grund, warum Stelling am Sandwater war. Er hat nach fünf Jahren wieder versucht, die Gerbers zu erpressen. Nur dieses Mal Bettina!"

„Wahrscheinlich hat er ihr Fernsehinterview gesehen und kam so auf die Idee", meinte KM Leitmann und Schorlau nickte bestätigend.

„Wortlaut", meinte Schorlau mit tragender Stimme und begann zu lesen. „Ich weiß noch immer, was du getan hast, du Miststück. Ich habe Beweise, einen USB-Stick mit der Videoaufnahme, wie du deiner Tochter Spritzen setzt. Rufe mich an, sofort!" Schorlau zog die Augenbrauen hoch. „Dann folgt die Nummer eines Prepaid-handys. Und zu dieser Nummer wurden von Marks Handy zwei SMS geschickt. Er hatte sie gelöscht, doch wir haben sie wiederhergestellt. Der Junge schrieb: Ich will den Stick! Wie viel?"

„Und gab es eine Antwort?", drängte Faber Schorlau, der wieder seine üblichen dramatischen Pausen nutzte. „Mich wundert, dass Stelling mit einem siebzehnjährigen Jungen verhandelte."

„Klar gab es eine Antwort. Stelling schrieb, dass er hunderttausend Euro will, und der Junge bestätigte und bestellte ihn für Freitagabend ans Sandwater", kam Schorlau auf den Punkt. „Doch Stelling dachte,

163

er hätte mit Bettina Gerber kommuniziert, da Mark seine Handynummer unterdrückte. Also konnte Stelling auch nicht anrufen und er glaubte, Bettina hätte ihm die SMS geschickt und ihn ans Sandwater bestellt."

„Verstehe", erwiderte Faber kurz. „Das alles macht Sinn. Aber bist du dir sicher, dass Mark den Mann wirklich erstochen hat?"

Schorlau blickte Faber genervt an. „Du meinst, außer der Tatsache, dass der Junge sich dafür eine Kugel in den Kopf schoss? Ja, ich bin mir sicher. Denn wir haben außerdem an Marks Fahrrad Erde vom Sandwater gefunden und die halb leere Tüte Gummibärchen in seinem Zimmer. Ich denke, das sind keine Indizien mehr, das sind Beweise. Weder auf seinem Handy noch auf der Naschtüte waren Fingerabdrücke von Bettina Gerber. Außerdem vergleichen wir gerade die DNA im Erbrochenen mit der von Mark."

„Danke, Philipp, du warst verdammt fleißig heute Morgen", lobte Faber anerkennend.

„Dann fehlt nur noch der Mörder von Robert Gerber", meinte Sinus Miedler, der gerade ins Großraumbüro kam. „Ich dachte, es wäre gut, mich hier blicken zu lassen, auch wenn es Sonntag ist. Ich habe gehört, was Sie sagten, dass Stelling Robert Gerber erpresste. Ist er auch der Mörder, hat er Robert Gerber verschwinden lassen?"

„Das glaube ich nicht, EKHK Miedler", beantwortete Faber seine Frage. „Wir müssen das zwar noch prüfen, aber Frau Borkner behauptet, mit Stelling Ende April in der Karibik gewesen zu sein."

„Kann es auch Mark gewesen sein? Immerhin fanden Sie Kratzer von einem Fahrrad in seinem Dienstwagen", fragte Frauke etwas voreilig und Faber sah sie erstaunt an.

„Sie vergessen, Frauke, dass Mark im Jahr 2013 erst zwölf Jahre alt war. Er kann den Wagen nicht an den Ems-Jade-Kanal gefahren haben", erwiderte Richard im sanften Ton, denn solche Patzer durften sich seine unerfahrenen Kriminalmeister auch mal leisten. „Ich habe eine andere Theorie, doch dafür müssen wir Bettina Gerber befragen."

„Ich werde mit dem Staatsanwalt das Verhör beobachten. Fühlen Sie der Frau auf den Zahn", entschied Miedler. „Ach, wie geht es Kommissarin Waatstedt?", fügte er an, als er neben Faber stand.

„Es geht ihr gut. Sie wird heute noch aus dem Krankenhaus entlassen", beantwortete er die Frage seines Chefs.

„Das ist hervorragend", meinte Miedler, während Faber und Tamme die notwendigen Papiere zusammensuchten, um mit dem Verhör zu beginnen. „Warum Frau Waatstedt alleine bei den Gerbers war, können Sie mir erklären, wenn wir hier fertig sind!"

Danke für die Vorwarnung, dachte Faber. Wahrscheinlich hatte Miedler das mit Absicht jetzt gesagt, damit Faber Zeit hatte, sich eine gute Entschuldigung auszudenken. „Können wir dann?", fragte er Tamme und sah Miedler und den Staatsanwalt an. Alle bestätigten und die beiden gingen zu Frau Gerber in den Raum. Hinter dem Einwegspiegel verfolgten Miedler und der Staatsanwalt das Verhör.

Als Faber eintrat, stand Bettina Gerber auf. „Hauptkommissar Faber, Richard, Gott sei Dank, Sie sind endlich da", sagte sie erleichtert, und wenn Faber sie nicht aufgehalten hätte, wäre sie ihm wahrscheinlich um den Hals gefallen. Er drückte sie sanft zurück auf den Stuhl, neben dem der Kriminalpsychologe saß. Lieber hätte er dieser Kindermörderin ins Gesicht geschlagen, doch nur mit Ruhe konnte er sie zum Sprechen bringen. Sie sah ihn mit großen Augen an und meinte: „Keiner sagt mir etwas. Mein Junge, er ist tot. Ihre Kollegin hat ihn erschossen. Bitte, Richard, ich fühle mich nicht gut", zog die Frau ihre Show ab.

Faber achtete gar nicht auf sie, sondern stellte das Aufzeichnungsgerät an und nannte die Uhrzeit und die Namen aller Anwesenden. „Frau Bettina Gerber wird befragt bezüglich des Todes von Sophia Gerber, ihrer Tochter, und des Verschwindens ihres Ehemannes Robert Gerber", beendete er die Formalitäten.

„Was?", fragte Bettina aufgebracht und keuchte. „Ich dachte, es geht um Mark. Wieso Fia?"

„Frau Gerber, Sie haben im November 2012 Börn Stelling beschuldigt, Ihrer Tochter in der Kinderabteilung der Eppendorfer Klinik etwas gespritzt zu haben. Ist das richtig?", fragte Faber völlig professionell und neutral.

„Ja, er wurde sofort entlassen. Er wollte Fia töten!", erwiderte sie mit einer Vehemenz, die er ihr abgenommen hätte, gäbe es nicht die Videos. Die zeigten etwas ganz anderes. Er nickte dem Psychologen zu, den er vorher mit allen relevanten Informationen versorgt hatte. Doktor Berg und Richard hatten ihre Strategie besprochen und Faber hoffte, ihr Plan würde aufgehen.

„Frau Gerber, ich sagte Ihnen ja schon, dass ich Psychologe bin", wandte sich Doktor Berg an sie. „Börn Stelling hat im Krankenzimmer Ihrer Tochter eine Kamera installieren lassen, nachdem Sie ihn beschuldigten. Es gibt Aufnahmen, die zeigen, wie Sie Ihrer Tochter immer wieder schädliche Substanzen spritzen." Bettina wurde kalkweiß im Gesicht und starrte hilfesuchend auf Faber. Es funktionierte. Bettina sollte in Doktor Berg ihren Feind sehen und in Faber den Freund, dem sie sich hoffentlich öffnen würde.

„Richard, das stimmt nicht", leugnete sie. „Das glauben Sie doch nicht!"

„Es tut mir leid, ich hätte es nie geglaubt, wenn ich es nicht mit eigenen Augen gesehen hätte. Bettina, ich habe alle Videos gesehen, auch das mit dem alten Blumenwasser in der Spritze. Warum haben Sie es getan, Bettina?", reagierte Faber sehr sensibel. In seinem Inneren kämpfte hingegen Wut mit Kontrolle, um dieses Verhör weiterführen zu können. Er versuchte die Gesichter von Sophia und Lorena völlig auszublenden, sonst hätte er seine Beherrschung verloren.

Ihre Augen schnellten von einem der Männer im Verhörraum zum anderen, dann begann sie zu weinen. Faber schob ihr die Kleenexbox zu. „Es war alles Roberts Schuld", schluchzte sie mit gesenktem Kopf.

„Inwiefern?", fragte Faber. „Hat er Sie nicht gut behandelt?"

„Ja, Sie verstehen es. Er hat mich nicht gut behandelt!", fing Bettina unter Schniefen an zu reden. „Ich, Mark und Lorena waren immer der Mittelpunkt seines Lebens. Doch als Sophia geboren wurde, fing er bei Biochemica an und hatte nur noch Zeit für seinen Job", murmelte sie und Tränen tropften auf den Tisch. „Dann schob er uns nach Oldersum ab, mit der Begründung, dass die frische Luft für Sophia besser wäre." Bettina sah auf und aus ihren Augen blickte plötzlich der blanke Hass. „Er verkaufte unser Haus in Hamburg, nahm sich dort eine Wohnung. Ich sah ihn nur noch an den Wochenenden und dann war er in Gedanken bei seinem Projekt. Er hat mich abgeschoben, genau wie meine Mutter und mein Vater es getan haben, dabei liebte Robert mich vorher so sehr."

„Sie machten also Sophia krank, als sie ein Baby war, aber anstatt seine Aufmerksamkeit zu bekommen, wendete er sich immer mehr ab", interpretierte Doktor Berg das Gesagte.

„Das war nicht richtig von ihm", fügte Faber an und hatte wieder Bettinas Aufmerksamkeit.

„Nein, Sie, Richard, hätten so etwas nie getan. Sie wären für mich da gewesen, nicht wahr?", fragte sie, aber er antwortete nicht. „Je kränker Sophia wurde, umso mehr war Robert wieder ein guter Ehemann und Vater. Plötzlich hatte er wieder Zeit. Ich musste das tun, das liegt doch auf der Hand!"

„Aber nach Fias Tod ging alles von vorne los. Robert arbeitete nur vier Tage nach der Beerdigung seiner Tochter wieder und ließ Sie allein?", übernahm Faber erneut das Gespräch. „Mussten Sie deshalb anfangen, Lorena das Cyanid zu geben?"

„Sie verstehen mich, Richard", erwiderte sie. „Was blieb mir sonst übrig?" Das Perverse an Bettina Gerbers Worten war, mit welcher Überzeugung sie aussagte. Es schien ihr jegliches Verständnis für Realität abhandengekommen zu sein. Faber fragte sich, ob sie überhaupt Schuldgefühle hatte. „Aber als Ihr Mann plötzlich zwei Monate Urlaub nahm, war er wieder bei Ihnen, Bettina", hielt Faber dagegen. „Wieso das Kind weiter vergiften?"

Bettina schlug mit beiden Händen auf den Tisch. „Weil er nicht wegen der richtigen Gründe bei uns war. Er war abwesend, grübelte nur und behandelte mich völlig lieblos."

„Er hat Ihnen hinterherspioniert, war es so?", fragte Richard ganz vorsichtig.

„Ja!", gab Bettina zu. Sie schnaufte verächtlich, dann wurde ihr Gesichtsausdruck abwesend und irgendwie schmerzerfüllt.

Faber sah sie lange an und hielt ihrem herzzerreißenden Blick stand. Der Moment war gekommen. Wenn er jetzt die richtige Frage stellte, würde er erfahren, was passiert war. „Bettina, hat Ihr Mann Sie beschuldigt, war er gemein zu Ihnen?"

„Das war er, Richard", seufzte sie. „Ich war im Keller und füllte etwas von den geriebenen Bittermandeln in Lorenas Kakao. Plötzlich stand er vor mir und schrie mich an. Er schlug mir ins Gesicht und fragte, ob ich jetzt auch noch Lorena umbringen wollte", flossen ihre Worte, genau wie Faber es gehofft hatte. „Dann roch er an der Dose mit den Bittermandeln, er schmiss sie an die Wand und fing an, mich zu würgen." Urplötzlich verstummte Bettina und schien in Gedanken wie weggetreten.

„Wollte er Sie töten?", versuchte Richard es weiter. Er musste sie jetzt motivieren, alles auf den Tisch zu legen.

„Ja, das wollte er", begann sie wieder. Im Flüsterton sagte sie: „Ich bekam keine Luft mehr, tastete auf dem Regal herum, an das er mich gedrückt hatte, und bekam einen Holzbalken zu fassen. Aber er war so stark und ich wäre in Ohnmacht gefallen, wenn nicht plötzlich Mark im Keller gestanden hätte."

„Was ist passiert?", fragte Faber sofort, weil sie schon wieder verstummte.

„Mein kleiner Jung, er war erst zwölf Jahre, schrie: Nein, Papa, lass Mama los! Für eine Sekunde lockerte sich Roberts Griff um meine Kehle und er sah auf Mark. Tränen rannten Robert übers Gesicht, doch ich wusste, er würde mich erwürgen. So schlug ich zu, ein Mal, und als er fiel und am Boden lag, ein weiteres Mal."

Faber rieb sich über die Augen und meinte resigniert: „Wo ist seine Leiche, Frau Gerber?"

„Im Keller, unter den Dielen. Dort ist gestampfter Erdboden, ich habe ihn dort begraben und die Dielen wieder befestigt", sagte Bettina, dann legte sie ihren Kopf auf den Tisch und ein Weinkrampf schüttelte sie. Es gruselte Richard, wenn er daran dachte, dass sich Mark auf dem Grab seines eigenen Vaters erschossen hatte. Der arme Junge hatte in seinem kurzen Leben mehr mitmachen müssen als mancher in siebzig und mehr Jahren. Wahrscheinlich gab sich der damals zwölfjährige Junge die Schuld für den Tod seines Vaters. Aufgrund dieses Schuldkomplexes wurde er zum Beschützer der Familie, obwohl er wusste, dass Bettina Sophia ebenfalls getötet hatte und Lorena jetzt an der Reihe war.

„War das am Abend des achtundzwanzigsten April?", fragte Faber stoisch. Bettina weinte laut, nickte aber. „Was haben Sie dann getan?"

Sie hob den Kopf. „Ich gab Mark ein Schlafmittel, damit er sich beruhigte. Lorena wusste von all dem nichts, trotzdem gab ich ihr ebenfalls eine Tablette. Dann legte ich mein Klapprad in Roberts Firmenwagen und fuhr zum Kanal. Ich musste das Auto loswerden und fuhr mit dem Fahrrad zurück."

„Wieso haben Sie seine Brille in das Etui gelegt und in das Auto getan?", konnte sich Tamme nicht bremsen.

Bettina sah verwirrt auf Tamme, antwortete jedoch in Fabers Richtung. „Als wir uns kennenlernten, trug er keine Brille, für mich nur Kontaktlinsen. Ich hasste die Brille und wollte ihn ohne Brille bei mir behalten."

„Frau Gerber", meinte Faber förmlich und mittlerweile war es ihm fast unmöglich, noch ruhig weiterzufragen. Jedoch gab es noch eine Sache, die er wissen musste. „Warum Annelie Liefers, warum haben Sie das Kind erstickt und wiederbelebt?"

„Meine Mutter hasste mich nach der Scheidung von meinem Vater und mein Stiefvater liebte mich etwas zu sehr, wenn Sie verstehen, was ich meine", erwiderte Bettina hart. Trotz ihrer rotgeweinten Augen war ihr Gesicht zu einer wütenden Maske verzogen. „Die Liefers wohnten damals neben uns in Hamburg, wo ich groß geworden bin. Annegret und ihr Mann waren wie Ersatzeltern für mich. Bei ihnen war ich endlich geborgen, aber dann kam dieses unsägliche Baby und plötzlich war ich nur noch als Babysitter gut. Ich wollte Annegret nur zeigen, wie gut ich auf ihre Tochter aufpasse. Ich habe sie wiederbelebt! Und Annegret sagte mir, wie dankbar sie dafür war!", meinte Bettina und legte ihre Hand theatralisch auf die Brust.

Faber legte eine Sekunde beide Hände vor sein Gesicht und atmete tief aus. Auch Tamme schüttelte mit blutleerem Gesicht den Kopf. Selbst der Kriminalpsychologe schluckte schwer. „Frau Gerber Sie werden des Mordes an Annelie Liefers, Sophia Gerber, Robert Gerber und des versuchten Mordes an Lorena Gerber angeklagt werden. Sie haben auf das Recht, einen Anwalt hinzuzuziehen, verzichtet, doch ich muss Ihnen jetzt nahelegen, einen Rechtsbeistand einzuschalten. Falls nicht, wird Ihnen ein Pflichtverteidiger gestellt. Das Verhör ist um zwölf Uhr dreißig beendet." Dann schaltete Faber das Aufzeichnungsgerät aus.

Sie sah ihn erstaunt an. „Ist das alles? Richard, ich habe Ihnen noch so viel zu erzählen. Alles, was ich gemacht habe, ist doch nur aus Liebe passiert. Wenn meine Kinder krank waren, habe ich mich um sie gekümmert, ich habe Annelie wieder ins Leben zurückgeholt. Sie, Richard, verstehen mich, mögen mich und sehen doch ein, warum ich das alles tun musste", sagte sie überzeugt, als Richard aufgestanden war. Der Psychologe legte eine Hand auf Bettinas Arm, um sie zum Schweigen zu bringen. Bettina schlug ihn weg. „Fassen Sie mich nicht an!", keifte sie und sah wieder flehend auf Faber. „Ich werde sterben, bin todkrank, bitte, Richard! Sagen Sie mir, dass Sie mich verstehen!"

„Mögen? Verstehen?", fragte Faber angeekelt, als er sich ein letztes Mal zu ihr umgedreht hatte. „Sie haben kleine wehrlose Kinder getötet, Ihren Sohn in den Selbstmord getrieben, weil er für Sie Börn Stelling umbrachte. Mark hat Lorena geschützt und Sie verteidigt, obwohl er die Wahrheit kannte. Aber dann blieb ihm kein Ausweg mehr und er schoss sich eine Kugel in den Kopf", ließ Faber jetzt seinem Zorn freien Lauf. „Sie sind krank, aber nicht krebskrank, auch so eine Lüge, um Aufmerksamkeit zu erhaschen. Ihr Körper ist kerngesund, doch mit Ihrem Kopf und Herzen ist etwas völlig verkehrt. Nein, ich verstehe und mag Sie nicht und möchte es auch nicht. Sie widern mich an, Frau Gerber!"

„Richard", rief Bettina und bekam einen ihrer üblichen Hustenanfälle. Aber Faber und Tamme verließen den Verhörraum, ohne zurückzublicken, und schickten den Notarzt rein.

***

„Eine großartige Leistung des Kriminal- und Ermittlungsdienstes Emden", sagte Sinus Miedler. Er stand im Großraumbüro, nachdem der Staatsanwalt mit allen Informationen und Akten das Revier verlassen hatte. „Und eine großartige Leistung von unserer abwesenden Kommissarin Waatstedt und natürlich Ihres Chefs, KHK Faber." Torben rief eine Zustimmung und dann klatschte das ganze Team. Faber fühlte, wie alle unguten Gefühle von ihm abfielen, und bewunderte Miedler. Er wusste, was zu tun war, um seine Leute zu motivieren und ihnen die Last solcher Verbrechen von der Seele zu nehmen. „Wenn alle Berichte geschrieben sind, werde ich mit dem Polizeipräsidenten von Niedersachsen persönlich sprechen. Wir stellen sicher, dass der oberste Boss weiß, was für eine tolle Truppe Sie sind", fügte Miedler an. Frauke Petersen bekam einen knallroten Kopf und selbst Faber musste schmunzeln.

„Auch Ihnen einen Dank", sagte Faber ehrlich. „Es tut uns allen gut, so etwas zu hören."

„Na, dann mal ran an die Berichte. Faber, ich will Sie mit dabeihaben, wenn wir morgen die Pressekonferenz geben. Keine Sorge, viel sagen müssen Sie nicht, aber Ihr Gesicht zeigen. Telegen sind Sie ja", witzelte Miedler. „In vier Tagen wird KHK Faber zeitgleich mit KK Waatstedt Urlaub nehmen. Kommissar Tamme Hehler, oder der Wikinger, wie er hier genannt wird, übernimmt während der Zeit."

„Wie war das? Wikinger?", fragte Tamme erstaunt. „So nennt ihr Bande mich also?" Alle zogen ein bisschen den Kopf ein, weil sie ihm das nie ins Gesicht gesagt hatten. Faber wunderte sich, wie Miedler das rausgekriegt hatte, aber eigentlich auch wieder nicht. Der Mann hatte seine Ohren überall. Richard blickte auf Tamme und wollte ihn eigentlich beruhigen, der hingegen hatte plötzlich ein großes Grinsen im Gesicht. „Wikinger", wiederholte Tamme. „So wie Erik der Rote oder Leif Eriksson? Das gefällt mir, zeugt von Respekt." Dabei nickte Tamme erhaben und seine Ansprache hatte man bestimmt bis zum Emder Bahnhof gehört.

„Na, dann bin ich ja froh, dass das auch endlich geklärt ist", mischte sich Schorlau zynisch ein, der von der Autopsie des Jungen zurückgekommen war. „Dann fahr ich jetzt nach Oldersum, kümmere mich um Robert Gerbers Überreste und danach kann ich auch endlich nach Hause fahren. Wird auch Zeit!"

***

Faber war sofort ins Krankenhaus gefahren und hatte Rike und Knut abgeholt. Berichte konnte er mit seinem Laptop auch zu Hause schreiben. Nachdem sich Miedler wieder nach Oldenburg aufgemacht hatte und auch Schorlau kurze Zeit später seine Zelte in Klein Hauen abbrach, fühlte sich Faber sehr allein in seiner Alten Schule. Rike war drüben bei Knut, der sie momentan keine Sekunde aus den Augen ließ. Darum hatte Faber beiden an dem Abend noch eine gute Nacht gewünscht und war zu sich rübergegangen.

Jetzt, da sich Rike und er endlich einig waren, wurde es immer schwerer, seine Finger von ihr zu lassen. Rike hatte ihn gebeten, auf den richtigen Moment zu warten, um es Opa zu sagen. Er verstand ihren netten, gut gemeinten Ansatz. Jedoch war sie eine Frau. Für einen Mann, der nicht nur emotional, sondern mittlerweile auch körperlich nach der Liebe seines Lebens lechzte, dehnte sich die Zeit ins Unerträgliche.

So vergingen die nächsten Tage, ohne dass er und Rike eine Minute alleine waren. Faber war bei der Pressekonferenz in Oldenburg dabei. Er zeigte sein Gesicht, wurde als der Hauptermittler gelobt, musste sich aber nicht weiter äußern. Noch am selben Abend fuhr er nach Greetsiel zurück. Er ging durch seinen Garten zu Knut herüber, saß mit beiden im Wohnzimmer und hatte das Gefühl zu explodieren.

Knut hingegen war unerbittlich und bestand auf die Schonzeit, die der Arzt für sie angeordnet hatte. Rike durfte weder aufs Revier noch alleine irgendwohin. Das war nun einmal Knut und daran konnte auch Faber nichts ändern. Ärgerlich war nur, dass Opa die beiden nicht eine Sekunde alleine ließ. Ein Kuss, eine Umarmung hätte beiden vielleicht gutgetan. Denn mittlerweile sah Rike Faber genauso sehnsüchtig an.

An seinem letzten Abend in Klein Hauen lag Faber völlig frustriert auf der Couch in seinem Wohnzimmer. Morgen würde er nach Italien fliegen, drei lange Wochen, und von Erholung konnte er nur träumen, wenn er die ganze Zeit nur an Rike denken musste. Die Terrassentür stand offen, ein leichter Nieselregen hatte eingesetzt, und plötzlich hörte er drüben bei den Waatstedts aufgebrachte Stimmen. Rike schien sich mit Opa über irgendetwas zu streiten.

„Opi, es reicht, ich bin kein Kind mehr und mir geht es gut", hörte er Rike. „Ich drehe ein paar Runden mit der Ducati, bleib nicht wach, es wird spät!", meinte sie. Was Knut dazu sagte, konnte Faber nicht verstehen, da er im deftigsten Platt fluchte. Kurz danach heulte Rikes Motorrad auf und jetzt fluchte selbst Faber laut vor sich hin. Eigentlich hatte er gehofft, dass Rike nichts lieber wollte, als zu ihm zu kommen, doch anscheinend hatte er Rikes Liebe zu der Ducati unterschätzt.

„Ich schmachte hier, und du drehst Runden mit deinem Spielzeug", brummte Faber in der Küche und schenkte sich ein großes Glas Rotwein ein.

„Nur eine Runde hinter deinen Schuppen, dann bin ich über den Gartenzaun gestiegen", hörte er plötzlich Rikes Stimme hinter sich. Sie trug ihre rote Motorradkombi und hatte den Helm in der Hand. „Ich wusste einfach nicht, wie ich es Knut sagen sollte. Hätte ich gesagt, dass ich zu dir gehe, dann wäre er bestimmt mitgekommen!"

Faber sah sie an, dann lächelte er und breitete die Arme aus. Rike überlegte keine Sekunde, ließ den Helm fallen und rannte auf ihn zu. Er hob sie hoch, sodass ihre Beine sich um seine Hüften schlingen konnten, und küsste sie. Er setzte sich auf die Arbeitsplatte seiner Küche und konnte seinen Mund und seine Hände nicht mehr von ihr lassen.

„Hey, Casanova", meinte Rike, als sie ihn kurz von sich drücken konnte. „Wie wäre es mit einem zivilisierten Glas Wein und einer kurzen Unterhaltung, bevor wir die kommende Nacht mit wildem Sex verbringen werden?"

„Wildem Sex?", fragte Faber begeistert. „Versprich es mir, dann bekommst du ein Glas Wein und eine noch kürzere Unterhaltung!"

Rike lachte aus ganzem Herzen. „Versprochen, mein Liebster. Aber du musst mich erst auf den neusten Stand bringen, was Bettina Gerber angeht", sagte Rike jetzt ernster. Voller Unwillen löste sich Richard von ihr und holte ein zweites Weinglas aus dem Schrank. Während er auch ihr einen Rotwein einschenkte, schälte sich Rike aus ihrer Lederkombi und dann setzten sie sich auf die Couch im Wohnzimmer. Faber lehnte sich mit seinem Glas zurück, legte die Beine hoch und zog Rike zu sich.

Dann stieß er mit ihr an und gab ihr einen schnellen Kuss, bevor sie tranken. „Gut, also Unterhaltung. Was willst du wissen?"

„Du hast dich doch heute noch einmal mit Bettina Gerbers Psychologen unterhalten", fing Rike an und Richard stöhnte leise auf. Er hatte wirklich mit dem Mann über eine Stunde gesprochen. Doch das war wirklich das Letzte, über das er sich jetzt mit Rike unterhalten wollte. „Hat sie wirklich das Münchhausen-Stellvertreter-Syndrom? Und wenn ja, warum hat sie nie versucht, Mark zu vergiften? In Schorlaus Autopsie stand, dass der Junge kein Cyanid im Körper hatte." Anscheinend war Rike doch nicht ganz untätig auf Knuts Couch gewesen. Immerhin hatte sie die Berichte aus der Datenbank abgerufen und gelesen.

„Wie es scheint, bleibt mir wohl nichts anderes übrig, als dir darauf zu antworten, oder?"

Rike drehte den Kopf nach hinten und schmunzelte. „Wenn du meine hemmungslose Hingabe willst, wäre das besser!" Faber schüttelte den Kopf und verschränkte seine Hände vor Rikes Bauch.

„Ja, der Psychologe hat es bestätigt. Zwar hat er gerade erst angefangen, mit ihr zu arbeiten, aber schon einiges über sie herausbekommen", fing Faber doch langsam an zu erzählen. „Bettina Gerbers Mutter war eiskalt und nach der Scheidung von Bettinas Vater, der wohl nicht viel liebevoller war, heiratete sie wieder. Der neue Ehemann begann Bettina sexuell zu missbrauchen, als sie gerade mal neun Jahre alt war. Das zog sich hin bis zu ihrem dreizehnten Lebensjahr. Dann verließ der Mann die Familie und Bettinas Mutter gab ihrer Tochter die Schuld dafür. Höchstwahrscheinlich wusste die Frau, was mit ihrer Tochter geschah, und unternahm nichts dagegen", Faber seufzte angesichts solcher Gefühlskälte. „Bettina Gerber war schon mit dreizehn Jahren einmal durch die Hölle und zurück gegangen."

Rike verschränkte die Finger in Fabers. „Meine Güte, das arme Mädchen, kein Wunder, dass sie solch eine Störung entwickelte. Hat der Psychologe etwas über die Mechanismen des Münchhausen-by-proxy-Syndroms gesagt?"

„Er hat versucht, es mir zu erklären", erwiderte Faber. „Bin mir aber nicht ganz sicher, ob ich es verstanden habe. Er meinte, dass Bettina ihre Kinder Sophia und Lorena als ihr erweitertes Selbst erlebt hat. Die Kindestötung kann sowohl als Abwehr eigener Suizidalität gesehen werden als auch als Lösung eines Triebkonflikts. Sie tötet das innere Objekt Mutter."

„Ja, was denn nun?", fragte Rike zu Recht. „Ihr inneres Kind oder ihre Mutter?"

„Der Doktor sagte, dass für Bettina die innere Trennung zu ihrer eigenen lieblosen Mutter sowie zu ihren eigenen beiden Töchtern nicht stabil war", antwortete Faber. „Ihre beiden Mädchen hat Bettina Gerber als ihr verlängertes Selbst gesehen, und sie quälte sich selbst, wenn sie ihre Kinder quälte."

„Das bedeutet doch, dass sie ihre Töchter so behandelt hat, wie eine Patientin mit artifizieller Erkrankung ihren eigenen Körper behandelt", schlussfolgerte Rike ganz richtig. „Ich meine dieses Krankmachen, dann den Arzt rufen, wieder Krankmachen und dabei eine wirklich überfürsorgliche Mutter zu sein. Denn das war nicht geschauspielert, oder?"

„Stimmt, es ging immer um das sogenannte innere Kind von Bettina Gerber und nicht wirklich um Sophia oder Lorena", stimmte Faber ihr zu und drückte seine Nase in Rikes Haare, um daran zu schnuppern.

„Aber was war mit Mark, warum hat sie Mark nicht krank gemacht?", bohrte Rike weiter, denn mittlerweile lief ihr eine Gänsehaut nach der anderen über den Körper. Fabers Zärtlichkeiten machten sie ganz verrückt. Aber sie wollte unbedingt noch Antworten auf ihre Fragen, damit der Fall auch für sie gänzlich abgeschlossen war.

Faber seufzte wieder, zog seine Nase aus ihren roten Haarstoppeln und nippte an seinem Rotwein. „Mark war nie ein Problem, weil Robert Gerber die ersten zwölf Jahre ihrer Ehe immer für Bettina und

174

die Kinder da war. Robert überschüttete seine Familie mit Liebe und es gab für Bettina keinen Grund, Krisen heraufzubeschwören", fasste Faber die Worte des Psychologen zusammen. „Bettinas Welt war stabil und sie stand bei ihrem Mann im Mittelpunkt. Erst als Robert in Hamburg bei Biochemica seinen Forschungsauftrag annahm und nur noch an den Wochenenden nach Hause kam, stellten sich wieder die alten pathologischen Reaktionen ein." Faber schüttelte automatisch den Kopf. „Sie tat wieder das, was sie schon einmal getan hatte."

„Du meinst bei Annelie Liefers!"

„Ja, nur dieses Mal bei ihrem neugeborenen Baby Sophia." Faber sah auf Rike herunter, die sich an seine Brust geschmiegt hatte. „Damit hat sie auch das Leben ihres Sohnes vernichtet. Er war zwölf Jahre, als er sah, dass seine Mutter seinen Vater tötete. Kinder in dem Alter geben sich immer selbst die Schuld an solchen Dingen. Genau wie Scheidungskinder fast immer denken, dass alles ihre Schuld ist. Er übernahm die Verantwortung für die Familie und entwickelte zu seiner Mutter eine Hassliebe. Erinnerst du dich, wie er Bettina immer ‚Mutter' nannte? Nie meine Mutter oder Mama, sondern immer nur Mutter."

„Natürlich, es hörte sich an, als käme er aus einem anderen Jahrhundert. Ich habe ihn als Lord Fauntleroy verhöhnt", gab Rike zu.

„Leider habe ich es da auch noch nicht gesehen, doch eigentlich war das nur seine Art, Distanz zwischen sich und seine Mutter zu bringen. Trotz all der irrationalen Schuldgefühle, die der Junge hatte, wusste er, dass Bettina eine Mörderin war. Ich vermute, er wusste sogar, dass sie Sophia getötet hatte. Sonst wäre er erst gar nicht auf die Idee gekommen, Lorena zu beschützen", führte Richard aus. „Reicht dir das jetzt, können wir nun endlich zu wichtigeren Dingen übergehen?"

Rike setzte ihr Rotweinglas an und trank es in einem Zug leer. „Ich bin bereit, wenn du es bist, Richard Faber!"

***

Nach kurzen sechs Stunden Schlaf wachte Faber nur zögerlich auf. Die Sonne schien an verschiedenen Stellen durch die Holzrollläden und kleine Staubpartikel tanzten in den Strahlen. Er genoss das

175

Gefühl, das sich sofort in ihm ausbreitete, wenn er an die letzte Nacht dachte. Rike schlief tief und fest in seinen Armen und die Wärme ihrer Haut berauschte ihn. Er küsste zärtlich ihre Schulter und sie reagierte mit einem wohligen Brummen.

Endlich war er sich sicher, denn es war richtig gewesen loszulassen, so unglaublich richtig. Etwas anderes als nur Zärtlichkeiten und Leidenschaft war letzte Nacht zwischen ihnen passiert. Plötzlich hatte Richard keine Angst mehr vor seinen Gefühlen. Rike würde ihn nicht verletzen, das spürte er tief in seinem Inneren. Irgendwie würde er EKHK Miedler die Situation erklären, vielleicht hatte er Verständnis. Immerhin hatte Miedler auch stillgehalten, als Faber ihm Rikes Alleingang zu den Gerbers erklärt hatte. Und das war wirklich hanebüchener Unsinn gewesen. Aber sein Chef hatte nur die Stirn gekräuselt, skeptisch das Gesicht verzogen und dennoch genickt. Doch auch wenn er sich bei dieser wirklich wichtigen Sache nicht überzeugen ließ, dann würde es auch weitergehen. Faber konnte immer noch in die freie Wirtschaft gehen, falls man ihre Beziehung auf dem Revier nicht tolerieren wollte.

Als er auf den Wecker neben dem Bett sah, war es bereits zehn Uhr und jetzt musste er schnell ein paar wichtigere Dinge erledigen. Also rückte er sehr vorsichtig von der schönen nackten Frau an seiner Seite ab und schlich sich aus dem Schlafzimmer, ohne Rike aufzuwecken.

Mit einem doppelten Espresso in der Hand ging er auf die Terrasse und fing an zu telefonieren. Eine halbe Stunde später war alles unter Dach und Fach, und es blieb nur eine letzte Sache zu tun: Knut.

„Nur Mut, Faber", redete er sich selbst gut zu und durchquerte den Garten, um auf Knuts Terrasse zu gehen. Die Küchentür stand weit offen. Knut saß mit einer Zeitung am Esstisch und paffte an seiner Pfeife.

„Moin, mien Jung", sagte Opa Knut und Faber merkte sofort, dass er etwas brummig war. „Wenn du zu Rike willst, die ist heute Nacht nicht nach Hause gekommen. Keine Ahnung, wo die Deern ist. Hat mir eine SMS geschickt, dass sie auswärts übernachtet. Verdori, da geht es ihr gerade besser und dann ist sie mit dem Motorrad über Nacht fort", knurrte er und sah Faber fast entschuldigend an. „Sie wird schon früh genug wiederkommen, um dich zum Flughafen zu fahren."

„Keine Sorge, Knut, ich weiß, wo sie ist. Alles in Ordnung, sie schläft noch", erklärte Faber, setzte sich zu ihm und wartete etwas unsicher auf Knuts Reaktion. Immerhin hatte Knut ihm eine ganze Weile gegrollt, weil er Rike alleine zu dieser irren Mörderin hatte gehen lassen. Knut war zwar schlau genug, um zu wissen, dass seine Enkelin dabei einen Alleingang gemacht hatte, aber er wusste auch, dass Rike es nur wegen des Streites getan hatte. Und für den machte er Faber verantwortlich, auch wenn er nicht ahnen konnte, worum es gegangen war. Mit seiner Enkelin stritt man einfach nicht, das war Knuts Devise.

Als Knut Fabers Worte hörte, sah er überrascht auf. Er konnte anscheinend nicht glauben, was der Junge gerade gesagt hatte. Doch als es endlich bei ihm gesackt war, erschien ein unglaublich zufriedenes Grinsen auf seinem Gesicht. Opa legte Faber eine Hand auf die Schulter und meinte väterlich: „Dann habt ihr beide endlich kapiert, dass ihr zusammengehört?"

Faber nickte und lächelte erleichtert. „Ich habe es endlich kapiert. Ich glaube, Rike wusste das schon viel länger als ich. Ich hoffe, es ist dir recht. Wie sagt man das in solchen Situationen?", fragte er, beantwortete aber die Frage selber: „Knut, ich habe mit deiner Enkelin nur die allerbesten und aufrichtigsten Absichten, denn ich habe Rike unglaublich lieb."

„Als ob ich das nicht wüsste", erwiderte Knut, dessen Laune von null auf hundert gestiegen war. „Na, dann hau mal lieber wieder ab und bring deiner Deern einen Kaffee ans Bett. So viel Zeit habt ihr ja nicht mehr, wenn du heute Abend nach Italien fliegen willst. Ich sage dir, die nächsten drei Wochen getrennt zu sein, wird für euch eine lange Zeit werden", zog Opa ihn auf und grinste frech. „Ich war auch einmal jung!"

„Mach ich anschließend, aber vorher haben wir noch ein bisschen Arbeit vor uns", erwiderte Faber kryptisch und dann schmunzelte er geheimnisvoll. „Dafür brauche ich deine Hilfe!"

Als Richard eine Stunde später mit einem Kaffee und einer Rose, die er im Garten geschnitten hatte, wieder ins Schlafzimmer ging, schlief Rike immer noch wie ein Murmeltier. Er setzte sich zu ihr aufs Bett, beugte sich runter und küsste sie sanft, bis Rike sich endlich rührte.

„Mhm, wieso bist du nicht bei mir im Bett?", murmelte sie verschlafen. Ihr rotes Haar stand wild in alle Richtungen und sie sah entzückend aus. Faber betrachtete sie und hatte das Gefühl, sich wieder von Neuem in diese unglaubliche Frau zu verlieben.

Er hielt ihr die Rose und die Tasse Kaffee hin. „Kaffee und Blumen ans Bett! Möchtest du auch Frühstück?"

Rike ergriff die Rose und roch daran, dann nahm sie einen Schluck Kaffee. „Meine Güte, du bist süß, wer hätte das gedacht? Faber ist ein wahrer Kavalier alter Schule." Dabei streichelte sie seine Wange und zog ihn für einen Kuss zu sich runter. Faber erwischte die Kaffeetasse in ihrer Hand gerade so eben, bevor sie auf dem Bett vergossen wurde, und stellte sie ab. Dann überließ er sich einfach Rikes Zärtlichkeiten.

„Doch kein Frühstück?", fragte er zwischen zwei Küssen.

In dem Moment zog Rike ihm das T-Shirt über den Kopf. „Das Frühstück, das ich mir wünsche, ist schon da!"

Sie lag mit ihrem Kopf auf seiner Brust und beide hatten die Augen geschlossen und erholten sich von dem unbeschreiblichen Sex. Verträumt blickte Rike auf, und als sie sah, dass es bereits halb drei war, schreckte sie auf. „Mensch Faber, wir müssen los, du verpasst deinen Flug", sagte sie plötzlich etwas hektisch.

„Was?", brummelte Richard, der bereits halb eingeschlafen war. „Mein Flug, ja richtig. Kein Stress, ich habe mein Gepäck schon ins Auto gebracht, als du noch schliefst. Wir haben Zeit."

Rike kroch aus dem Bett und seufzte. „Drei Wochen ohne dich, wie soll ich das aushalten?", meinte sie traurig. „Aber im Ernst, los, raus aus den Federn, wenn die Autobahn nach Bremen voll ist, dann könnte es knapp werden. Ich will nicht mit Blaulicht zum Flughafen fahren. Außerdem muss ich meine restlichen Klamotten auch noch fertig packen. Opa und ich nehmen gleich morgen die erste Fähre nach Langeoog", gab sie zu bedenken und drückte ihm einen Kuss auf die Wange. „Ich gehe duschen."

„Ich komm gleich nach", murmelte Faber und genoss den Anblick ihres hübschen Körpers, als sie aus dem Schlafzimmer eilte.

Eine knappe Stunde später schloss Faber die Rollläden der Terrasse, überprüfte die Fenster und trat dann Hand in Hand mit Rike vor die Haustür, um sie zu verriegeln. „Ich geh schnell zu Opa und sage ihm, dass ich dich jetzt zum Flughafen bringe", meinte sie, doch in dem Moment kam Knut bereits aus dem Haus und auf sie zu.

178

Knut schnappte sich seine Enkelin und nahm sie in den Arm. Er drückte sie lange und fest. „Mien Deern, ik frei mi so för di", sagte er zu ihr und Rike blickte ihn überrascht an. Dann drehte sie ihren Kopf in Fabers Richtung, der nur die Schultern zuckte und die beiden anlächelte.

„Ich mich auch, Opa", erwiderte sie glücklich und flüsterte dann in Opas Ohr: „Richard is de wunnerbaarste Keerl, den ik kenn!"

„Na dann man to", meinte Opa und sie gingen zum Auto. Knut zog etwas aus seiner Hemdtasche und drückte es Faber in die Hand. „Das sind die Tickets für die Fähre, das Auto wird von der Firma Janssen in Benserriel abgeholt. Ich habe mit denen telefoniert, die erwarten euch heute noch für die Fähre um halb sechs", erklärte er an Richard gewandt. „Ihr werdet mit dem Pferdewagen abgeholt und direkt zu Hannes' Haus gefahren." Dann griff er in seine Hosentasche und legte ihm den Schlüsselbund des Ferienhauses auf Langeoog in die Hand. „Ach, die Ducati habe ich schon von deinem Schuppen in die Garage geschoben!"

„Wovon redet ihr?", meinte Rike verwirrt und sah ihren Opa und Richard an.

„Ich habe heute Morgen meinen Flug und das Hotel storniert. Ich fahr nicht nach Italien, weil wir beide jetzt drei Wochen Urlaub auf Langeoog machen", klärte Faber die Sache endlich auf und Knut grinste verschwörerisch. „Dein Koffer ist mit meinem Gepäck bereits im Auto. Kommst du, wollen wir fahren?"

Rike war erst einmal sprachlos, sie wusste nichts zu sagen und hatte das Gefühl, dass ihr gleich die Tränen kommen würden. Jedoch wandte sie sich nach einer Weile an Knut: „Aber Opi, was ist mit dir? Wir wollten zusammen Urlaub machen."

„Ich habe ihm gesagt, er soll mitkommen, ich habe ihn sogar darum gebeten. Er will aber nicht, ist stur wie ein Maulesel", erwiderte Faber sofort. Rike blickte nur fragend auf Knut.

„Ich werde den Teufel tun und mit zwei frisch verliebten Wippsteerten in einem Haus Urlaub machen. Nee, nee, ich mach mir eine prima Zeit hier tohuus, und ihr beide tobt euch alleine aus", schlug Knut schelmisch vor und in dem Moment fiel Rike ihrem Großvater wieder um den Hals.

„Opi, du bist der Beste", sagte sie völlig überrumpelt.

„Und ich?", fragte Faber, aber Rike stand schon bei ihm, schlang ihre Arme um seinen Hals und zog ihn runter zu sich, um ihn heftig zu küssen.

Opa schob sich die Kapitänsmütze in den Nacken und kratzte sich vergnügt am Schädel. „Dafür habt ihr jetzt drei Wochen Zeit, von morgens bis abends", brummte er. „Nu man to, verswinnt, ji Tuttelduven!"

ENDE

Ostfrieslandkrimi Empfehlungen
des Klarant Verlages

Kennen Sie schon die ersten beiden Bände der Ostfrieslandkrimi-Serie „Faber und Waatstedt ermitteln" von Elke Nansen?

„Tödliche Krummhörn", Band 1
Taschenbuch ISBN: 978-3-95573-707-8
eBook ISBN: 978-3-95573-708-5

Ein mörderischer Schleier liegt über der ostfriesischen Urlaubsregion Krummhörn. Bei Bauarbeiten wird die mumifizierte Leiche einer jungen Frau entdeckt, mehrere Jahrzehnte lag sie im Fundament des Hotels Deichrose begraben. Hauptkommissar Richard Faber und seine Kollegin Rike Waatstedt von der Kripo Emden werden mit dem Fall betraut. Wer ist die tote Frau, wurde sie ermordet? Eine Identifizierung ist nicht möglich, dennoch ergibt sich schnell ein Verdacht: Silvester 1985 verschwand die Frau des Bauunternehmers Enno Dahlke unter mysteriösen Umständen. Die Ehe war unglücklich, und genau zu dieser Zeit war die Baufirma Dahlke mit der Errichtung des Hotels Deichrose in Ostfriesland beschäftigt... Je tiefer die Kommissare in der Vergangenheit graben, desto düstere Zusammenhänge kommen ans Licht. Sie stoßen auf ein Netz aus Verzweiflung, Korruption und Gier. Die Liste der Verdächtigen wird immer länger, und der Fall mehr und mehr zum Rätsel …

„Tödliche Leyhörn", Band 2
Taschenbuch ISBN: 978-3-95573-784-9
eBook ISBN: 978-3-95573-785-6

Ein brutaler Mord erschüttert Ostfriesland. Auf der idyllischen Halbinsel Leyhörn schwimmt der Torso eines Mannes im Wasser, wer steckt hinter dieser grausamen Tat? Die Kommissare Faber und Waatstedt von der Kripo Emden/Leer nehmen die Ermittlungen auf, und bald finden sie heraus: Bei dem Toten handelt es sich um den jungen ostfriesischen Journalismus-Studenten Jens Strom. Nach und nach scheint sich das Puzzle zusammenzusetzen: die Todesart, das verdächtige Vogelsterben in der Leyhörn, verunreinigte Nordsee – war Jens Strom dem organisierten Verbrechen auf der Spur und musste für seine brisanten Recherchen mit dem Leben bezahlen? Um die dunklen Machenschaften aufzudecken, begeben sich die Ermittler auf gefährliches Terrain. Was sie nicht ahnen: Sie haben es mit Gegenspielern zu tun, die wirklich vor nichts zurückschrecken …

„Tödliches Ostfriesland", Band 3
Taschenbuch ISBN: 978-3-95573-842-6
eBook ISBN: 978-3-95573-8-433

Ein schrecklicher Todesfall zerstört die Idylle des ostfriesischen Dorfs Freepsum. Auf dem Pferdeferienhof der Familie Hannler wird die eigene Tochter Gesine tot aufgefunden. Hat das erst 14-jährige Mädchen sich das Leben genommen? Die Kommissare Richard Faber und Rike Waatstedt von der Kripo Emden/Leer nehmen die Ermittlungen auf. Die Spur führt nach Emden, wo Gesine das Gymnasium besuchte. Ein verdächtiges Video taucht auf, und viel deutet auf ein perfides Spiel hin, das noch lange nicht zu Ende ist... Nach und nach setzt sich das Puzzle zusammen, zwischen mehreren schockierenden Ereignissen in Ostfriesland offenbart sich ein unerwarteter Zusammenhang. Der Täter verfolgt einen lange gehegten tödlichen Plan und wird nicht ruhen, bis er sein Ziel erreicht hat. Gelingt es den Ermittlern, ihn zu stoppen? Die Uhr tickt, denn in diesem emotionalen Fall zählt jede Minute …

Klarant Verlag

Lernen Sie die Ostfrieslandkrimi-Titel des Klarant Verlages kennen und besuchen Sie uns im Internet unter:

www.ostfrieslandkrimi.de

und

www.klarant.de

Sie können dort Näheres über unsere Autoren erfahren, viele weitere interessante Bücher und eBooks finden und Leseproben herunterladen. Mit dem kostenlosen Newsletter auf

www.ostfrieslandkrimi-lesen.de

erhalten Sie aktuelle Informationen rund um das Verlagsprogramm, wie beispielsweise spannende Neuerscheinungen und Gewinnspiele.